磨铁经典第三辑·世界短篇经典

矛盾、虚伪、狂喜、忏悔、体谅、慰藉。

看似无所适从的人生里，有金光闪闪的心灵。

麦琪的礼物

欧·亨利
短篇小说集

［美］欧·亨利 _ 著

梁颂宇 _ 译

江苏凤凰文艺出版社
JIANGSU PHOENIX LITERATURE AND
ART PUBLISHING

图书在版编目（CIP）数据

麦琪的礼物：欧·亨利短篇小说集／（美）欧·亨利（O. Henry）著；梁颂宇译 . — 南京：江苏凤凰文艺出版社，2022.10
ISBN 978-7-5594-7117-8

Ⅰ . ①麦… Ⅱ . ①欧… ②梁… Ⅲ . ①短篇小说 – 小说集 – 美国 – 近代 Ⅳ . ① I712.44

中国版本图书馆 CIP 数据核字 (2022) 第 169645 号

麦琪的礼物：欧·亨利短篇小说集

[美] 欧·亨利 著　梁颂宇 译

出 版 人	张在健
责任编辑	周　璇
特约编辑	灵漠风
装帧设计	艾　藤　王　媛
责任印制	刘　巍
出版发行	江苏凤凰文艺出版社
	南京市中央路 165 号，邮编：210009
网　　址	http://www.jswenyi.com
印　　刷	河北鹏润印刷有限公司
开　　本	787×1092 毫米　1/32
印　　张	10
字　　数	224 千字
版　　次	2022 年 10 月第 1 版　2022 年 10 月第 1 次印刷
书　　号	ISBN 978 - 7 - 5594 - 7117 - 8
定　　价	38.00 元

江苏凤凰文艺版图书凡印刷、装订错误可随时向承印厂调换

目录

麦琪[1]的礼物

　　一美元八十七美分 —— 总共就是这么多了。其中六十美分还是零零碎碎的分币。黛拉与卖杂货的、卖菜的和卖肉的狠命杀价，每次省下一分两分，才攒下了这样一堆零钱。尽管商贩们没有明说，但她还是为此背上了"小气抠门"的骂名。一想到这她就臊得两颊发烫。黛拉数了三遍，总共只有一美元八十七美分，而明天就是圣诞节了。

　　显而易见，眼下她无计可施，无事可做，只能扑到那张破旧的小沙发上痛哭一场。黛拉也的确这么做了。这一场景不禁让人产生颇具哲理的感慨：生活是由哭泣、抽泣和微笑组成的，其中又以抽泣居多。

　　这家女主人渐渐由哭泣变成抽泣，而我们可以趁此机会看看这个家。这是一套带家具出租的公寓，每周租金八美元。若说这里像"乞丐窝"有点言过其实，不过与"贫民窟"也相去不远了。

1　麦琪：典出《圣经》，即耶稣出生时自东方而来送礼朝拜的三位圣贤。

楼下的门厅里安着一个永远等不到来信的信箱，还有一个永远也按不响的门铃。此外，那里还贴着一块门牌，上面写着"詹姆斯·迪灵汉·杨格先生"。

之前这家主人的日子过得不错，一周能挣三十美元。他一时兴起，在门牌上添了"迪灵汉"这个中间名。只不过现在男主人的收入已经降到每周二十美元，而"迪灵汉"三字也日渐模糊，仿佛正在认真考虑将自己缩成一个低调谦逊的"迪"字。无论如何，每当詹姆斯·迪灵汉·杨格先生回到家，走到楼上的公寓，詹姆斯·迪灵汉·杨格太太总会给他一个热情的拥抱，管他叫作"吉姆"。而杨格太太就是黛拉——刚才你们已经见过了。这一切当然是非常美好的。

黛拉停止了哭泣，在自己脸上扑了些粉。她站在窗前，呆呆地看着窗外。窗外是一个灰扑扑的后院，竖着一道灰扑扑的篱笆，一只灰扑扑的猫在篱笆上行走着。明天就是圣诞节了，可她只能用一美元八十七美分给吉姆买一件礼物。几个月来，她尽力省下每一分钱，可现在却只有这么一点。每周二十美元的收入是不够花的。尽管她精打细算，可还是入不敷出——一向都是这样的。只剩下一美元八十七美分，她还要用这点钱给吉姆——她的吉姆买一份礼物。她一直想着要给吉姆买一件好礼物，为此她花费了不少时间，做出种种计划，并且乐在其中。这件礼物必须品质优越、难得一见、卓尔不凡——只有这样的东西才能勉强配得上吉姆。

这间房里的两扇窗户之间有一面壁镜，或许你也在租金八美元的公寓中见过这样的镜子。一个瘦长而敏捷的人通过观察镜子中支离破碎的影像也能在镜子里看到与真实形象相去不远的映像。黛拉身材纤细苗条，早已精通这种照镜子的艺术。

她突然从窗边转过身，来到镜子前。她的眼睛闪闪发亮，脸色在二十秒内失去了血色。她快速地解开头发，任由一头长发披散垂下。

詹姆斯·迪灵汉·杨格先生和太太拥有两件他们引以为傲的宝贝：其一是一块祖传的金怀表，原先为吉姆的祖父所有，后来留给了吉姆的父亲，现在又传到了吉姆手中；其二则是黛拉的头发。如果示巴女王[1]就住在通风井对面的公寓里，黛拉某一天将自己的头发垂到窗外晾干，女王陛下的所有宝物珍玩在这头美发的映衬下必将黯然失色。如果所罗门王[2]成为这栋公寓的守门人，并且把自己所有的宝物都藏在地下室里，吉姆每回经过门房的时候都会掏出怀表，点燃所罗门王的熊熊妒火，气得他吹胡子干瞪眼。

现在黛拉的一头美发披垂下来，如同一道波光潋滟的褐色瀑布飞流而下。头发一直长到她的膝盖，如同给她披上了一件衣裳。接着她变得烦躁不安，飞快地再次将头发盘起。她迟疑了一会儿，怔怔地站在原地，一两颗泪珠跌落在破旧的红地毯上。

她披上褐色的旧外套，戴上褐色的旧帽子。只见裙角一摆，她飞快地冲出门，跑下楼梯，来到街上，眼中还闪烁着盈盈泪光。

1　示巴女王：《圣经》人物，首见于《圣经·旧约》中的《列王纪》，其统治的王国位于阿拉伯半岛西南部。
2　所罗门王：《圣经》人物，古以色列联合王国的第三任君主，拥有财富、智慧和荣耀。

黛拉来到一家店铺门前，店铺的招牌上写着："店主索弗罗尼夫人，主营各类毛发商品。"黛拉爬上一段楼梯，喘了口气，定定心神。索弗罗尼夫人是一个肤色过于苍白的妇人，她身材健硕，冷漠无情，实在是愧对"索弗罗尼"这个姓氏[1]。

"你要买我的头发吗？"黛拉问道。

"我买头发，"索弗罗尼夫人说，"把帽子摘下来，让我看看货色。"

褐色瀑布再次垂下。索弗罗尼夫人老练地抓起一把头发："二十美元。"

"那就快掏钱吧。"黛拉说。

接下来的两个小时如同插上了玫瑰色的翅膀，倏忽即逝——请原谅我这蹩脚的比喻。黛拉在各家店铺东翻西找，给吉姆买礼物。

她把所有店铺都翻了个遍，最终还是找到了——这件东西简直就是为吉姆一人定制的，在其他店铺都找不到这样的好东西！那是一条白金表链，式样简洁大方，以自身的品质让人折服，无须华而不实的装饰为其添色增辉——好物皆是如此。这条表链的确配得上吉姆的怀表。当她第一眼看到那条表链，她就知道这件宝贝只应为吉姆所有。这条表链就像吉姆本人一样，深藏不露，颇具内涵——这两个词无论是用来形容吉姆还是表链都是恰如其分。这条表链要价二十一美元。买下表链之后，黛拉揣着剩下的八十七美分，急急忙忙地赶回家。现在有了这条表——

1　索弗罗尼夫人：意大利诗人塔索（1544—1595）的叙事长诗《被解放的耶路撒冷》中的人物，为舍己救人的形象。

链，吉姆在任何场合都能大大方方地把表掏出来看时间了。尽管吉姆的怀表华贵大气，可他平日里只能用一根旧皮带充作表链，想看表的时候只能偷偷摸摸地掏出来瞄上一眼。

当黛拉回到家，她的狂喜渐渐消退，谨慎和理智渐渐恢复。她拿出卷发棒，点起煤气，开始修复她为爱情慷慨付出之后的一头惨状。这可是一项大工程，亲爱的朋友，一项艰巨的任务。

不到四十分钟，她的脑袋上布满了密集的小发卷，让她看起来活像一个逃课的学童。她久久立于镜前，用挑剔的目光细细打量自己。

她自言自语："如果吉姆第一眼看到我这个样子之后没有把我杀掉，那他再看一眼之后肯定会说我像个科尼岛[1]合唱团的女歌手。可我有什么办法呢？只有一美元八十七美分，能买什么呢？"

七点的时候，咖啡已经煮好，煎锅已经放在炉上烤热，就等着肉排下锅了。

吉姆向来都会准时回家。黛拉把表链对折，握在掌中。在吉姆必经的门边有一张桌子，她在桌子的一角坐下。之后她听到吉姆的脚步声从楼下传来，听到他走上第一阶楼梯。她的脸色瞬间变得煞白。黛拉有一个习惯，喜欢为了最简单的日常琐事默默祈祷。现在她正在喃喃自语："上帝啊，求求你，让他觉得我还和以前一样漂亮吧！"

门开了，吉姆走进来，关上门。他看上去身材单薄，一脸严

1　科尼岛：位于纽约市布鲁克林区的半岛，为当地的休闲娱乐区。

肃。可怜的人啊！他刚二十二岁，而家庭的重担已经落在了他的肩上。他需要一件新外套，还需要一双手套。

吉姆刚走进门就定住了，仿佛一只嗅到鹌鹑气味的猎犬，一动不动。他死死盯着黛拉，眼睛里流露出黛拉无法理解的情绪，把她吓坏了。那不是气愤，不是惊讶，不是不满，不是厌憎，不是任何一种她之前想象的情绪。他只是死死地盯着她，脸上带着那种奇异的表情。

黛拉从桌边跳开，朝吉姆奔去。

"吉姆，亲爱的，"她叫道，"别这样看着我。我把头发剪了卖了。如果不送你一份礼物，我根本过不了这个圣诞节。我的头发会再长出来的……你不会介意的，对吧？我没别的办法了，只能这样做。我的头发向来都长得很快。说一句'圣诞快乐'吧，吉姆，让我们快快乐乐的。我给你准备了一样好东西——你肯定想不到那件礼物有多漂亮！"

"你把头发剪了？"吉姆颇为吃力地问道，仿佛他拼命转动脑瓜也没弄清这显而易见的事实。

"剪掉了，卖掉了。"黛拉说，"你还是一样爱我的，对吧？不管有没有长发，我都还是我呀，对吗？"

吉姆迷惑不解地环顾四周。

"你是说你的头发没了？"他傻呆呆地问道。

"你不用找了，"黛拉说，"我告诉你，我把那头发卖掉了，没有了。今天可是圣诞前夜啊，亲爱的。待我好一点吧，我是为了你才把头发卖掉的。或许我的头发能数得清，"她突然认真起来，话中多了几分甜蜜，"可是我对你的爱却是数也数不清。现在可以开始煎肉排了吗，吉姆？"

吉姆如梦初醒，他拥抱黛拉。让我们花上十秒钟，认真思考一下另外一件不相干的小事。每周八美元的房租和每年一百万美元的房租——这两者究竟有何区别？一位数学家或一个才子都会告诉你错误的答案。麦琪带来了珍贵的礼物，可这个问题的答案不在其中。这句晦涩艰深的话语会在下文加以解释。

吉姆从外套口袋里掏出一个包裹，丢在桌上。

"别对我有什么误会，黛儿，"他说，"无论你是剪短头发也好，推个平头也好，在头上打满洗发泡沫也罢，我对你的爱都不会减少一分一毫。不过如果你打开这个包裹，你就明白为什么刚才我有那样的反应。"

黛拉用洁白灵巧的手指解开包裹上的系绳，揭开包装纸。之后她喜不自禁地发出一声尖叫，紧接着却是歇斯底里的哭泣和哀号——女人还真是情绪多变啊，使得公寓之主只得使出浑身解数，极力安抚她。

因为那是一套插发梳——插在两鬓的，插在脑后的，一应俱全。这套插发梳原本摆在百老汇一家店铺的橱窗里，是黛拉心仪已久的宝贝。这套漂亮的插发梳由纯玳瑁制成，发梳的边缘还镶嵌着珠宝，其色泽与黛拉那不复存在的美发正好相配。黛拉明白这套插发梳价值不菲，虽然她心里充满了对这套梳子的渴慕，但她从没想过要真正拥有它。而现在这套让人倾慕已久的梳子已经真正为她所有，本可以为她的美发增色添辉，可那一头长发却已经不复存在了。

可黛拉还是把那套梳子紧贴在自己胸前。最后她抬起泪光盈盈的双眸，脸上露出一丝微笑："我的头发很快又能长长的，吉姆！"

接着黛拉突然跳起来，活像一只被烫着的小猫，嘴里大叫着："啊！啊！"

吉姆还没看到那漂亮的礼物呢！她热切地向他摊开手掌——那暗淡的贵重金属，似乎被她的喜悦和热情所感染，闪了一下。

"吉姆，看！很漂亮，对吧？为了找到这件礼物，我翻遍了城里的店铺。有了这条表链，你现在得一天看上一百回时间了！把你的怀表给我，我看看怀表配上这条表链是什么样的。"

吉姆并没有照她的话去做。他重重地坐在沙发上，把双手放到脑后，脸上露出微笑。

"黛儿，"他说，"我们先把圣诞礼物收起来吧。这两件东西太好了，一时还用不着。我把怀表卖了，用换来的钱给你买了梳子。现在我看肉排可以下锅了。"

众所周知，麦琪指的是自东方而来朝拜圣婴的三位圣贤，他们都是拥有大智慧的人。他们为马厩中的圣婴送来礼物，圣诞节互赠礼物的习俗也由此而来。他们都是聪明人，在礼物的选择上无疑也是聪明的，要是出现相同的礼物，或许他们还拥有交换的特权。在这里，我只是用笔写下这个平平无奇的故事，讲的是两个住在公寓里的小傻瓜极不明智地为彼此牺牲了家里最珍贵的东西。但我只想对今时今日的聪明人最后说一句：在所有赠送礼物的人之中，这两个人才是最明智的；在所有收受礼物的人之中，他们俩才是最明智的；无论在哪儿，他们都是最明智的。他们就是麦琪。

最后一片叶子

在华盛顿广场西边有个街区，那里的街道跟发了狂似的，被分割成一条条细道，称作"巷落"。这些巷落形成各种怪异的角度和奇特的弧度，同一条街还能与自身交会个一两次。某个突发奇想的艺术家发现这些巷落自有其价值——想想看，假如一个商贩上这儿来讨要颜料、纸张和画布的欠款，他必定会晕头转向，找不着北，如此一来他当然一分钱也要不到了。

于是搞艺术的蜂拥而至，挤进古雅的格林威治村，寻找着北向的窗户、十八世纪的山墙、荷兰式的阁楼和低廉的租金。他们还从第六大道带来了锡镴杯和一两口烘锅，这一带就此成为了艺术家们的"聚居区"。

这里有一栋矮墩墩的三层砖砌楼房，顶层就是苏和乔茜的画室。"乔茜"是乔安娜的昵称。她们俩一个来自缅因州，另一个来自加利福尼亚。她们在第八大道的蒂莫尼克餐馆吃定食时相遇了，发现彼此在艺术品位、菊苣沙拉和灯笼衣袖上居然意气相投，于是便合租了这间画室。

那还是五月的事。到了十一月，一个冷冰冰的不速之客开始在艺术家聚居区里游荡。这位被医生们称为"肺炎"的先生隐而不现，他竖起冷如寒冰的手指，这里捅一下，那里戳一下。在华盛顿广场东边，这位蹀躞者大步前行，一下子就能让几十个人卧病在床。不过当来到西边那街巷交织的迷宫，他只能在长着绿苔的狭窄巷落中缓步而行。

肺炎先生可绝不是所谓有骑士精神的老派绅士。想想看，一个娇小柔弱的姑娘长期沐浴在加州的西风之中，暖意让她的血液变得稀薄，碰上肺炎这个老混球喘着粗气，攥着通红的拳头，又怎么能与之抗衡呢？但被肺炎击倒的正是乔茜。乔茜一动不动地躺在漆过的铁架床上，她的目光透过那扇小巧的荷兰式窗户，看向隔壁那栋砖砌房屋的一面空墙。

某天早上，忙碌的医生把苏叫到走廊上。他扬扬凌乱的灰色眉毛，对苏说：

"这么说吧，她有一成希望战胜病魔，"他边说边往下甩了甩体温计，把里面的水银甩下去，"而这一成希望取决于她是否想活下去。当一个病人开始盘算自己的身后事，那用药就是瞎忙活。这位年轻的姑娘仿佛铁了心不想好起来。她有什么牵挂吗？"

"这个嘛……她打算将来去画那不勒斯海湾。"苏答道。

"什么？画画？我的意思是……有没有什么东西让她留恋的？比方说，男人？"

"男人？"苏吹口琴似的哼了一声，说，"有什么男人值得她……不，没那回事，医生。"

"好吧，那就不好办了。"医生说，"我会竭尽所能，现有的科学疗法我都会试一试，看看能否取得一点效果。不过当病人开始盘算自己的葬礼上会出现多少辆马车时，那么药效就要打个对折。如果你能引得她对今冬流行服饰稍感兴趣，那么她康复的机会就会从原来的一成提升至两成。"

医生离开之后，苏走进画室哭了一场，她的泪水把一张餐巾纸泡成了一团纸浆。之后她抖擞精神，拿起画板，吹着雷格泰姆调子[1]，走进乔茜的卧室。

乔茜躺在床上，身上的被单没有泛起一丝涟漪，她的脸正对着窗户。苏以为她睡着了，不再吹口哨了。

苏把画板支好，开始用钢笔为一篇杂志上的小说画插图。年轻的艺术家为杂志画插图，铺设通往艺术神殿的道路，正如年轻的文学家通过为杂志写小说，铺设通往文学神殿的道路。

这张插图的主人公是一个爱达荷州牛仔，苏正在为这个牛仔添上专门在马展上穿的漂亮马裤和一个单片眼镜。这时，她听到一个细微的声音，重复地说着什么，她马上走到床边。

乔茜睁大双眼看着窗外，她正在数数——倒着数数。

"十二。"她说，不久之后她又开口，"十一。"接着又是"十"和"九"，紧随其后的"八"和"七"几乎是同时说出来的。

苏关切地看向窗外——她到底在数什么？窗外是一个荒凉黯淡的后院，二十英尺之外是隔壁那栋砖砌楼房的一面空墙，一根苍老的常春藤攀在墙上，藤盘结虬曲，根部已经腐烂，只攀到那面墙的一半。凛冽的秋风扯下藤上的叶子，剩下的老藤形如骨架，紧紧贴在破败的砖墙上。

---

1 雷格泰姆调子：19世纪末的美国流行音乐。

"怎么回事，亲爱的？"苏问道。

"六片，"乔茜用近乎耳语的声音说道，"现在它们落得更快了。三天前还有差不多一百片，数得我头都疼。现在可容易多了……又掉了一片，只剩下五片了。"

"五片什么？亲爱的，和你的苏说说吧。"

"叶子，常春藤上的叶子。当最后一片叶子飘落，我也要离开人世了。早在三天前我就知道了，医生没告诉你吗？"

"哈！我还真没听说过这样的蠢话！"苏抱怨道，装出一副不屑的表情，"一根老藤上的叶子和你能不能康复有什么关系？你向来都挺喜欢那根常春藤的，不是吗？你这个淘气的丫头！别发痴了，今天早上那医生还对我说……他是怎么说的来着？他说你迅速康复的机会是十比一呢！十比一，那就和上街坐车或是走过一栋刚刚建好的楼房的概率一样嘛！好了，喝点汤吧，让苏继续画完这张插图，这样就能拿着这幅画到杂志编辑那儿换几个钱，为她生病的小宝贝买点波尔图红酒，再为自己买点肉排解解馋。"

"你用不着买波尔图红酒了，"乔茜一直死死地盯着窗外，"又掉了一片……不，我不想喝汤。现在只剩下四片了，我想在天黑之前看着最后一片叶子掉下来，到时我也要死去了。"

"乔茜，亲爱的，"苏朝她俯下身去，"在我画完之前，你能不能先把眼睛闭上，别再看向窗外？答应我好不好？明天我就要交画稿了。如果不是我画画需要光线，我早就把窗帘拉下来了。"

"你就不能到隔壁房间去画吗？"乔茜冷冰冰地说。

"我宁可在这里陪着你。"苏说，"再说了，我可不想让你老盯着那愚蠢透顶的常春藤叶。"

"那你画完之后马上告诉我。"乔茜闭上双眼。她脸色苍白，一动不动，如同一尊塑像倒在床上。"我想看最后一片叶子飘落。"她说，"我累了，不想再等了，也不想再思考了。我想放手了，放开所有的一切，就像那些可悲的、厌倦的叶子一样飘落、飘落……"

"睡一下吧，"苏说，"我要画一个隐居的老矿工，得叫贝尔曼来给我当模特。我一会儿就回来，你可别乱动，等我回来。"

老贝尔曼是住在楼下一层的画家。他年过花甲，蓄着米开朗琪罗[1]的摩西雕像似的胡子，长着一个萨提尔[2]式的脑袋和一个小鬼般的身躯。贝尔曼是个失败的画家。四十年来，他一直挥舞着画笔，却未能触及艺术女神的裙边。他总是吹嘘说要画一幅"惊世杰作"，却一直没有动笔。近几年来他画的只是一些商业画、广告画。他时不时给一些聚居区里请不起职业模特的年轻画家当模特，挣几个小钱。他喝杜松子酒喝得很凶，还总是大谈特谈他那即将问世的"惊世杰作"。这小个子老头脾气暴躁，对他人表现出的柔弱和温情嗤之以鼻，还自认为是楼上两个年轻女画家的守护者。

苏在楼下那昏暗的小房间里找到浑身酒气的贝尔曼。房间的角落里支着一个画架，上面那块空白画布正等着那幅"惊世杰作"的降临，等了足足二十五年，还是没有等到第一笔落在自己

---

1 米开朗琪罗（1475—1564），文艺复兴时期的画家、雕塑家，其代表作包括《摩西》《大卫》《创世纪》。
2 萨提尔，希腊神话中的羊男，也是森林之神，半人半兽。

的身上。苏把乔茜的古怪念头告诉贝尔曼，还向他倾诉了自己的担忧。苏担心乔茜就像落叶一样轻盈脆弱，当乔茜对世界的联系变弱时，就会像轻盈脆弱的落叶一样飘落。

眼泪在老贝尔曼那通红的双眼里打转，嘴上对这种愚蠢至极的念头却嗤之以鼻，大肆嘲讽。

"什么？"他大叫道，"真有人那么蠢吗？就因为一条什么藤上的叶子落光了，自己就要死去？我从没听过这样的蠢话……不，我不想给你当模特，让你画那傻里傻气的隐居老矿工……你怎么能让这愚蠢的念头钻进她的脑子里？唉……可怜的小乔茜……"

"她病得很重，身体虚弱。"苏说，"她烧得神志不清了，烧得脑子里只剩下这些悲观绝望的古怪念头……好了，贝尔曼先生，如果你不想给我当模特，那就随你好了。不过我觉得你是个可恶的老头儿，就喜欢嚼舌根。"

"真是个女人！"贝尔曼叫道，"谁说我不肯给你当模特啦？行了，我跟你走。这半个小时以来我一直在说我准备好给你当模特了。唉……乔茜小姐可是个好姑娘，这里可不是她养病的好地方。总有一天，等我完成了那幅'惊世杰作'，我们就一起离开这里。没错，就是这样！"

他们走到楼上，发现乔茜已经睡着了。苏把窗帘放下来，严严实实地遮住整扇窗。她做个手势，把贝尔曼带到另一间房里。他们站在窗前，忧心忡忡地看着窗外那根常春藤。他们对视一眼，相顾无言。外面的冷雨下个不停，其中还夹杂着点点雪花。贝尔曼身上穿着蓝色的旧衬衫，坐在一个倒扣在地的水壶上，像是坐在一块石头上一样，扮演着一个隐居的矿工。

苏睡了一个小时之后醒过来时，已经是第二天早上了。她看到乔茜瞪着呆滞的双眼，死死盯着那垂下的绿色窗帘。

"拉开窗帘，我要看看。"她用低声命令道。

苏疲惫地照办。

可是，看哪！还剩一片叶子贴在那堵砖墙上，在经历了一整晚的狂风暴雨之后尚未飘落。那是整条藤上最后一片叶子了，靠近茎秆处的叶面呈深绿色，锯齿形的叶片边缘染上了一抹枯败的黄色，它傲然地挺立在二十英尺之外的老藤的一根细枝上。

"那是最后一片叶子，"乔茜说，"我昨晚听到风声，还以为那叶子已经飘落了。今天最后一片叶子肯定会掉下来，到时我也要离开人世了。"

"好了，好了！"苏凑到枕头边，她的脸上满是疲惫，"就算你不为自己考虑，也得为我想想啊！真要那样我该怎么办？"

然而乔茜没有回答。一个人心如死灰，只等着踏上那段漫长神秘的死亡之旅 —— 这世上还有比这更凄凉的事吗？她与朋友以及整个世界之间的纽带渐渐变得松弛，与此同时，她头脑中的古怪想法却变得更为强烈。

这一天的时光缓缓流逝。等到黄昏降临，她们透过暮色依然能看到那片孤零零的叶子附在墙面的根茎上。当天夜里又刮起了凛冽的北风，雨水抽打着窗户，之后又沿着低矮的荷兰式屋檐滴滴答答地落在地上。

等到天足够亮的时候，无情的乔茜又要求把窗帘打开。

最后一片叶子还挂在那里。

躺在床上的乔茜看着那片叶子，看了很久，此时苏正在煤气炉边搅动鸡汤，她把苏唤过来说：

"苏，我真是个坏孩子。某种力量让那片叶子一直挂在常春藤上，就是为了让我看清自己有多可恶。想要去死是一种罪过。现在你可以给我喝点汤，再来点掺了葡萄酒的牛奶……哦，不，先拿一面小镜子给我，再给我垫几个枕头，我想坐起来，看你煮东西。"

一个小时之后，乔茜又开口了："苏，总有一天我要画那不勒斯海湾。"

下午的时候，医生来了。当他离开时，苏找了个借口和医生一起走到走廊里。

"她有五成希望能战胜病魔，"医生说着握住苏那正在颤抖的、瘦削的手，"只要好好照顾，你们就能赢得这场战斗。现在我还要到楼下去看另一个病号。这个病人名叫贝尔曼，我想也是个画家吧……他得的也是肺炎。他年纪挺大，身体又虚弱，病情很严重，看来没什么希望了。不过今天可以送他进医院，让他过得舒服一点。"

第二天，医生对苏说："她已经脱离了危险，你们胜利了。现在只需要给她补充营养，再加上悉心照料就行了。"

下午的时候，苏走到乔茜的病床前。乔茜靠在床上，安然自若地织着一块派不上什么用场的深蓝色披风。苏伸出一只胳膊，把乔茜连同枕头一起搂在怀里。

"我有件事要告诉你，小宝贝，"她说，"今天贝尔曼先生在医院里去世了。他得的是肺炎，病情只持续了两天。头一天早上，门房发现他躺在楼下自己的房间里，看上去无助又痛苦。他的鞋子和衣服全湿透了，就像是在冰水里泡过一样。他们实在不明白在那个风雨交加的夜晚老贝尔曼到底跑到哪里去了。他们还发现了一盏没熄灭的手提灯、一架被挪动过的梯子、几支散落的画笔、一块调色板，上面还剩一些黄色和绿色的颜料。亲爱的，你看看窗外，看看墙上那最后一片叶子。它从不会随风摆动飘舞，你有没有觉得很奇怪？啊，亲爱的，那正是贝尔曼的'惊世杰作'啊！那是他在最后一片叶子飘落的那个晚上画上去的。"

带家具的出租房

在纽约下西区有一片红砖房小区，这里住的一大批人就像时间一样：不断变幻，漂泊无依，转瞬即逝。这群人虽说居无定所，但被他们称为"家"的地方却数以百计。他们在一间间带家具的出租房之间游移，不仅他们的居所不停变换，而且他们的情绪和心灵亦是变化无常。他们唱起《家，甜蜜的家》[1]这首歌的时候总是带着点拉格泰姆[2]的腔调，他们的家神装在硬纸盒里带着走，他们的葡萄藤缠绕在阔边帽上，橡胶榕就是他们的无花果树[3]。

在这片小区的房子里住着上千户人家，他们能讲出上千个故事。当然了，这些故事大部分没什么意思。不过在这些来去匆匆的房客之中，要是没有一两个鬼魂混迹其中，那才叫奇怪呢。

有一天傍晚，在天黑时分，一个小伙子在这片凌乱破败的红砖房之间穿梭着，按响一个又一个门铃。按响了第十二个门铃

1　《家，甜蜜的家》（*Home，sweet home*）：19世纪流行于美国的歌曲。
2　拉格泰姆，也称为散拍、繁音拍子，是一种原始的音乐风格，1897年至1918年间十分普及。
3　葡萄藤和无花果树：典出《圣经》，两者象征着家园和安居生活。

后，他把瘪瘪的旅行袋放在门口的阶梯上，擦擦帽檐和额头上的尘土。门铃声微弱遥远，仿佛来自某个幽僻空洞的深渊。

就在他按铃的这第十二户人家门前，一个房东来应门，她的模样让他想起了某种蠕虫——身材肥硕，饱食终日，把整颗果仁都吃空了，只剩下一层壳，正急着找一些可以充饥的房客来填补空缺。

小伙子问女房东是否有空房。

"进来吧。"女房东说道，她的声音从喉咙里传出，里面像是长满了毛，"三楼的后间在一星期前就空出来了，你想去看看吗？"

小伙子跟她走上楼梯。一缕不知从何而来的光线冲淡了走廊的昏暗，他们的脚落在楼梯的地毯上，没有发出一丝声响。那地毯磨损得厉害，即便是织就这张地毯的织机现如今也会羞于承认这是自己的作品。地毯仿佛已经变为某种植物，在这浑浊幽暗的空气中分解朽烂，化为一片片葱茏茂盛的青苔和不断蔓延的地衣，东一块西一块地散布在楼梯上，脚踏上去时有一种黏腻之感，仿佛踩在一个活物身上。每个楼梯拐角处的墙上都有一个空荡荡的壁龛，里面或许曾放过盆栽植物，但要是真放过的话，也会被这股腐臭的空气熏死。里面或许摆过神像，但你大可以想象某些妖魔鬼怪在黑暗中把圣人的雕像拖到某个配有家具的不洁的深渊中了。

"就是这里了，"房东用嘶哑沉闷的嗓音宣告，"这房间很不错，平日里不大可能空出来。去年夏天还有一些体面人租过这间房……体面人，不会惹是生非，总是提前支付房租……要用自来水的话得走到走廊尽头。斯普劳斯小姐和穆尼先生在这里住了三个月，他们俩是演滑稽戏的丑角。布蕾特·斯普劳斯小姐……或许你听说过她的大名，那不过是艺名……他们俩的结婚证书镶着镜框，就挂在梳妆台上面的墙上……煤气开关在这里……你看，这个壁橱很大吧。这间房简直是人见人爱，空不了多久就会有人入住。"

"有很多在剧院工作的人上你这儿来租房吗？"小伙子问道。

"他们总是来了又走，走了又来。没错，我这里的很多租户都跟剧院有关。是的，这一带是剧院区。演戏的在哪儿都住不久，也有不少在我这儿落脚。没错，他们总是来来往往……"

小伙子定了这间房，预付了一周的租金。他说他已经很累了，希望能马上入住。女房东说房间里一切都是现成的，连毛巾和自来水都不缺。当女房东即将离开的时候，小伙子又冒出那个待在舌尖、已经问过上千遍的问题：

"有个姓范什纳的年轻姑娘……伊洛莎·范什纳小姐，她到你这里租过房子吗？你想一想，看看能不能记起来。她很可能是在舞台上唱歌的。一个挺漂亮的姑娘，中等个头，身材苗条，长了一头带红色的金发，左侧眉毛上有颗黑痣。"

"我对这个名字没有印象，"女房东说，"演戏的来来往往，他们的名字也是变来变去。不，我不记得有这样一个人。"

不，不记得，没有印象 —— 他得到的回答总是如此。五个月来，他一直不停地寻找，可得到的都是否定的回答。他耗费了那么多个白天向剧院经理和经纪人打听，到学校和合唱团里寻找。到了夜里，他还要跑到表演场所去当观众，妄图在舞台上见到自己的心上人。上到群星云集的高等剧院，下到最不入流的音乐厅，他都跑遍了。当他去那些低俗污秽的表演场所时，他真的害怕在那种地方找到自己日思夜想的姑娘。作为最爱她的人，他竭尽全力地寻找她的踪迹。他深信她离家之后来到了这个被流水环绕的大都市[1]里。然而这个城市如同诡异恐怖的流沙，每一颗沙砾都游移不定，不停变幻。它们没有根基，今天还在表层的沙砾，明天就可能深埋于淤泥之下。

第一眼望过去，带家具的出租房仿佛现出一种假惺惺的殷勤，正在欢迎新租客的到来。这间房如同一个容颜憔悴的烟花女，脸上泛着两抹病态的潮红，嘴角挂着虚情假意的微笑，前来迎接自己的恩客。这种忸怩作态的温馨舒适来自闪现着微光的破旧家具，来自破败的织锦缎面沙发和两张椅子，来自两扇窗户之间那一面一英尺宽的廉价穿衣镜，来自墙上一两个镀金画框，来自角落的那张铜床。

新租客向后一靠，疲软无力地跌坐在椅子上。而房间就像在巴别塔[2]里一样，在用各自不同的语言，争先恐后地向他讲述不同租客的故事。

肮脏的地板上铺着一块色彩斑驳的小地毯，如同在波涛汹涌的大海里的一个长方形状、繁花似锦的热带小岛。墙上贴着色彩亮丽的墙纸，还挂着几幅绘画复制品：《胡格诺爱人》《第一次吵架》《婚礼早餐》《池边精灵》……居无定所的人无论以何处为

1　即纽约。
2　《圣经》中，巴比伦人要建设一座通天塔，耶和华怒其狂妄，便使他们语言不通，无法协调，只能停工。

家，都躲不开这些画作。方方正正的壁炉架仪态威严，只可惜一幅轻佻风流的帷幔斜斜地挂在壁炉架上，如同芭蕾舞女身上挂着的饰带，冲淡了壁炉架的威严之色。在壁炉架上散乱地摆放着一两个廉价花瓶、几张女演员的照片、一个药瓶和几张不成套的纸牌。之前的租客就如同一群沉船逃生者被困在孤岛上，后来他们撞上了好运，被过往的船只送去新的港湾。而壁炉架上的东西就是他们匆忙离开时留下的。

　　前任租客在这间带家具的出租房里留下的痕迹的意义开始显明，就像是密码被逐渐破解一样。梳妆台前的那张小地毯破败不堪——看来曾有不少美貌女子在妆镜前流连。墙纸上有一些小手指印——看来曾有稚童陷入这个囹圄之中，他们在这里摸索攀爬，妄图触到一缕阳光、一丝清新的空气。墙纸上还有一摊液体泼溅留下的污渍，形如炸弹爆炸时的投影——看来一个盛着液体的酒杯或酒瓶曾经被人一怒之下摔在墙上。狭长的穿衣镜上歪歪扭扭地刻着"玛丽"二字，看来是用金刚钻刻上去的。看这情形，仿佛之前的每一任租客最后都变得怒气冲冲——或许带家具的出租房那花里胡哨的外表之下隐藏的是冷漠，最终令他们无法忍受，只得把一腔怒火发泄在房间里的家具上。家具伤痕累累，遍布着刀伤和磕碰后留下的疮疤；蓄势待发的弹簧让整张沙发变了形，如同一头可怕的怪兽，因某种奇异的痉挛症发作而倒地毙命；大理石壁炉架缺了一大块——看来此处曾经发生过更为惨烈的"战斗"；每一块地板都翘成不同的角度，被人踩踏时会发出独具特色的惨叫声，仿佛正在讲述自己与众不同的悲惨遭遇。前任租客们都曾经在某段时间内把这间房称为自己的家，然而他们却将自己的怨憎发泄于此，让它变得千疮百孔——这的确是不可思议。盲目的恋家本能一直潜藏于人类体内，或许当这本能受到了欺骗后就会化为一腔怒火，正是这个名不副实的"家"让他们的怨念和愤恨愈燃愈烈。如果这是一个货真价实的"家"，哪怕只是一栋简陋的棚屋，主人也会打扫干净，精心装点，视之如宝物。

年轻的新租客坐在椅子上，任由这些思绪迈着轻柔的步伐，在他心头缓缓掠过。与此同时，带家具的出租房所特有的种种声响和气味缓缓渗了进来。他听到一阵肆无忌惮的轻佻笑声从某一间房里传来；一个声音自顾自地骂了很久，仿佛是在唱独角戏；楼上的住户起劲地弹着班卓琴；某一扇门"砰"的一声关上了；在楼外，高架列车不时呼啸而过；一只猫咪在后院的篱笆墙上哀哀叫唤着；此外还有骰子碰撞的声音、摇篮曲和闷声闷气的哭声……这时，他闻到了这栋房子的气息——那只是一种潮气，简直称不上气味。那冰冷的气息如同来自地下墓穴的恶臭，其中夹杂着霉味、油毡腐烂的味道和木头朽坏的气味。

新租客正坐在那里休憩。突然之间，房间里多了一股强烈的甜香——那是木樨草的香味。这香味随着一阵风飘来，芬芳扑鼻，如此真实，绝非幻觉。那香气仿佛有形有质，化为一个活生生的来客。新租客仿佛听到了一声呼唤，浑身一激灵，跳了起来。他环顾四周，情不自禁地叫道："怎么了，亲爱的？"那馥郁的芬芳依依不舍地抱着他，将他拥入怀中。他伸出手去摸索。此时此刻，他的所有感官仿佛融为一体，化为一团混沌。一股气味如何能仅凭一己之力，向一个人发出召唤？那必定是声音，只有声音才有这个本事。可是声音又怎么可能触摸爱抚他呢？

"她肯定在这间房里待过。"新租客叫道。他一跃而起，在房间里四处摸索，想要找到一样信物。他知道只要是属于她的东西，或是她触摸过的东西，哪怕再微不足道，他都能一眼认出来。那萦绕不去的木樨草香正是她最喜欢的香味，也是她特有的香味——可这香味究竟来自何方？

整间房只是草草地收拾过。梳妆台上铺着一块破败不堪的桌布，上面散落着五六个发卡。发卡如同女性的朋友，然而它们面目模糊，守口如瓶，既无法表达女主人的情绪，也无法讲述她们的故事。新租客明白从这些发卡上找不到什么线索，于是把它们抛在一边。他在梳妆台的抽屉里翻找，找到一块被遗弃的手帕。那一方小手帕又破又旧，他拾起来贴在脸上，之后又马上丢在地上——那手帕散发出一股粗俗的天芥菜香味，闻起来颇为刺鼻。在另一个抽屉里他发现了散落的纽扣、剧院的节目单、当铺老板的名片、两颗棉花软糖和一本解梦书。在最后一个抽屉里他找到了一个女士专用的黑色缎带蝴蝶结发饰。他迟疑不决，一颗心在冰与火之间徘徊。但黑色缎带蝴蝶结只是一件正正经经、毫无个性、普普通通的女性饰物，它也没有什么故事要说。

他如同追寻气味的猎犬，在房间里蹿来蹿去。他在墙壁上搜寻，之后双手双脚着地，触摸地板衬垫上的每一处突起和每一个褶皱。壁炉架、桌子、窗帘、帷幔、角落里那摇摇欲坠的橱柜……所有这些他都翻遍了，只想找到一丝可见的痕迹，证明她曾经到过此处。然而这一切最终还是徒劳。她就在他身边，在他周围，在他心间，在他头顶；她依偎着他，追求着他，以通过极其微妙的感觉哀求着他，即便是他那最愚钝的感官也感觉到了她的召唤。他又一次叫了起来："我在这儿，亲爱的！"他转过身，睁大双眼望着虚空，然而他未能从那团木樨草香气中捕捉到她的身影，也没能辨别出她的发色和肤色，也没看到她向他表达爱意，向他伸出双手。天啊！那香气究竟从何而来？香气又怎么能像声音一样发出呼唤？他只得继续摸索寻找。

他在墙角和缝隙里搜寻，只找到了几个酒瓶塞和烟蒂。他不屑一顾地把这些东西抛到一边。他还在地板衬垫的褶皱里发现了半根抽过的雪茄，他恶狠狠地骂了一句粗话，把那雪茄踩碎。他已经翻遍了整间房，前任租客们留下的蛛丝马迹已经暴露在他面前，向他讲述了一些索然无味且不甚光彩的故事。然而他只想找到她留下的痕迹——她或许曾经在这里住过，她的灵魂还在这里流连不去。可惜他什么都没找到。

这时，他想到了那个女房东。

他冲出鬼影幢幢的房间，跑下楼，来到一扇透出一线光的门前。他敲了门，女房东前来开门。他尽力按捺心中的兴奋，问道：

"女士，您能不能告诉我之前的租客到底是谁？"

"当然了，先生。我就再说一遍好了。之前住在那里的是布蕾特·斯普劳斯小姐和穆尼先生，斯普劳斯小姐原来是在剧院里唱戏的，后来她成了穆尼太太。所有人都知道，我这里可是体面正派的公寓，不是什么不三不四的地方。他们俩的结婚证还镶上了镜框，挂在墙上，就在……"

"那斯普劳斯小姐是什么样的人呢……我的意思是，她长得怎么样？"

"嗯……黑头发，矮个头，粗粗壮壮的，长着一张逗人发笑的脸。上周二的时候他们搬出去了。"

"在他们之前呢？"

"之前嘛……是一个单身汉，好像是做货运生意的，他走的时候还欠了我一周的租金。在他之前是克劳德太太和她的两个孩子，他们在那儿住了四个月。克劳德太太之前是多尔老先生，住了半年，他的儿子为他付租金……先生，这加起来也有一年了，再往前我就记不清了。"

他谢过女房东，悄悄地回到自己的房间。房间里一片死寂，那赋予它活力的精华已经荡然无存，那木樨草的香味也不复存在，取而代之的是一股陈腐污浊的气味，源自长霉的家具和沉积的旧物。

随着希望的破灭，他的信念也崩溃了。他坐在那里，盯着煤气灯。那黄幽幽的火焰摇曳不定，仿佛正在歌唱。他马上站起来，走到床边，把床单撕成一条条。之后他掏出一把小刀，借助刀刃把长布条塞进每一条窗缝和门缝里。一切安排妥当之后，他吹熄了煤气灯，把煤气开到最大，然后安心地躺在床上。

* * *

当天晚上轮到麦酷尔太太提罐去买啤酒。她把酒拎回来后，和普迪太太一起坐在地下室里。像这样的地下室正是这些房东太太聚集的隐蔽之所，在这里，蠕虫不死。[1]

普迪太太面前放着一杯浮着细小泡沫的啤酒。"今晚我把三楼的后间租出去了，"她说，"一个小伙子租了那间房，两小时前他就上床睡觉了。"

"真有你的，普迪太太！"麦酷尔太太简直佩服得五体投地，"你实在是太有才了，连那间房都能租出去。"她压低沙哑的嗓音，神神秘秘地问了一句，"你把那事告诉他了吗？"

"一间房，"普迪太太用她宛如嗓子里长毛似的沙哑嗓音说道，"配上了家具，就是用来出租的。我可没有告诉他，麦酷尔太太。"

"你做得对，我们是靠出租房间挣钱吃饭的，普迪太太，你在这一行简直就是'商业奇才'，很多人一听有人曾经在那间房里自杀，还就死在那张床上，他们铁定会打退堂鼓。"麦酷尔太太说。

"就像你说的，我们可是靠出租房间挣钱吃饭的。"普迪太太答道。

"说得没错。想想看，就在一个星期之前的那天晚上，我帮你把三楼后间收拾妥当。长得挺漂亮的一小姑娘，谁知道她却开煤气自杀了。我说普迪太太，她那张小脸长得还是挺俊的……"

"没错，她也算是个美妞了。"普迪太太勉强同意，然后又吹毛求疵地加了一句，"只可惜她左边眉毛上长了一颗黑痣……再喝一杯吧，麦酷尔太太。"

---

1 见《圣经·新约》中《马可福音》第9章48节："在那里（地狱），虫是不死的，火是不灭的。"原文为双关，暗指她们的会面之处为地狱。

爱的牺牲

"当一个人热爱自己的艺术时，做出再大的牺牲都心甘情愿。"

这是我们这个故事的前提，故事讲到最后会由此前提得出一个结论，同时又推翻这一前提——这在逻辑学上是新奇的，但是从讲故事的角度来说嘛，却是古而有之，比中国的长城还古老。

乔·拉洛比来自中西部，他的家乡是遍布星毛栎[1]的平原。他浑身上下洋溢着艺术才华，早在六岁的时候就以镇上的水泵为题材画了一幅画，画上水泵旁还有一位大人物匆匆走过的身影。这幅画最终镶上了画框，悬挂在一家药店的橱窗里，与颗粒参差不齐的玉米相依相伴。二十岁的时候他离开家乡前往纽约，脖子上系着一条随风飘扬的领带，随身带着的钱比领带扎得还紧。

迪丽娅·卡卢瑟来自南方，她的家乡是松树林中的一个村庄。她对弹六个八度音无比精通，因而她的亲戚们勉强凑齐了一笔钱，让她"北上学习音乐"。然而，他们却没有看到她最终成

1　星毛栎：橡树的一种，主要分布于北美平原地带。

为……而这正是接下来要讲的故事。

乔和迪丽娅在一个艺术工作室邂逅。许多美术学生和音乐学生在那间工作室里聚集，他们谈论的话题不外乎是明暗对照、瓦格纳[1]、音乐、伦勃朗[2]、绘画、瓦尔德特费尔[3]、墙纸、肖邦[4]和乌龙茶。

乔和迪丽娅一见钟情，也可以说是彼此倾心——随你怎么说好了。不久之后两人就结婚了。至于个中缘由，请见上文——"当一个人热爱自己的艺术时，做出再大的牺牲都心甘情愿。"

拉洛比夫妇在一间公寓里过着他们的小日子。这间公寓孤零零的，就如同钢琴键最左侧的升 A 键一样。他们过着幸福的日子，因为他们不仅拥有各自热爱的艺术，还拥有彼此。在这里我要奉劝那些阔绰的小伙子：卖掉你所有的一切，把钱施舍给可怜的公寓看门人，如此一来你就可以和自己的艺术以及自己的迪丽娅住在一间公寓里了。

但凡住过公寓的人都会赞同我的观点：只有公寓住户的幸福才是货真价实的。如果一个家庭是幸福的，那么住房再狭小也不会觉得拥挤。把梳妆台放倒在地就可以变出一张弹子桌，把壁炉板拆下来就可以变成一个划船机，把书桌翻过来就可以当客卧，脸盆架也可以变成一架立式钢琴。只要你和自己的爱人身处其中，就算生活空间再狭小又如何呢？不过如果是不幸福的家庭，那么住房倒不妨宽敞些——最好能从金门湾进门，把帽子挂在——

1 瓦格纳（1813—1883），19 世纪德国作曲家。
2 伦勃朗（1606—1669），17 世纪荷兰画家。
3 瓦尔德特费尔（1837—1915），19—20 世纪法国作曲家。
4 肖邦（1810—1849），19 世纪波兰作曲家、钢琴家。

哈特雷斯，把大衣挂在和恩角，再从拉布拉多走出侧门。[1] 总之天南海北，永不相见为妙。

乔师从一位名为马吉斯特的绘画大师。或许你已经听过马吉斯特的鼎鼎大名：他收的学费可不少，上的课却不多。正是这"一多一少"让他大名远扬。而迪丽娅则跟随罗森斯托克先生学琴——你也知道，那家伙因喜好折腾琴键而闻名遐迩。

只要拉洛比夫妇的金钱能维持下去，两人就能一直过着幸福的生活——这原本就是一个放之四海而皆准的道理，不过我可不愿摆出一副愤世嫉俗的姿态。拉洛比夫妇拥有清晰明确的目标。终有一天，乔会变成一个富有才华的画家，那些胡须稀疏的老先生会攒着厚厚的支票本，踏破他画室的门槛，只为求得他的一幅画作。终有一天，迪丽娅会变成一名精通琴艺的音乐家，高傲得不可一世，如果她看到音乐会的席位和包厢没有坐满，她大可以嗓子痛为由而拒绝上台，在私人用餐室里享用一顿龙虾大餐。

不过在我看来，这一切中最美好的要数他们在这间小公寓里的家庭生活：每天结束学习之后，两人热情洋溢、滔滔不绝地谈天说地；两人一起享用温馨的晚餐和新鲜清淡的早餐；两人交流着自己的理想——他们的理想相互交织，融为一体，如若不然也无甚可称道之处；两人互相鼓励、互相帮助。当然，还有——请原谅我这种照实叙述的笨拙笔法——两人在晚上十一

---

1 金门湾（Golden Gate）、哈特雷斯（Hatteras）、和恩角（Cape Horn）和拉布拉多（Labrador）这几个地名中的部分字段与大门（gate）、帽子（hat）、大衣披风（cape）和侧门（laborer door）相同或相似。此处作者利用形似和音似将这些地名与家居生活联系起来。

点吃的腌橄榄和乳酪三明治。

可是过了一段日子，艺术之花却渐渐凋零。即使没有人主动破坏，这样的事也时有发生。正如庸俗小民所说的：有出无进，坐吃山空。他们再也付不起马吉斯特先生和罗森斯托克先生的学费了。"当一个人热爱自己的艺术时，做出再大的牺牲都心甘情愿。"因此，迪丽娅决定去教授音乐课，以免两人的一日三餐难以为继。

她花了两三天去招募学生。一天傍晚，她兴高采烈地回到家中。

"乔，亲爱的，"她满面春风地说，"我招到一个学生了！啊，这家人实在是太好了！好得无与伦比！一位将军——A.B.平克尼将军的女儿，他们住在七十一号大街，那房子可真漂亮！乔，你真应该去看看他们家的大门——我想那就是你所说的拜占庭风格吧。还有那房子里面！说实在的，我从没见过那么漂亮的房子！"

"我的学生名叫克莱门蒂娜，我已经爱上这个孩子了。她那么娇弱，总是穿着白色的衣裙。她可算是最淳朴最迷人的姑娘，不过才十八岁而已！我一周给她上三节课……乔，想想看，每节课的酬劳有五美元呢！我一点都不介意。等我再招两三个学生，我就能回到罗森斯托克先生那儿继续学琴了。好了，别皱眉头了，亲爱的，让我们好好吃一顿吧。"

"迪丽娅，对你来说当然不错。"乔一边说着，一边拿起刻刀和小斧向一罐豌豆发起进攻，"可我呢？你以为我会听任你为这点钱奔忙，而我自己却在高雅的艺术殿堂里徜徉？我以本韦努托·切利尼[1]的遗骨起誓——我绝不容许这样的事情发生！我想我可以卖报纸，不然就去铺石子路，挣个一块两块的。"

迪丽娅走过来搂住他的脖子。

"乔，亲爱的，别犯傻了。你的绘画学业可不能中断。再说了，我也没有放弃我的音乐去赚钱呀。我会边教边学的，我会一直与音乐相伴。而且我们每周还有十五美元的收入，可以像百万富翁一样过上幸福生活了。你可得跟着马吉斯特先生继续学画画呀。"

"好吧，"乔一边回答，一边伸手去拿那个贝壳状的蓝色菜碟，"可我还是不喜欢你去上钢琴课，那可算不上艺术！不过你竟愿意这样做，你真是太好了！"

"当一个人热爱自己的艺术时，做出再大的牺牲都心甘情愿。"迪丽娅说。

"我在公园里画了一幅素描，马吉斯特先生还赞了几句，说那幅画的天空画得不错，"乔说，"还有，廷克尔答应把我的两幅画作摆在他的橱窗里。如果某个有钱的白痴看上了我的画，说不定能卖出去。"

"你肯定能行的，"迪丽娅甜蜜蜜地说道，"好了，现在让我们对平克尼将军和烤小牛肉心怀感恩吧！"

接下来整整一周里，拉洛比夫妇每天早早就开始吃早饭了。乔正热衷于跑到中央公园去描摹熹微的晨光。迪丽娅细心照料他吃完早餐，夸赞他几句，然后两人在七点钟匆匆吻别。艺术是

---

1 本韦努托·切利尼（1500—1571），意大利文艺复兴时期的金匠、雕塑家。

一个耗人时力的情人。大多数时候，乔要到傍晚七点才能回到家中。

周末到了，迪丽娅略显憔悴，脸上却流露出一种喜滋滋的自豪。她走进长十英尺、宽八英尺的公寓客厅，得意扬扬地把三张五美元的钞票放在客厅中央那张长十英寸、宽八英寸的桌子上。

她略显疲惫："有时克莱门蒂娜也挺磨人的。我看她练得不够熟练，经常得反反复复地讲同样的东西。还有，她总是穿白色的衣裙，看起来实在是太过单调了。不过平克尼将军可是个亲切的老人。我真希望你能见见他，乔。你知道吗，他太太已经去世了。我教克莱门蒂娜弹钢琴的时候，他不时走进来，捋着花白的山羊胡子，问一句：'十六分音符和三十二分音符学得怎么样啦？'"

"乔，我真希望你能看看他家客厅里的护壁板，还有产自阿斯特拉罕[1]的帷幔。克莱门蒂娜不时咳嗽几声，好像不大舒服。她看上去娇娇弱弱的，我真希望她长得壮实一些。我真的喜欢上她了。她出身高贵，温柔善良。你知道吗，平克尼将军的兄弟曾经当过玻利维亚的总督。"

这时，乔拿出几张钞票，并排放在迪丽娅的薪酬旁边。一张十美元、一张五美元、一张两美元和一张一美元 —— 全都是货真价实的货币。瞧他那模样，仿佛他已经化身为财大气粗的基督山伯爵。

1　阿斯特拉罕：俄罗斯的一座城市，位于伏尔加河三角洲。

"那幅方尖碑水彩画卖出去了,卖给了一个皮奥里亚[1]人。"他趾高气扬地说。

"别开玩笑!"迪丽娅说,"当真是从皮奥里亚来的?"

"当然了,我真希望你能见见那家伙,迪丽娅。他是一个大胖子,围着羊毛围脖,嘴里叼着一根羽根牙签。他看到廷克尔的橱窗里挂着那幅画,一开始还以为画的是一座磨坊。不过这人可大方了,后来他还是把那幅画买了下来。他还定了一幅油画,画拉克万纳的仓库……他说要将那幅画带回去……还有音乐课!我想这多多少少还是和艺术沾点边的。"

"我真高兴你能一直坚持学习绘画,"迪丽娅由衷地说道,"你肯定能成功的,亲爱的。总共三十三美元!我们从来没挣过这么多的钱!今晚我们吃牡蛎吧。"

"再加上菲力牛排和香菇,"乔说,"叉子搁哪儿了?"

又过了一个星期。到了周六傍晚,乔先回到家。他把自己挣来的十八美元放在客厅里的桌子上,之后便去把手上大片看上去像黑色油彩的东西洗掉。

半个小时以后,迪丽娅回到家中。她的右手上缠着绷带和纱布,形成臃肿的一团。

"怎么回事?"乔照例问候一声,然后问道。迪丽娅笑了,可她看上去并不开心。

"都是克莱门蒂娜干的好事!"她说,"上完课后她一定要吃威尔士干酪吐司[2]。这孩子真是古怪!想想看,在下午五点吃威尔

---

1 皮奥里亚:美国伊利诺伊州的一座城市。
2 威尔士干酪吐司:一种涂上融化了的干酪和酱汁的烤面包片。

士干酪吐司！当时平克尼将军也在家，他跑来跑去不停忙活，准备烘锅什么的……你真该看看他那时的样子，就好像那大房子里没有用人似的！我知道克莱门蒂娜身体不大好，她太容易紧张了。给吐司涂干酪汁的时候，她不小心将好多滚烫的干酪汁洒了出来，正好溅在我的手和手腕上。当时我真的痛得厉害，乔。那可爱的小女孩也为此过意不去，而平克尼将军……唉，那老人简直慌得六神无主了。他跑到楼下去叫一个人……据说那是个烧炉子的，不然就是在地下室干活的……总之，他让那人去药店买点药油和绷带。现在我的手感觉没那么痛了。"

"这是什么？"乔轻轻地抬起迪丽娅的手，从绷带下方抽出几丝白色的线头。

"是软纱吧，"迪丽娅说，"那上面还沾着药油呢……啊，乔，你又卖掉了一幅画？"她看到了桌上的钞票。

"当然了，"乔回答，"不信你去问问那个皮奥里亚人。他拿到了那幅仓库的油画，他还打算要一幅公园风光和哈德逊河[1]风景，不过现在还说不准。迪丽娅，你弄伤手的时候，大概是下午几点钟？"

"我想是五点吧。"迪丽娅悲戚戚地回答，"熨斗……啊，不，干酪汁大概就是那时候从炉子上端下来的。乔，你真应该看看当时平克尼将军的样子……"

"过来坐一会儿吧，迪丽娅。"乔说。他把迪丽娅引到沙发旁，和她并肩坐下来，他伸出一只胳膊，搂着她的肩膀。

1　哈德逊河：纽约州的一条河，流经纽约市。

"这两个星期你到底在干什么呢，迪丽娅？"他问道。

迪丽娅又强撑了一会儿，她的眼中饱含爱意和坚毅，嘴里还喃喃地说了一两句平克尼将军如何如何。可最后她还是垂下头，眼泪流了下来。说出了真相。

"我一个学生都招不到，"她老老实实地说道，"可我又不忍心让你放弃你的绘画课，所以我在二十四号大街一家大洗衣店里找了一份熨衣服的活儿。我觉得自己挺机灵的，能编出平克尼将军和克莱门蒂娜的故事。我的故事还是编得挺像样的，你说是不是，乔？今天下午一个姑娘把热熨斗放在我的手上，烫伤了我的手。我在回家的路上就编出了那个威尔士干酪吐司的故事。乔，你没有生我的气，对吧？如果我不打这份工，你也不可能把画作卖给那个皮奥里亚人呀。"

"那不是皮奥里亚人。"乔缓缓说道。

"好吧，管他是哪里人呢！乔，你可真厉害！亲亲我吧，乔……对于我给克莱门蒂娜上音乐课这个故事，你是什么时候起疑心的？"

"直到今晚我都没有起疑心，"乔说，"本来我也不会起疑心。只不过今天下午楼上一个姑娘被熨斗烫伤了手，我在锅炉房里帮她找了些用不着的棉纱和油。这两个星期以来，我一直在那家洗衣店烧锅炉。"

"你不是说……"

"你是说那个从皮奥里亚来的买家啊，"乔说，"他和平克尼将军都是艺术的造物 —— 只不过你不会管这类艺术叫绘画或音乐罢了。"

两人笑了起来，乔又开口了：

"当一个人热爱自己的艺术时，做出再大的牺牲都……"

而迪丽娅捂住了他的嘴。"不对，"她说，"应该是'当一个人心中有爱时'。"

二十年后

一个警察沿着林荫大道仪态威严地巡逻着。他走路的样子只是习惯使然，并非故意摆出的姿态。此时将近晚上十点，周围没有什么人，一阵阵凛冽的寒风夹杂着雨水的气息，将街上行人一扫而空。

巡警一边检查街边的店铺大门是否锁好，一边灵活地转动着警棍，耍出各种花样。他不时转过身，用犀利的目光扫视宁静的通衢大道。这个警察身材魁梧，仪表堂堂，俨然一个和平守护者的形象。这片区域的店铺大多早早打烊。虽说不时还能见到一家雪茄店或通宵营业的小吃店还亮着灯，但绝大多数店铺的门早就关上了。

巡警走进一个街区，突然放缓了脚步。街边有一家五金杂货店，在黑黢黢的门洞里，一个男人倚墙而立，嘴里叼着一根没有点燃的雪茄。那巡警走上前去，门洞里的男人马上开口了：

"没事的，长官，"他想让那巡警安心，"我正在等一个朋友，这可是二十年前的约定。这事听起来有点荒唐，对吧？好吧，如果你真想打探明白，我就和你直说了。以前这里不是五金店，而是一家餐厅，名字叫作'大乔·布莱迪餐厅'。"

"直到五年前，那家餐厅被拆了。"巡警说。

门洞里的男人擦亮一根火柴，点燃嘴里的雪茄。火光映出一张苍白的脸，一个方方正正的下巴，一双犀利的眼睛，右侧眉毛处有一道发白的伤疤。他的领带夹上镶着一颗硕大的钻石，看上去怪模怪样的。

"在二十年前的今晚，"那人说道，"我和吉米·威尔斯在这家大乔·布莱迪餐厅吃饭。吉米是我最好的朋友，是这世上最好的伙计。我和他都是土生土长的纽约人，我们俩要好得就像兄弟一样。当时我十八岁，吉米二十岁。我要在第二天动身前往西部去碰碰运气，而吉米却认为纽约是全世界最好的宝地，你根本没法让他离开纽约。当天晚上我们约定二十年后再次碰面，就在二十年后的今天，连时辰都不能差。无论我们这时混得怎么样，无论我们离这儿有多远，都要回到这里碰头。当时我们估摸着二十年后我们应该都知道了自己的命数，也挣到自己的钱了……暂且不论是什么样的命数、什么样的钱。"

"听起来还挺有意思的，"那巡警说，"不过我觉得这其中的间隔未免也太长了些。你离开之后，你那朋友没给你写过信吗？"

"当然了，之后有一段时间我们还是互相通信的，"那人说道，"不过一两年之后我们就失去联系了。你也知道，西部那块儿可大了，而我总是东奔西走，一刻也停不下来。不过我知道只要吉米活着，他就肯定会来这里和我见面的。他是全世界最真诚最可靠的老伙计，他绝不会忘记我们俩的约定。我千里迢迢赶来，赶在今天晚上来到这个门洞。如果今晚我能见到我的老朋友，这一番辛劳奔波也算值得了。"

正在等朋友的男人拿出一个漂亮的怀表，表盖上镶满了细碎的钻石。

"还差三分钟到十点。"那人说道，"二十年前，我们正是在十点整的时候在这家餐厅门口道别的。"

"看来你在西部混得不错呀？"那巡警问道。

"你算说中了！如果吉米混得有我一半好就算很不错了。没错，他是个好人，可他只知道埋头苦干。在西部我可是使出了浑身解数才挣下这点家私。如果一个人待在纽约，他就会因循守旧。只有当他去到西部，他才能崭露头角，初试锋芒。"

巡警挥舞着警棍，挪开一两步。

"我得继续巡逻了，"巡警说，"希望你那朋友最后能露面。你打算一到十点就走吗？"

"当然不是啦！"那人叫道，"我至少要再等他半个小时。如果吉米还活着，到那时候他肯定会赶到这里的。再见了，长官。"

"再见了，先生。"那巡警说完便继续巡逻，一边走一边检查街边的店铺大门是否锁好。

冰冷的细雨从天而降，原本有一阵没一阵的风已经变成了持续不断的劲风。经过此处的寥寥数个行人竖起大衣领口，把双手插在兜里，一脸阴郁，一言不发，匆匆前行。那个男人还在五金店的门洞里站着。他长途跋涉，只为了遵守一个近乎荒唐的约定，和他年轻时的朋友见上一面。他抽着雪茄，继续等待。

他又等了二十分钟，一个高个子男人出现了。他身上穿着长大衣，竖起的领口盖过耳边。他从街道的另一侧赶过来，径直朝那个等人的男子走去。

"是你吗，鲍勃？"他迟疑不决地问了一声。

"是你吗，吉米·威尔斯？"门洞里的男人叫道。

"哦，真是太开心了！"初来乍到者高声叫道，紧紧握着对方的双手，"真是鲍勃！我知道，只要你还活着，我就一定能在这里找到你。太好了！太好了！二十年很长，这家餐厅已经不在了，鲍勃。我真希望这家餐厅还在，这样我们就可以进去再吃一顿了。你在西部混得怎么样啊，老伙计？"

"挺好的，西部对我来说简直就是有求必应……你看起来大变样了，吉米。我记得以前你没这么高，现在你好像高了两三英寸。"

"哦，这个嘛……二十岁之后我还长高了一点。"

"在纽约过得怎么样，吉米？"

"还行吧，我在市政部门谋了个职位。来吧，鲍勃，我知道一个地方，我们上那儿去，好好聊聊以前的事。"

两个人手挽着手，沿着街道前行。从西部回来的人简略地谈起他这些年的经历，他的"成功"让他内心膨胀，整个人都变得飘飘然。而另一个人只是缩在自己的大衣里，意兴盎然地侧耳聆听。

街角有一家灯火通明的药店。当他们走进药店投射的光亮中时，不约而同地看向对方的脸。

从西部回来的男人突然停下脚步，松开了手。

"你不是吉米·威尔斯，"他厉声喝道，"二十年很长，可是二十年的时光也不可能把高鼻梁磨成扁平的狮子鼻。"

"不过二十年的时光倒是可以让一个好人变成坏人，"高个子男人说道，"早在十分钟之前，你就被捕了，'狡猾的鲍勃'。芝加哥方面已经来了电报，那里的人想和你好好聊聊，他们觉得你可能会经过我们这儿。乖乖地跟我走吧，识相点，别闹腾。在回到警局之前，我还有一样东西要交给你……喏，威尔斯巡警让我把这张字条交给你，你可以借着这药店窗户的灯光看一下。"

从西部回来的男人接过小字条，把它打开。一开始他的双手还是很沉稳的，然而当他读完，他的手不禁颤抖起来。那字条上只写着短短的几句话：

鲍勃：

　　我在约定的时间去到了约定的地点。当你擦亮火柴点燃雪茄的时候，我认出了那张脸——与芝加哥通缉令上的那张脸一模一样。不管怎样我都下不了手，我只能找个便衣警察来做这事。

　　　　　　　　　　　　　　　　　　　　吉米

感恩节二绅士

这是属于我们的节日。在这一天里，所有美国人 —— 只要不是从石头里蹦出来的 —— 都会赶回老家，吃吃苏打饼，看看旧时风物。他们或许还会发现那个古旧的水泵离门廊好像更近了，并为此百思不得其解。让我们祝福老罗斯福总统[1]赐予我们的节日吧。我们会听到有人提起什么清教徒[2]，却记不清那是些什么人 —— 管他是谁，只要他们胆敢再踏上美洲的土地，我们就好好教训他们。什么？普利茅斯岩[3]？这听起来倒是挺耳熟的。自从火鸡寡头[4]垄断了市场，我们只能拿母鸡来充数了。不过华盛顿那边有人走漏了风声，让他们提前知道了感恩节即将来临的消息。

———

1 1863 年，林肯总统宣布感恩节为全国性节日，并非由称为"老罗斯福"的西奥多·罗斯福总统宣布。
2 清教徒：1620 年"五月花号"船将一批在英国饱受迫害的清教徒送至美洲，他们在当地印第安人的帮助下度过了 1620 和 1621 年之交的冬季。1621 年 11 月最后一个周四，清教徒和印第安人一起庆祝丰收，是为第一个感恩节。
3 普利茅斯岩：也被称为"移民岩"，岩石上刻着"1620"，传说为新移民到达美洲大陆后踏上的第一块岩石。
4 火鸡寡头：火鸡是美国感恩节的传统食物。

在那片长满小红莓的沼泽地东边有一座大都市[1]。在这座城市里，感恩节已经成了一种传统。只有在每年十一月最后一个星期四，这座城市才承认渡口对面的那块土地也是美国的领土。唯有这一天是不掺假的美国节日，是欢庆的日子，完全为美国人所独有。

以下这个故事就是为了向读者们说明：在大洋彼岸的这片土地上，风俗传统可以迅速发展成为"历史悠久的风俗传统"，其速度之快远胜于大洋另一边的英国。这多亏了我们的活力与进取精神。

当你从东边的入口走进纽约的联合广场，你会看到喷泉对面有一条人行道，而斯泰菲·彼得正坐在这道上右侧第三张长椅上。九年来，每年感恩节的下午一点，斯泰菲都会准时出现在这张长椅上。他每回来到这里都会碰上"奇遇"——狄更斯式的奇遇，能让斯泰菲身子鼓起来，身上的马甲贴着前胸和后背。

今天斯泰菲·彼得之所以准点出现在这个每年一度的约会地点，是因为习惯使然，而非出于一年一度的饥饿——那些慈善家似乎觉得穷人家一年只会饿上这么一次。

然而，现在斯泰菲绝没有饥饿的感觉。他刚刚饱餐一顿，撑得他只剩下喘气和勉强走动的力气了。现在他的脸如同一张灰泥制成的面具，鼓鼓囊囊，油汗直流，两只眼睛如同淡色的醋栗，嵌在这张面具上。他呼哧呼哧地不停喘气，那截肥硕的粗脖子足以和那些肥头大耳的参议员媲美。现在流行把大衣领竖起来，然

———
1　指纽约。

而在斯泰菲身上，那竖起的衣领衬着肥硕的脖子，看上去没有半点时髦的韵味。斯泰菲身上穿的衣服是从慈善机构那儿得来的。一个星期前，救世军[1]里的好心人刚刚在这件衣服上缝上纽扣，现在这些纽扣却一个个绷开，如同爆米花一样散落在斯泰菲面前的地上。十一月的寒风送来了细碎的雪花。尽管斯泰菲衣衫褴褛，衬衣前襟的那道大口子一直延伸到胸口，可他并没有冻得瑟瑟发抖，反而觉得这阵阵寒风带来了舒爽的凉意。刚才斯泰菲大吃特吃，他体内积聚的热量正在熊熊燃烧。牡蛎为那场盛宴拉开序幕，李子布丁为其画上了句号。在斯泰菲看来，这世上所有的烤火鸡、烤土豆、鸡肉沙拉、南瓜馅饼和冰激凌都挤在他面前的餐桌上。于是他坐在桌旁大吃大嚼，用吃饱喝足者特有的目光睥睨全世界。

这顿大餐的确是意想不到的奇遇。在距离第五大道起点不远处有一栋红砖小楼，两位老太太居于此处。她们出身于古老的世家，对传统尤为推崇。她们甚至否认纽约的存在，认为感恩节是华盛顿广场特有的节日。她们的一项传统就是在每天正午十二点的钟声敲响之后，派一个仆人去后门守着，逮住第一个饥肠辘辘的路人，逼他吃上一顿大餐。当天斯泰菲打算前往公园，正好从那儿路过，被仆人逮个正着，成全了这栋小楼所特有的传统。

现在斯泰菲坐在长椅上，目视前方足有十分钟之久。他想看看别样风景，于是费了好大的力气，缓缓地将脑袋转向左边。他所看到的东西吓了他一跳。他几乎透不过气来，两颗眼珠因恐惧

1　救世军：成立于 1865 年的基督教教派，以慈善活动和社会服务而著称。

而突了出来。他穿着破旧鞋子，一双小短腿在碎石地面上拼命踢蹬，不停扭动。

只见一位老绅士横穿第四大道，朝他所坐的长椅走来。

在最近的九年里，每年的感恩节这位老绅士都会上这儿来找坐在长椅上的斯泰菲。这位老绅士正致力于使这件事成为一项传统。九年来，每逢感恩节他都会来这儿找到斯泰菲，去一家饭店，看着他大吃一顿。在英国，类似的事是自然而然发生的，人们根本不会留意。可美国是一个年轻的国家，能坚持九年也算是了不起了。这位老绅士是忠诚坚定的爱国者，他自认为是开创美国传统的先锋。为了让某件事成为独具特色的传统，必须锲而不舍地反复做同一件事，切不可半途而废。类似的事还包括清扫大街，以及每周省下几分钱购买产业工人保险。

老绅士仪态威严，径直朝他正在创建的传统走过来。当然了，每年请斯泰菲·彼得吃一顿还算不上是具有美国特色的传统，自然比不上大宪章或早餐时吃果酱这类英国特有的传统。然而这毕竟是向前迈进了一步，虽说有点封建意味。但不管怎么说，这件事至少证明了在纽约……不，美国，形成一项传统并非绝无可能之事。

这位老绅士又高又瘦，年过花甲。他穿着一袭黑衣，戴着老式的眼镜——这种眼镜从来都不会老老实实地待在人的鼻梁上。和去年相比，他的头发变得更白、更稀疏了。他手上拿着一根粗壮多节的弯头手杖，看起来他必须更多地借助这根手杖之力。

这位老绅士早就成了斯泰菲的恩人。看到自己的恩人走过来，斯泰菲直喘粗气，浑身发抖。瞧他那模样，仿佛某位太太豢养的胖哈巴狗见到一条野狗在朝自己狂吠。斯泰菲恨不能拔腿就跑，然而他使尽浑身解数也无法离开屁股下的长椅。这都是那两位老太太的仆人干的好事！他们的确不辱使命。

"早上好！"老绅士开口了，"经过这一年的风风雨雨，你依然健在，还能在这美妙的世界上继续游历——对此我甚感欣慰，仅凭这件事就足以让我们心怀感激，让今天这个节日变得更有意义。朋友，请跟我来，我要请你吃顿饭，好让你的身体配得上你的心灵。"

九年来，每年感恩节这位老绅士说的都是这几句话。这几句话本身几乎成了一种铁打的章程，唯有《独立宣言》方能与之媲美。要是在以前，这几句话在斯泰菲听来宛如天籁，可现在他只是抬头看着老绅士的脸，痛苦、烦恼充斥于他的心间，让他几乎哭了出来。细碎的雪花飘落在他那大汗直冒的滚烫的前额上，他几乎能听到雪花遇热融化蒸发的滋滋响声。然而，那位老绅士只是哆嗦了一下，转过身，背风而立。

这位老绅士的话语中带着一丝哀伤，对此斯泰菲百思不得其解。斯泰菲并不知道，每当老绅士说起这番话，他都渴望自己能有个儿子来继承这项传统。等他离世之后，他的儿子可以理直气壮地站在另一个斯泰菲面前，骄傲地说："以此铭记我的父亲。"如此一来，这项传统便得以传承。

然而这位老绅士却是孤身一人。在公园东边那些安静的街道两旁矗立着一栋栋破败的褐石楼房，那原是古老世家的产业。这位老绅士在某栋小楼里租了一间房。冬天的时候他在一个狭小的温室里种植倒挂金钟，那温室比一个行李箱大不了多少；春天的时候他参加复活节的大游行；夏天的时候他去新泽西山区的一个农场消夏，坐在柳条扶手椅里，谈论着某种蝴蝶——他一直希望能在某一天发现这种鸟翼凤蝶；到了秋天的时候他就请斯泰菲吃顿大餐。老绅士所做的事就是这些了。

斯泰菲抬头看着老绅士，看了好一会儿。他颇为无助，烦躁不安，心里充满了对自己的怜悯。乐善好施所带来的喜悦让这位老绅士的双眼焕发出奕奕神采。随着时间的流逝，老绅士脸上的皱纹不断增多，然而他身上依然穿着雪白精致的亚麻衬衫，他的黑色小领结依然和往常一样神气活现，他那两撇灰色的小胡子也和以前一样在末端微微翘起，形成精巧的弧度。斯泰菲咕咚咕咚，发出的声音如同豆子在沸水里翻滚。他想开口说几句话，然而这咕咚声老绅士已经听了九遍，他理所当然地以为这咕咚声不过是斯泰菲表示接受的老一套说辞。老绅士把这声音翻译为：

"谢谢您，先生！我愿意和您一起去，真是太感谢了！我的确非常饿，先生。"

尽管此前享用的丰盛大餐令斯泰菲昏昏欲睡，可他依然清楚地意识到自己是某项传统的基石。他在感恩节这天是饱是饥并不由自己说了算，而是由眼前这位好心的老绅士来决定。虽说时效法规无法赋予老绅士这项优先权，然而已经确立的传统所具有的一切神圣权力却为他所有，确保今天他对斯泰菲的胃口拥有决定权。没错，美国是自由的国度，然而传统就如同循环小数，为了确立一项传统，总得有人充当循环节[1]，一而再，再而三地重复

——
1　循环节：数学术语，循环小数中反复出现的数字节。

某件事。并非所有英雄都是用钢铁和黄金造就的,眼前这位"英雄"所拥有的武器只是劣质的镀银餐具。

老绅士领着每年一度的受惠者,朝南边走去,来到一家饭店。每年他们都在这家饭店的同一张餐桌旁落座,好让斯泰菲享用这顿大餐。他们一走进门,侍应生们立刻就认出了他们俩。

"那老头又来了,"一个侍应生说道,"每年感恩节他都要请同一个流浪汉大吃一顿。"

一项古老的传统即将传承至未来,而斯泰菲正是这项传统的基石。在这块"基石"对面,老绅士在餐桌旁落座,脸上如同被熏黑的珠子般闪出光芒。不一会儿,餐桌上便堆满了感恩节的菜肴。斯泰菲叹了口气,然而旁人还误以为那是饥饿使然。他拿起刀叉,着手为自己打造一顶永恒的王冠。

在敌阵中浴血奋战的英雄也比不上他。火鸡、肉排、汤肴、蔬菜、馅饼……一道道菜刚端上餐桌不久就消失得无影无踪。当斯泰菲走进饭店的时候,他早已吃饱喝足,肚子几乎被撑爆了,食物的气味几乎让他当场呕吐,险些毁了他的绅士形象。然而他像一个真正的骑士一样奋勇杀敌。他看到老绅士脸上流露出乐于助人者所特有的喜悦 —— 和倒挂金钟以及鸟翼凤蝶相比,大快朵颐的斯泰菲更能让老绅士心生欢喜。他实在不忍心让这喜悦消散退却。

一个小时之后,斯泰菲往后一靠 —— 他终究还是打赢了这场战斗。

"谢谢……您……哪,先生,"他上气不接下气,如同一根漏气的蒸汽管道,"谢谢……您……请我吃……这顿……这顿……大餐。"

之后他目光呆滞，挪动着沉重的身躯，朝厨房走去。一个侍应生像转陀螺似的让他转了个身，为他指明大门在哪里。而那位老绅士则小心翼翼地数出一美元三十美分的银币，然后还给了侍应生几个铜子作为小费。

像往年一样，他们在饭店门口分手，老绅士向南，斯泰菲向北。

斯泰菲在第一个街角拐了个弯，呆立片刻，他那褴褛的衣衫鼓了起来，如同一只正在抖擞羽毛的猫头鹰。之后他一头栽倒在地上，如同一匹中暑的马。

再之后，一辆救护车开了过来，年轻的跟车医生和司机把斯泰菲抬上车，还轻声抱怨这人实在是太沉了。斯泰菲身上没有酒味，因此他们也无须将他移交给巡逻的警车。斯泰菲以及他腹中的双份大餐被送去医院，医院里的人让他躺在床上，对他进行检查，看看他是否患上了某种怪疾，看看手术刀是否有用武之地。

天啊！一个小时之后，另一辆救护车把那位老绅士送进医院，医院里的人让他躺在另一张病床上。这位老绅士看上去像个有钱人，于是医生们开始讨论阑尾炎的可能性。

不久之后，一位年轻医生遇见了一位年轻护士。那医生向来喜欢这个护士的迷人双眸，于是便停下来和她聊聊这些病人的情况。

"你看，那边躺着一位体面的老绅士，"他说，"你绝对想不到他的问题竟然是饿坏了。我猜他肯定出身于某个生性高傲的古老世家。他告诉我他已经三天没吃东西了。"

忙碌经纪人的罗曼史

皮彻在股票经纪人哈维·麦克斯韦的办事处做机要秘书，他向来都板着一张毫无表情的脸。然而，在这一天早上九点半，当他看到自己的老板迈着轻快的步伐，和女速记员一道步入办事处，他的脸上倒流露出几分兴趣和惊讶。麦克斯韦先生只是匆匆说了一句"早上好，皮彻"，便气势汹汹地朝自己的办公桌冲过去，仿佛要一跃而过。此时，办公桌上已经堆满了亟待处理的电报信件，麦克斯韦立即埋首其中。

那位年轻的女速记员已经为麦克斯韦工作了一年，她那秀美的容颜可不是简略几笔速记就可以描绘出来的。她没有梳起时兴的蓬巴杜发型为自己增添几分魅力，也没有佩戴项链、手镯或坠子之类的饰物。她不会摆出一副随时就要接受他人午餐邀请的姿态。她身上的灰色衣裙颇为朴素，不过却非常合身得体。她头上戴着一顶整洁的黑色头巾帽，帽子上插着一根颤悠悠的金青色鹦鹉羽毛。当天早上，她浑身散发着柔和的光芒，其中还夹杂着几分羞涩。她那双如梦似幻的眼睛闪闪发亮，两抹桃红飞上她的双颊。她脸上洋溢着幸福，仿佛正在回味过去的时光。

皮彻还没从讶异中醒过神来，他发现女速记员当天早上的举止与往常有所不同。她的办公桌在隔壁的房间里，然而她并没有径直走到自己的办公室，而是依依不舍地待在外头的大办公室里，仿佛拿不定主意。有一次，她凑近麦克斯韦的办公桌，其距离之近足以使他意识到她的存在。

麦克斯韦一坐在办公桌前，就已经不再是一个有血有肉的人了，他化身为一个忙碌的纽约股票经纪人，如同一台机器，由咔嗒作响的齿轮和不断伸展的弹簧驱动着。

"怎么了？有什么事？"麦克斯韦厉声问道。已经拆开的信件在他面前堆积着，在杂乱不堪的办公桌上形成一座"雪山"。他那双犀利的灰色眸子里没有半点人情味，他只是唐突无礼地扫了她一眼，目光中含有几分不耐烦。

"没什么。"女速记员说着离开办公桌，一抹淡淡的笑意浮现在她的脸上。

她对机要秘书说："皮彻，昨天麦克斯韦先生有没有说过要请一个新的速记员？"

"说了。"皮彻答道，"他告诉我要再请一个速记员，昨天下午我已经和职业中介所联系了，让他们今天上午送几件样品来。现在已经是九点四十五分了，却还没看到一个戴阔边帽或嚼着菠萝味口香糖的上我们这儿来面试。"

"那么，在新人来接替这个职位之前，"年轻的女速记员说道，"我还是像往常一样工作吧。"之后她走到自己的办公桌旁，把插着金青色鹦鹉羽毛的头巾帽挂在原来的地方。

假如一个人从没见过一个曼哈顿股票经纪人在繁忙时刻如何

工作，那他铁定无法成为一个合格的人类学家。有位诗人曾经写下诗句，赞颂那"辉煌人生中的繁忙一小时"[1]。然而，对于一个股票经纪人而言，不仅每个小时都是繁忙的，而且每分每秒都是如此。每一分每一秒如同繁忙的过客，挂在扶手吊环上，前拥后挤地挤满了月台。

而这一天正是麦克斯韦繁忙的一天。股票行市自动录报机仿佛胃痉挛般断断续续地吐出一团团纸带；桌上的电话也染上了慢性咆哮症，不停地丁零作响。人们涌入麦克斯韦的办公室中，隔着栅栏冲他大喊大叫，他们或是喜气洋洋，或是怒气冲冲，或是恶意满满，或是激动兴奋。信差手里拿着信件和电报跑进跑出，办事处的职员如同面临暴风雨的水手，不停地上蹿下跳。就连皮彻那张死板的脸上也沾染了些许生气。

在股票交易所里，你可以看到大自然的各种巨变——飓风席卷、山崩地裂、狂风暴雪、冰川横陈、火山喷发。而在一个股票经纪人的办公室里，类似的巨变也在上演，只不过规模小一点罢了。麦克斯韦把椅子推到墙边，蹦来跳去地指挥股票交易。瞧他那模样，俨然一个跳足尖舞的舞者。他从自动录报机跳到电话旁，从办公桌跳到门口，其身姿堪比一个训练有素的滑稽演员。

压力越来越大，神经越绷越紧。然而，在这繁忙之中，股票经纪人麦克斯韦突然意识到不同寻常的东西在他眼前晃荡。他首先看到的是一缕高高卷起的金发，接着是一顶上下移动的天鹅绒

1　出自英国历史小说家和诗人沃尔特·司各特（1771—1832）的诗作，原句为："One crowded hour of a glorious life is worth an age without a name.（宁要辉煌人生中的繁忙一小时，不要庸碌无为的一生。）"

女帽，鸵鸟毛点缀其上，一件仿海豹皮短大衣，由核桃大小的珠子串成的珠串，垂向地板的一头挂着一颗银质鸡心。这一饰品串起了眼前这位镇定自若的年轻姑娘，皮彻开始介绍她：

"这位女士来自速记员中介所，她希望能获得那个职位。"

麦克斯韦半转过身，他手里满满攥着文件和录报机纸带。

"什么职位？"他皱皱眉头。

"那个速记员的职位，"皮彻解释道，"昨天你让我给职介所打电话，让他们叫人过来面试。"

"你脑子进水了吗，皮彻？"麦克斯韦叫道，"我为什么要吩咐你这么做？这份工作莱斯莉小姐已经干了一年了，她干得很好，大家都很满意。只要她愿意，这个职位就非她莫属，她想干多久就干多久……我们这里没有空缺的职位，女士。联系职介所，取消这一申请，皮彻。别再把应聘的人带到这里。"

那姑娘愤愤不平地离开办公室，脖子上的银鸡心肆无忌惮地磕碰着办公室里的家具。皮彻抽空和簿记员嘀咕，说"最近老板越来越糊涂，越来越健忘"。

股票交易越来越激烈，节奏也越来越快。麦克斯韦的客户重仓买进的五六只股票正在暴跌，买进卖出的单据如同一群麻雀，在办公室里上下翻飞，麦克斯韦自己手中的一些股票也陷于岌岌可危的境地。现在，麦克斯韦整个人已经变成了一台牢固精密的机器，正开足马力全速运行。他毫不犹豫，从不犯错，他吐出的每一个词、做出的每一项决定都无比精准，就如同反应灵敏、上紧发条的钟表。股票、债券、贷款、抵押、保证金……这是一个属于金融的世界，人类世界和自然世界在其中根本没有立足之地。

临近午餐时分，办公室里的喧嚣稍稍平复。

麦克斯韦站在办公桌前，手里满满攥着电报和备忘录，右耳夹着一支自来水笔，几绺凌乱的发丝散落在他的额头上。办公室的窗户敞开着，窗外，大地已经回暖，春天开始向室内输送暖意。

一缕幽香从窗外飘进来，在办公室里流连不去 ——或许它是迷路了吧？那是丁香花的甜香。刹那之间，这缕娇柔甜美的幽香仿佛给股票经纪人施了定身法，让他无法动弹。这缕幽香属于莱斯莉小姐，正是她特有的香气。

在这缕幽香的作用下，莱斯莉小姐的形象生动地浮现在麦克斯韦眼前，看上去如此真实，简直是触手可及。在他周围，金钱的世界突然萎缩，化作一个微小的点。而莱斯莉小姐就在隔壁办公室里，距离他不过二十来步。

"老天爷！我现在就去，"麦克斯韦几乎叫了起来，"我现在就去向她求婚，我早就该这么做了。真奇怪！我为什么拖到现在呢？"

他冲向里间的办公室，那劲头堪比一个做空股票的人急于补仓。他朝女速记员的办公桌奔去。

女速记员抬眼看着他，面露微笑。一抹柔和的粉色飞上她的双颊，她的目光中饱含善意与真诚。麦克斯韦把一只胳膊肘支在她的办公桌上，他双手还攥着不停抖动的文件，右耳还夹着那支自来水笔。

"莱斯莉小姐，"他匆匆忙忙地开腔了，"我只能挤出一丁点时间，我想要借这点时间和你说两句。你愿意嫁给我吗？我没有时间像一般人一样向你求爱，不过我是真心爱你的……快回答我，求你了！那些家伙正在哄抢联合太平洋铁路公司的股票呢！"

"你在说些什么呀？"年轻的女速记员大叫道。她站起来，睁大双眼看着他。

"难道你还不明白吗？"麦克斯韦焦躁不安地说道，"我想让你嫁给我。我爱你，莱斯莉小姐。我想让你知道我爱你。现在没那么忙，于是我就瞅着这个空儿跑来找你……现在他们又叫我去接电话了，告诉他们等一等，皮彻……你愿意嫁给我吗，莱斯莉小姐？"

女速记员的反应非常奇怪。起先她仿佛惊讶得愣住了，接着泪珠从她那疑惑不解的眼睛里冒出来。之后她含着眼泪粲然一笑，伸出胳膊，温柔地搂着麦克斯韦的脖子。

"现在我明白了，"她柔声说道，"看来这老行当让你暂时忘了其他的事。一开始还真把我吓坏了。你不记得了吗，哈维？我们昨天晚上八点钟已经在街角的小教堂举行过婚礼了。"

财神与爱神

老安东尼·洛克沃尔原是洛氏尤里卡香皂的制造商，也是这家公司的所有者，只不过他现在已经退休了。他的宅邸位于第五大道。这一天，他透过藏书室的窗户向外张望，看到自己的右邻G.范·舒莱特·萨福克－琼斯朝在门前等候的汽车走去。萨福克－琼斯是一位贵族兼俱乐部会员。当看到老安东尼门前那尊高高在上的意大利文艺复兴式雕像，他如往常一样嗤之以鼻。看到这一幕，老安东尼不禁莞尔一笑。

"这个老家伙干啥啥不成，还那么得意！"前肥皂大王安东尼如是评论，"我看这个浑身僵硬的糟老头最好悠着点，不然总有一天他会被人当成一尊涅谢尔罗迭[1]雕像，送到伊甸园博物馆去展览。哼！来年夏天我要给这栋房子涂上红色、蓝色和白色的油漆，看看他那个荷兰鼻子会不会翘到天上去！"

老安东尼叫人的时候从不喜欢摇铃，他直接走到藏书室门口，大吼一声："麦克！"这洪亮的嗓音曾经刺破了堪萨斯大草

1　涅谢尔罗迭（1780—1862），沙俄尼古拉一世时的外交大臣。

原上空的苍穹。

"去把少爷找来，"老安东尼对应声而来的仆人说，"让他在出门前来见我。"

小洛克沃尔走进藏书室，老安东尼放下手中的报纸，仰起一张红润油亮的阔脸，那脸上的神情既严厉又慈爱。老人伸出一只手去抓抓凌乱不堪的白头发，另一只手则插在兜里，把兜里的钥匙弄得叮当作响。

"理查德，我问你，"老安东尼说，"现在你用什么价位的香皂？"

理查德大学毕业不久，回家待了半年。听到这个问题，他不禁有些惶恐。他感觉自己的父亲就如同第一次参加社交舞会的年轻姑娘，总会做出一些出其不意的举动。直到现在他还摸不透父亲的套路。

"大概六美元一打的香皂，爸爸。"

"那你的衣服呢？"

"一套大概是六十美元。"

"你是个绅士，"老安东尼直白地说，"我听说那些年轻人要用二十四美元一打的香皂，穿一百美元一套的衣服。你和他们一样，大可以花钱如流水，不过你很有分寸，能保持低调和体面。现在我还在用老牌的尤里卡香皂——这不仅是因为我对这个牌子有感情，更是因为这种香皂的质地最纯正。如果你为一方香皂花的钱超过十美分，那超出的部分换来的就只是标签和劣质香料。不过你是属于这年轻一代的小伙子，再考虑到你的地位和境况，用五十美分一方的香皂也足够了。我刚才也说了，你是一个绅士。他们说要三代人才能造就一个绅士，哈！我看他们真是错得离谱。金钱就像香皂油脂一样，可以顺顺溜溜地解决问题。现在你已经是一个绅士了！老天爷！我自己也险些成了一个绅士！想想看，我差点儿和左邻右舍这两家人一样，举止粗鲁，没有教养，只会讨人嫌……就因为我家的房子正好夹在他们中间，这两个荷兰老头晚上都睡不安稳。"

"金钱并不是无所不能的。"小洛克沃尔忧伤地说道。

"别说这样的话！"老安东尼大为震惊，"要我说，金钱就是无所不能，我每回都把宝押在金钱这边。我几乎翻遍了整本百科全书，想看看这世上有什么东西是金钱换不来的，直到翻完了'Y'我还没找到，说不定下个星期我还得翻翻附录。不管怎么说，我就站在金钱这一边。你倒是说说看，有什么是用钱换不来的。"

"比方说，"理查德看似难以释怀，"金钱不能帮你挤进那些高级上流社会的圈子里。"

"哦？是吗？"万恶之源的忠实支持者咆哮道，"你倒是说说看，如果阿斯特家族[1]的祖先没有钱买张统舱船票跑来美国，那些什么'上流社会的圈子'又从何而来？"

理查德叹了一口气。

老安东尼稍稍平静下来："我就快讲到正题了，这也是我叫你来见我的原因。你不大对劲啊，孩子。我留意到这件事也有两个星期了。痛痛快快地说出来吧，在二十四小时内我能筹到

——

1　阿斯特家族：美国金融业及地产业家族、经济世家，其创始人为约翰·雅各布·阿斯特（1763—1848）。

一千一百万美元，还有房产什么的。如果你是肝有毛病，'兰博勒号'轮船就停泊在港口，船上装满了煤，两天之内就能到达巴哈马[1]。你大可以跟那船出海，到南边去疗养。"

"老爸，虽然你没猜中，不过也八九不离十了。"

"啊哈！我明白了，"老安东尼饶有兴味地问道，"那姑娘叫什么名字？"

理查德站起来，在藏书室里来回踱步。他那粗暴鲁莽的老父亲表现出关切与同情，足以让他倾吐心声。

"那你干吗不向她表白呢？"老安东尼问道，"她肯定会迫不及待地扑到你的怀里。你有财又有貌，是个体面孩子。你没干过粗活，也没沾上尤里卡香皂的碎屑。虽说你上过大学，不过这点美中不足她是不会在乎的。"

"我根本没有机会向她表白。"理查德说。

"那你就创造机会嘛！"老安东尼说，"带她到公园里的小路上走走，不然带她去野餐，在她上教堂做礼拜后送她回家……找找机会嘛！"

"老爸，你对社交场的规矩一无所知，"理查德说，"整个社交场就如同一座水力磨坊，而她正是推动这座磨坊的一股水流。她所有的时间——每个钟点，甚至每一分钟，都在几天前就安排好了。老爸，我一定要赢得这个姑娘，不然这座城市对我来说就是黑暗的沼泽。我不能写信向她表白，我做不到。"

老安东尼哼了一声："我为你挣下这么大一份家私，而你的

1　指巴哈马群岛，位于大西洋西岸，为当时的度假胜地。

意思是这些钱还不够你向这姑娘买一两个钟头的时间？”

　　“我拖得太久，现在也来不及了。”理查德说，“后天中午她就要乘船前往欧洲，在那里待两年。明天晚上我还有和她单独相处的机会，不过只有几分钟。现在她就住在拉奇蒙特[1]的姨妈家里，我不能上那儿去。不过她倒是答应我，让我在明天晚上叫一辆出租马车，到中央车站去接她，她要乘坐八点半那班车过来。接到她之后我们就沿着百老汇大道走，尽快赶到沃伦克剧院。她母亲订了个包厢，邀请一群人看戏。我们要在剧院大厅和她母亲还有那群人碰头。我们在路上的时间只有六到八分钟，你以为在那种情况下她会听我表白心迹吗？不会的。那到了剧院之后呢？看完戏之后呢？我还有机会吗？没有。老爸，没用的，你的金钱没法解开这团乱麻。我们不能用金钱来买时间，连一分钟都买不到。如若不然，有钱人就会更长寿了。在兰特里小姐乘船前往欧洲之前，我没有机会和她好好谈一谈。”

　　“行了，理查德，”老安东尼兴冲冲地说道，“我的孩子，你该上俱乐部遛弯了。我很高兴你的肝没有问题，不过时不时还是要给财神上上香。你刚才说钱买不到时间？当然了，你不能出钱叫人把‘永恒’包好，然后一股脑地送到你家里。不过在我看来，当时间老头走过金矿，他的脚也会被磕得青一块紫一块的。”

　　当天晚上，爱伦姑妈上门来了。她满脸皱纹，生性和蔼，多愁善感，喜欢唉声叹气，被财富压得透不过气来。她发现自己的哥哥安东尼正在看晚报，两人便谈起了那有情人的烦恼。

1　拉奇蒙特：位于纽约市郊。

"他已经告诉我了。"安东尼打个哈欠，"我告诉他我银行户头里的钱愿为他效劳，然后他就开始数落起金钱来。他说什么钱派不上用场，还说就算是一群千万富翁和社交场的规矩对着干也会败下阵来，有钱人没法让社交规则做出让步。"

"啊，安东尼，"爱伦姑妈叹了一口气，"我真希望你不要把金钱看得那么重。在面对真爱时，财富根本一无是处。爱情才是无所不能的。唉……如果他早点表白就好了！那姑娘不可能对我们的理查德说'不'。不过恐怕现在也来不及了，他没有机会向她诉说衷情。你所有的金钱都换不来你儿子的幸福。"

第二天晚上八点钟，爱伦姑妈打开一个被虫蛀鼠咬的小盒子，拿出一枚古朴的金戒指，递给理查德。

"侄儿，今晚戴上这个。"她用恳求的语气说道，"这是你母亲留给我的，她说这枚戒指能带来桃花运。她让我在你找到自己的真爱之后就把这戒指给你。"

小洛克沃尔郑重其事地接过戒指，套到小手指上。戒指卡在第二指节上，他取下戒指，按照一般绅士的做法，把它放进马甲口袋里。之后他打电话叫了一辆出租马车。

他来到中央车站，在八点三十二分的时候把兰特里小姐从前挤后拥的人潮中拯救出来。

"我们可不能让妈妈他们等太久。"兰特里小姐说。

"沃伦克剧院，尽快！"忠心耿耿的理查德朝车夫叫道。

马车沿着四十二号大街飞驰，朝百老汇大道驶去。马车钻进一条灯光璀璨的小巷，从田园牧歌的西区驶向大厦林立的东区。

当马车驶入三十四号大街时，理查德突然探出车厢，命令马车夫停一下。

理查德从车厢里爬出来。"我的戒指掉了，"他的话音里饱含歉疚，"那原是我母亲的，我可不想把它弄丢了。我不会耽误你的时间，一分钟都不会耽搁……我看到它掉在哪儿了。"

果然，在一分钟之内他已经捡起戒指，钻进车厢。

然而就在这一分钟内，一辆横穿市区的电车在他们的出租马车正前方抛锚。马车夫打算从左边超车，然而一辆重型货车挡住了他的去路。他又试着从右边超车，结果一辆突然出现的运送家具的货车又把他逼了回来。马车夫试图抽身而退，可最后不得不扔下马鞭，骂骂咧咧。现在出租马车已经陷入车马交织而成的一团乱麻之中。

在这个大都市里，类似的交通阻塞时有发生。一旦碰上这种突发状况，不仅生意受阻，就连坐车出门的人也无法动弹。

"为什么不继续往前走呢？"兰特里小姐有些不耐烦，"我们要迟到了。"

理查德站在车厢里，环顾四周。现在他们所处的位置是百老汇大道、第六大道和三十四号大街的交会处，各种车辆和马匹在此处聚集，形成一片汪洋大海，把原来宽阔的路口堵得水泄不通。那情形就像是一个腰围二十六英寸的姑娘硬要把自己塞进腰围二十二英寸的紧身马甲中。与此同时，源源不断的车辆从各条街道全速驶来，汇入这团不停挣扎扭动的乱麻之中。这里一片喧腾，各式各样的车辆辐轴相交、辕轭相错，车夫们的叫骂声让这里更加喧嚣。曼哈顿的所有车辆仿佛都挤在他们周围，成千上万的闲人站在人行道上看热闹，这场交通堵塞的范围如此之广，规模如此之大，就连资格最老的纽约佬也从未见识过。

"真对不起，"理查德坐回自己的位置上，"看来我们遇上了堵车，像这种情况一小时之内是没法缓解的。这都是我的错，如果我没有弄丢那枚戒指……"

"让我看看那戒指吧，"兰特里小姐说，"反正现在也没办法，我也不在乎了。本来嘛，我觉得到剧院去看戏挺没劲的。"

当天晚上十一点钟，有人轻轻敲响了安东尼·洛克沃尔的卧室房门。

当时老安东尼正穿着一件红色的睡衣，看一本海盗探险小说。"进来吧。"他大叫一声。

来者是爱伦姑妈，她看上去如同一个误入凡间的灰发天使。

"他们订婚了，安东尼，"她柔声说道，"那姑娘已经答应要嫁给我们的理查德了。他们在前往剧院的路上碰上了堵车，足足过了两个小时，他们的出租马车才得以脱身。"

"我说哥哥，别再吹嘘金钱无所不能了。正是那枚戒指成全了理查德，让他找到了自己的幸福。那枚小小的戒指象征着纯真的爱情，象征着永恒无私之爱。戒指掉落在大街上，理查德钻出马车把它捡回来。他们的马车还没来得及继续前行，就碰上了堵车。就在马车堵在那里动弹不得的时候，他向那姑娘倾吐心声，并赢得了她的芳心。安东尼，我告诉你，金钱和爱情比起来简直有如粪土。"

"好了，好了。"老安东尼叫道，"听到那孩子最终得偿所愿，我很高兴。我早就说了，为了他我不会心痛钱财，只要他能……"

"可是哥哥，在这件事上，你的那些钱到底派上了什么用场？"

"我说妹妹，"老安东尼说，"我看书正看到紧要关头，那海盗的船就要被凿沉了。对于金钱的价值他再清楚不过了，绝不会眼睁睁地看着财宝沉入海底。行行好，让我看完这一章吧。"

这个故事到这里就可以宣告结束了。我也和诸位看官一样，由衷地希望能在这里为整个故事画上句号。然而，我们必须深挖硬刨，探寻幕后的真相。

第二天，一个自称凯利的人来到安东尼·洛克沃尔的宅邸门前。他双手通红，打着一条蓝色波点领带。他刚刚自报家门，就被带到老安东尼的藏书室。

"行啊，"老安东尼伸手去拿支票本，"这一方肥皂做得真不赖。让我瞧瞧……之前已经给了你五千美元现钞。"

"那五千美元早就花光了，我还垫付了三百美元，"凯利说，"稍稍超出预算……不过这也是没法子的事。那些运货快车和出租马车的叫价大多是五美元一辆，可是那些重型货车和双驾马车坐地起价，大多要价十美元一辆。开汽车的司机要价十美元，还有那些超级大货车要价二十美元。敲竹杠敲得最狠的还是那些条子，我给了其中两个五十美元，其他的给了二十美元或二十五美元。不过话说回来，洛克沃尔先生，这活儿是不是干得漂亮？幸好昨天戏剧界大腕威廉·阿·布雷迪先生没在现场，不然他看到这么美妙的一幕小型车群外景岂不是要嫉妒死！想想看，没有经过一次彩排就演了这样一场好戏，所有人都按时登台，一秒都不差。整整两个小时，那一块儿挤得水泄不通，就算是一条蛇也没法挤到格里利[1]雕像脚下。"

"这是一千三百美元，你拿着，凯利。"安东尼说着撕下一张支票，"其中一千美元是给你的酬劳，另外三百是你垫付的费用。你不讨厌钱吧，凯利？"

"你是说我吗？"凯利说，"我倒是想痛揍那个发明了贫穷的家伙。"

凯利转身离开。当他走到门口，老安东尼又叫住他。

"昨天挤得水泄不通的时候，"老安东尼说，"你有没有发现一个没穿衣服的大胖小子？他拿着一张弓，到处乱射箭[2]，你看到他了吗？"

"啥？"凯利摸不着头脑，"我没看到。如果他真像你说的是那副打扮，早在我到那里之前他就被条子给逮起来了。"

"我就知道那小混球当时不在场。"老安东尼咯咯一笑，"行了，再见吧，凯利。"

---

1 指霍勒斯·格里利（1811—1872），美国著名报界人士、编辑。
2 此处指爱神。希腊罗马神话中的爱神丘比特正是一个拿弓射箭的孩童形象。

催眠大师杰夫·彼得斯

南卡罗来纳州的查尔斯顿有多少种煮米饭的方法，杰夫·彼得斯就有多少种骗钱的歪门邪道。

我最喜欢听他讲自己早期的故事。当时他在街头巷尾兜售软膏和咳嗽药水，勉强填饱肚子。他和一般民众最为亲近，还不时用最后一个铜板和命运赌一把。

"我去了阿肯色州一个叫费瑟山的小镇，"他说，"当时我穿着鹿皮外套和鹿皮鞋，长发飘飘，手上还戴着一个三十克拉的钻戒。那戒指原属于特克萨卡纳的一个演员，我用一把小刀换来的，不过我可不知道那家伙如何处置我的小刀。

"当时我的身份是王胡大夫———一位颇有名气的印第安医师。我身上只带了最好的赌本，就是'妙手回春剂'。它的原料是能赋予人们活力的药草。发现这些药草的是一个名叫塔夸拉的印第安女人，她是印第安巧克陶族酋长的娇妻。在一年一度的印第安玉米舞会上，她为了给一大盘狗肉找点调味料，无意中发现了这些药草。

"之前那个市镇的生意不大好做，我去费瑟山的时候身上只剩下五美元。我来到当地的药店，向药剂师赊了六打八盎司容量的玻璃瓶和软木塞。离开那个市镇的时候，旅行包里还剩下一些标签和配料。我找了一间旅店，打开水龙头往玻璃瓶里灌水。看着妙手回春剂在桌上排成一行行，我感觉生活的曙光再次浮现。

"您说这是在造假？不，先生，您可说错了。那六打玻璃瓶里包含着价值两美元的金鸡纳霜和价值一美分的阿尼林[1]。几年之后我故地重游，那里的居民还问我要这药呢。

"当天晚上我雇了一辆大车，在小镇的主街上兜售药剂。费瑟山小镇窝在一片低地里，那里疟疾横行。于是，我想这里的人急需一种具有混合功效的药剂，姑且就称为'护心润肺补血益气大补药酒'好了。我的药剂卖得很好，这里的人看到这些药剂，就仿佛长期吃素的人看到山珍海味一样。每瓶药剂售价五十美分，我一口气卖出了两打。就在这时，我感觉有人在扯我的衣角——我明白这意味着什么。我跳下大车，看见一个衣领上别着一枚银星的人。我往他手里塞了五美元。

"'警官，'我说，'今晚天气不错呀。'

"'你在这里兜售你称为药的非法商品，'那警察说道，'你可有本市的营业执照？'

"'没有，'我答道，'我还不知道这里算是一个城市。明天我再看看，如果我发现这里当真是一个城市，有必要的话我就去弄一张来。'

"'那我现在就得让你关张歇业。'那警察说。

1　即苯胺。

"我只得收拾摊子，回到旅店。之后我和旅店店主聊起这事。

"'啊，你在费瑟山这儿是没法站稳脚跟的，'旅店店主说，'这里只有一个执业医生——霍斯金斯医生，他是镇长的小舅子。他们绝不会让一个冒牌的江湖游医在镇上给人看病。'

"'我不给人看病，'我说，'我有一张全州通用的摊贩执照，无论我去到哪个城市，只要他们问我要执照，我都可以弄一张来。'

"第二天早上我去到镇长的办公室，那里的人告诉我镇长还没有上班。他们也不知道他何时来上班。于是，我这个王胡大夫只得回到旅店，缩在一张椅子里，抽着一支特制土烟，等待时机。

"不久之后，一个打着蓝色领结的小伙子溜到我身边的椅子上坐下来，还问我几点钟了。

"'十点半，'我说，'啊，你不是安迪·塔克吗？我见识过你的大作。你不是在南部那些州兜售爱神组合套餐吗？我想想看，那套餐里包括一个镶着智利钻石的订婚戒指、一个结婚戒指、一个土豆粉碎机、一瓶镇静糖浆，还有一张女演员桃乐丝·维隆的照片，总共要价五十美分。'

"看到我还记得他，安迪很高兴。他是一个街头推销高手，很敬业，能赚到百分之三百的利润他就很满足了。很多人邀他入伙，想和他一起兜售非法药品和园艺种子，不过安迪从来没有偏离'正道'。

"我正需要一个合作伙伴，于是我和安迪一拍即合。我告诉他在费瑟山小镇生意很不好做，医药界和政界之间的裙带关系让此处的形势变得非常复杂。他乘坐当天的早班车来到此处,当时安迪过得也不如意,打算在这里赚几个小钱,然后去尤里卡温泉造军舰。于是,我们俩走出门,坐在门廊上详谈。

"第二天上午十一点的时候,我独自一人坐在旅店里。一个老黑奴拖拖沓沓地走进来,他要找个医生为班克斯法官看病——看来那位班克斯法官正是这里的镇长,他好像病得很厉害。

"'我可不是医生,'我说,'你为什么不去找那真正的医生呢?'

"'老爷,'那老黑奴说,'霍斯金斯医生到乡下给人看病去了,那地方离这儿足有二十英里呢。俺们镇上只有他这么一个医生,可现在班克斯老爷病得厉害,他让俺来请你过去给他看看。'

"'看在是同胞的分儿上,我就去看看他吧。'说罢我把一瓶妙手回春剂藏在口袋里,和那老黑奴一同走了出去。我们爬上一座小山,镇长的府邸正位于小山顶上。那是整个小镇最气派的房子,配着双重斜坡式屋顶,草地上还有两尊铁铸的狗雕像。

"这位班克斯镇长平躺在床上,只剩下胡子和脚尖翘起来。他腹响如雷,如果是在地震频发的旧金山,人们听到这么大的响动就要争着抢着往外跑了。一个年轻人站在床边,手里拿着一杯水。

"'大夫,'镇长发话了,'我病得厉害,我就要死了!你能不能帮帮我?'

"'镇长大人,'我说,'我无福成为医神门下之徒,我从来没有在医学院上过一堂课。我来到这里,只是出于同胞之情,看

看我能否帮得上忙。'

"'对此我深表感激。'镇长说,'王胡大夫,这位是我的外甥比德尔,他试着减轻我的痛苦,然而并没有用。啊,老天爷啊!嗷……哎哟!'他又叫唤起来。

"我朝比德尔点点头,然后在床边坐下,摸摸镇长的脉搏。'让我看看你的肝……我是说你的舌头。'我说。接着我翻开他的眼睑,仔细查看他的瞳孔。

"'您这病有多久了?'我问道。

"'是昨天晚上开始发作的……哎哟!'镇长说,'给我开点药吧,大夫。'

"'皮豆儿先生,'我对那外甥说,'麻烦你把窗帘拉开一点,好吗?'

"'是比德尔。'那年轻人纠正道,接着他对镇长说,'詹姆斯舅舅,你能吃一点火腿加蛋吗?'

"我把耳朵贴到镇长的右肩胛骨,听了一会儿。之后我说:'镇长大人,您这是非常严重的右侧锁骨弦筋脉超级炎症[1]!'

"'老天!'镇长呻吟一声,'那你能不能给我擦点药膏,或者是正正骨什么的,要不就想点别的法子?'

"我拿起帽子,向门口走去。

"'你不会就这样一走了之吧?'镇长咆哮道,'你不会抛下我,让我被这个……这个什么强筋面超级癌症折磨死吧?'

"'哇呵大夫,'比德尔先生也开口了,'如果你还有一点作

---

1 此为文中骗子杜撰出来的病症。

为人的仁慈之心，就不该让自己的同胞深陷痛苦之中。'

"'是王胡大夫，你以为你是在吆喝牲口吗？'我纠正道。我走回床边，把长发往身后一甩。

"'镇长大人，'我说，'对您来说现在仅剩下唯一的希望。药物对您是没有用的，不过还有比药物效力更强的疗法——当然，药物本身也足够强大了。'

"'什么疗法？'镇长问道。

"'科学的疗法。'我说，'要知道，意志胜于药物。您要相信自己没病没痛，只是身体有点不自在罢了。试试看吧。'

"'这是怎么回事，大夫？'镇长问道。

"'我所说的是凝聚心智的伟大学说，'我说，'是通过潜意识对谵妄和脑炎进行远程治疗的开明学派，是一种神奇的颅内疗法——个体催眠术。'

"'你能给我来一下吗，大夫？'镇长问道。

"'我是这一学派独一无二的大长老，是内殿大祭司，'我说，'只要我使出法术，就能让瘫子开口说话[1]，让瞎子睁开眼。我是一个灵媒，一个花腔催眠师，一个灵魂掌控者，之前在密歇根州安阿伯的一场降灵会上，正是多亏了我，酸醋苦酒公司已故的老板才能重回凡间，和他的妹妹简小姐说话。您看到我在街头巷尾向穷人兜售药水，可我绝不会向他们施展高明的个体催眠术，我不会堕落到这步田地。再说了，他们口袋里也没几个铜子，不值一试。'

---

1 原文如此，或是作者为了表现骗子在施行骗术过程中说漏嘴而有意为之。

"'你能为我施展一下，治治我这个病吗？'镇长问道。

"'实话告诉您吧，'我说，'无论我到哪儿，医学会总要找我麻烦。我不会为人看病，不过为了救您的性命，我豁出去了。如果镇长大人您同意不再追究营业执照问题，我就为您进行催眠治疗。'

"'当然当然，'镇长说，'快动手吧，大夫，又痛起来了。'

"'治疗的费用是两个疗程共两百五十美元，包好。'我说。

"'行了行了，'镇长说，'我会给钱的，我想我这条命还值这个价。'

"我坐在床边，直视他的眼睛。

"'现在开始，'我说，'不要想您的病痛，您没病没痛。您身上没有心脏、没有锁骨、没有尺骨、没有脑子……什么都没有，也没有病痛。承认吧，承认您刚才感觉到的疼痛只是幻觉……现在您是不是觉得那虚幻的疼痛已经离您而去了呢？'

"'我的确感觉好一点了，大夫。'镇长说，'真该死！的确有效啊。你再胡扯几句，让我左侧的肿胀消失。过后我大概就可以从床上跳起来，吃些香肠和荞麦饼。'

"我用手给他按摩了一下。

"'好了，炎症已经消除，'我说，'右叶激点已经消退，您觉得昏昏欲睡，连眼皮都睁不开了。病痛已经被控制住了，您睡觉吧。'

"接着镇长缓缓合上双眼，开始打呼噜了。

"'你刚才也看到了，背兜儿先生，'我说，'这真是现代科学的奇迹。'

"'是比德尔。'他纠正道,'呜呼大夫,您什么时候过来给舅舅进行下一阶段的治疗?'

"'是王胡大夫。'我纠正道,'我明天上午十一点再过来。如果他醒了,给他服下八滴松节油和三磅牛排。再见了,先生。'

"第二天上午,我准时到了镇长宅邸。当镇长的外甥为我打开卧室的房门,我说:'你好,屁逗儿先生,今天早上令舅的情况如何?'

"'他看起来好多了。'年轻人答道。

"镇长的气色很好,脉搏也很强劲。我又对他进行了一个疗程的治疗,他说他感觉最后一丝疼痛也离他而去了。

"'行了,'我说,'您最好卧床休息一两天,就没事了。幸好我路过费瑟山小镇,镇长大人,如若不然,即便是用上正规医生所知道的所有药物,也救不了您这条命。现在幻觉已经消散,之前的疼痛不过是虚妄,让我们聊聊更加愉快的话题——那两百五十美元的诊疗费。先说好,我不收支票。我讨厌在支票正面签名给人付钱,也不喜欢在支票背面签名以示银货两讫。'

"'我这儿有现钞。'镇长说着从枕头底下掏出一个钱夹,然后数出五张五十美元的大钞。

"镇长把钞票攥在手里,对比德尔说:'让他写张收据。'

"我在收据上签上自己的大名,镇长把那沓钞票递给我。我接过钞票,小心翼翼地放进衣服的暗袋里。

"这时镇长叫道:'快上啊,探长!'他咧嘴一笑,根本没有一点病人的样子。与此同时,比德尔先生一把抓住我的胳膊。'你被捕了,王胡大夫——又名彼得斯,'他说,'罪名就是违反

本州法律无证行医。'

　　"'你到底是谁？'我问道。

　　"'我来告诉你好了，'镇长从床上坐起来，'他是州医学会雇来的侦探，一直在跟踪你，跟着你走过五个郡县。昨天他上我这儿来，我们俩一合计，设下这个陷阱引你入套。我看你也不能在这一片行医了，骗子先生。你之前怎么说来着？'镇长哈哈大笑，'你说我得了那什么抽筋超级炎症？我看这病肯定不是脑子进水吧。'

　　"'这么说这个人是警探？'我问。

　　"'没错，'比德尔说，'我要把你押到治安官那儿去。'

　　"'好哇，你只管试试！'说着我一把锁住比德尔的喉头，几乎把他扔出窗外。可他却拔出了一把枪，抵着我的下颌。我只得定定地站在那里，任由他给我戴上手铐，从我的口袋里掏出那沓钞票。

　　"'我可以做证，'比德尔说，'这沓钞票上有我们之前做的记号，班克斯法官。等我和这家伙到了治安官办公室之后，我要上交这沓钞票。届时这沓钞票将会成为呈堂证供，治安官会给您开一张收据的。'

　　"'行了，比德尔先生，只管拿去吧。'镇长说，'王胡大夫，为什么不施展一下你的催眠术？看看能不能胡扯一通，把手铐解下来？'

　　"'好吧，探长，'我大义凛然地说，'我认栽了。'之后我转向老班克斯，把手铐的锁链弄得铿铿作响。

　　"'镇长大人，'我说，'终有一天您会意识到个体催眠术取

得了巨大的成功，即便在这件事上也是如此。'

　　"事实证明我并没有说错。

　　"等到我们走近那扇大门时，我说：'安迪，我们可能会碰到其他人，我看你最好还是把这副手铐摘下来……'怎么了？那还能是谁？当然就是安迪·塔克了！这都是他的计谋，我们就这样弄到了合伙做生意的第一桶金。"

婚姻学精算

"正如我之前所说的,"杰夫·彼得斯说,"我向来信不过女性的诈骗本领。即便是最问心无愧的骗局,女人作为同谋也实在靠不住。"

"你这话简直就是对她们的夸奖,她们也当得起。"我说,"我认为女性的确是诚实之人。"

"那有什么奇怪的呢?"杰夫说,"有男人为她们坑蒙拐骗,辛苦劳作。本来嘛,她们作为骗局同伙的表现也还过得去,不过一旦她们被捧得太高,又或是牵扯到她们的感情……这时你恨不能换个男人来做你的同伙,哪怕是一个气喘吁吁的男人,长着沙褐色的胡子和一双扁平足,有五个孩子和一栋抵押掉的房子,都好过和女人合伙。当时我和安迪·塔克四处漂泊,来到伊利诺伊州的凯罗镇,开了一间婚姻介绍所骗冤大头,还拉了一位寡妇入伙。我就给你讲讲这个故事吧。"

"如果你弄到了足够多的广告费……这么说吧,如果你拿得出一卷拖车牵引木粗细的钞票,你就有资本开一间婚姻介绍所了。当时我们手头有六千美元。我们没弄到新泽西州的执照,这家婚介所顶多能撑两个月，而我们盘算着在两个月内让这笔钱翻一倍。

"我们起草了一则征婚广告，这广告是这么写的：

> 现年三十二岁的寡妇有意再嫁。征婚者美貌妩媚，热爱家庭，拥有三千美元现款以及价值不菲的乡间地产。境况不佳之应征者若满怀柔情、性情温良，比有钱者更受青睐，皆因美德更常见于卑贱之人。如应征者忠诚可靠，且擅长打理地产，审慎投资，即便年纪稍大或相貌平平也无大碍。欢迎来信详谈。
>
> 寂寞之人敬上
>
> 来信请寄：伊利诺伊州凯罗镇彼得斯－塔克婚姻介绍所

"当我和塔克拼凑出这则广告，我说：'行了，这也八九不离十了，那位寡妇在哪儿呢？'

"安迪不动声色地扫了我一眼，他的目光中饱含不耐烦。

"'我说杰夫，'他说，'你在干这一行时已经丧失了对现实的感知。为什么要有一位寡妇？那些人在华尔街兜售掺水股票，难道你真能从中挤出水吗？你能从中钓到一条美人鱼吗？不过是登一则征婚广告而已，干吗要变出一位寡妇？'

"'听着，安迪，'我说，'你也知道我的原则。在我所从事的所有非法勾当中，所推销的物品必须真实存在，要拿得出手，要能看得到。这样一来，只要我仔细研读那个城市的法规和火车时刻表，我就能避免警察来找我麻烦——即使真有警察找上门来，只要用五美元和一根雪茄就能把他们打发了。现在我们设下了这个骗局，就必须找一位富有魅力的寡妇……至少也要是差不离的人物。至于她是不是如广告中所说的那么美貌，是不是拥有广告中宣称的动产和不动产，那大可以推说是广告措辞不准确。如此一来执法机构就抓不到我们的把柄了。'

"'好吧，'安迪略加思索，'或许这样更加安全，万一邮局和执法机构来我们婚介所找麻烦也不怕。不过……这位寡妇必须愿意花时间与我们配合，设下这种征婚骗局，可她绝不可能从中捞到一段婚姻……你上哪儿去找这样一个人？'

"我告诉安迪我正有一个非常合适的人选。以前我有个名叫扎克·特洛特的老朋友，他在游乐场里卖苏打水，帮人拔牙。一年前，他为了治消化不良，从一个老医生那儿弄到了一剂药，结果吃了药之后却一命呜呼。在那之前他都是喝一两杯酒来消消食，我看他如果坚持自己以前的疗法，还不至于送命。不管怎么说，他太太已经做了一年的寡妇。以前我经常上他们家去，我觉得我们可以拉特洛特太太入伙。

"特洛特太太所在的小镇距离这里只有六十英里。我跳上一列火车，去了她家。她还住在原来那栋小农舍里，向日葵还立在门外，几只公鸡还立在洗衣盆上。特洛特太太非常符合广告中的寡妇形象，只不过在相貌、年龄大小以及财产方面稍有出入。她看起来很可靠，足以担此重任。况且雇她来做这份工作也算是告慰扎克的在天之灵。

"听完了我的请求，特洛特太太问道：'彼得斯先生，你们做的是正规生意吗？'

"'这么说吧，特洛特太太，'我说，'我和安迪·塔克已经盘算过了。在这片充斥着不公的辽阔国土上，大概会有三千个男人在看到我们刊登的广告之后自认为有资格赢得你的芳心以及那笔虚无缥缈的巨款和地产。这三千人能给你带来什么呢？万一你当真嫁给了他们中的一个，你所得到的不过是一个唯利是图、无所事事的懒汉，一个生活中的失败者，一个坑蒙拐骗的混球，一个可耻的骗婚牟利者。'

　　"'我和安迪打算给这些社会败类一个教训，'我继续说道，'我们恨不能把自己的婚介所改名为伸张正义兼骗婚者该死婚姻介绍所——当然了，我们最后还是忍住了，没这么做。怎么样，你觉得满意了吗？'

　　"'当然，彼得斯先生，'特洛特太太说，'我就知道，你不会做不规矩的事。不过我要做什么呢？你刚才说有三千个混蛋会找上门来，我是要一一拒绝他们，还是要成批成批地把他们踢出去？'

　　"'特洛特太太，'我说，'你要做的就是为我们装装门面。你将会在一家安静的旅店里住下来，什么都不用做。我和安迪会处理来信，所有事情都包在我们身上。'

　　"'当然了，'我继续说道，'或许有些过于热情鲁莽的求婚者会凑齐旅费，亲自跑来凯罗镇当面向你求爱，且不论他们身上的西装已经破烂成什么样了[1]。在这种时候就得劳烦你亲自拒绝他们。旅店的住宿费我们包，还会付给你工钱，每周二十五美元。'

1　英语中"求爱"和"西装"为同一个词（suit），此处为一语双关。

"'你等我五分钟,'特洛特太太说,'我要收拾好粉扑,把前门钥匙留给邻居,之后就可以开始给我算薪酬了。'

"于是,我带着特洛特太太去到凯罗镇,让她在一家家庭旅馆安顿下来。这家旅馆离我和安迪的住所有一定距离,不至于让人起疑,但也不至于远到难以呼应。之后我把这事告诉了安迪。

"'行啊,'安迪说,'现在这个诱饵近在咫尺,触手可及,你的良心也安宁了。其他的事都搁到一边,我们准备钓大鱼了。'

"于是,我们在全国发行的报纸上刊登了这则广告。每份报纸我们只刊登了一次,再多几次我们也应付不来。如若不然,我们就得雇用一大群男职员和梳着大波浪发型的女秘书,他们嚼口香糖的响声必定大得连邮政部长都会深受其扰。

"我们用特洛特太太的名字开了一个户头,在里面存了两千美元,并且将存折交给她。万一有人质疑我们婚介所的诚信度,她就能掏出存折供人查看。我知道特洛特太太为人正直可靠,把钱放在她名下可是非常安全的。

"就是那一则广告,让我和安迪每天花上十二个小时来回信。

"每天的来信有百来封,我从不知道在这个国度有那么多心怀爱意的穷苦男性,他们都希望能赢得这位妩媚寡妇的欢心,心甘情愿地背起为她投资理财的重担。

"大多数人坦承自己上了年纪,丢了工作,处处不如意……然而每个人都确信自己满怀柔情,颇具男子汉气概,那个寡妇将余生托付给他们实在是非常划算。

"每位应征者都收到了彼得斯 – 塔克婚姻介绍所的回信。通过这封回信,他们获悉自己那坦诚无欺且意趣盎然的信件让这位寡妇印象深刻。希望他们能再写一封信详谈，如有可能，可随信附上本人照片一张。彼得斯-塔克婚姻介绍所同时也告知应征者：将这第二封信转交至征婚者手里需要收取两美元的费用，钱款请随信附上。

"现在你也能看出这个简单骗局的美妙之处了吧。在来信应征的绅士之中，无论他们是本国人还是外国人，大约百分之九十的人都会凑齐两美元寄过来——就是这么回事！只不过还得劳烦我和安迪拆开信件取出里面的钱，我们对此牢骚满腹。

"极少数应征者会亲自来到此地，我们带这些人去见特洛特太太，后面的事就交由她来料理。其中只有三四个人跑来问我们要回程车票钱。等到来自乡村的信件大量涌入，我和安迪一天能弄到两百多美元。

"一天下午，我们正忙得不亦乐乎。我把一块两块面额的钞票放进一个雪茄烟盒里，而安迪正吹着口哨，他吹的曲子是《婚礼钟声与她无缘》。这时，一个油滑的小个子男人钻了进来。他的目光在墙壁上一扫，仿佛正在追查一幅失落的名画。当我看到这个人的时候，一股自豪感油然而生——我大可以让他看看我们这里做的是正规生意。

"'我看你们今天收到了不少信啊。'那人说道。

"我伸手去拿帽子。'来吧，'我对他说，'我们正等着你呢，我带你去看看货色。你离开华盛顿的时候，特迪[1]还好吧？'

"我带他去到河景旅店，让他见了特洛特太太。之后，我把

———
1 特迪：美国总统西奥多·罗斯福（1858—1919）的昵称。

特洛特太太那本余额两千美元的存折拿给他看。

"'看起来一切正常。'那个密探说。

"'那是自然。'我答道，'如果你还是单身，我就留你在这儿和这位太太好好谈谈了，那两美元的介绍费就免了。'

"'谢了。'那人说道，'如果我还是单身，可能我就真这么做了。再会了，彼得斯先生。'

"将近三个月之后，我们弄到了近五千美元，也意识到是时候收手了。有不少人向我们抱怨，而特洛特太太仿佛也厌倦了这份工作。许多应征者前来和她见面，对此她可是非常不乐意。

"我们俩已经决定关张大吉。我打算前往特洛特太太下榻的旅店，支付她最后一周的薪酬，和她道别，顺便取回那两千美元。

"等我去到旅店，发现她正在哀哀哭泣，就如同一个不愿上学的孩童。

"'怎么回事？'我问道，'有人欺负你了？还是你想家了？'

"'不是的，彼得斯先生，'她说，'你是扎克的老朋友，我也不介意告诉你。是这样的，彼得斯先生，我爱上了一个人，我很爱很爱他，没有他我实在受不了，他正是我理想中的男人。'

"'那就嫁给他好了，'我说，'不管怎么说，这毕竟是你情我愿的事。你爱他爱得死去活来，他有没有用同样的爱来回报你？'

"'当然。'她说，'他是一位来应征的绅士，看到了那则广告，所以跑来见我。不过他要我把那两千美元给他，他才肯娶我。他的名字是威廉斯·威金森……'接着她又哭起来了，这段恋情让她变得焦躁不安、歇斯底里。

"'特洛特太太,'我对她说,'在这世上,我对女人最富有同情心了。再说了,你的亡夫生前是我最好的朋友。如果这事由我拍板,我肯定让你带着这两千美元嫁给你选中的夫婿,然后过上幸福的生活。'

"'这么做也不是不可以,'我继续说道,'我们从想娶你的那帮冤大头那儿弄到了近五千美元。但我得先问问安迪,他是个好人,只不过他很看重生意。从财务上看,我们俩是地位对等的合作伙伴。我会和安迪说说这事,然后再看看怎么办。'

"我回到我们落脚的旅店,把这事告诉了安迪。

"'我就知道迟早会发生这样的事,'安迪说,'只要牵扯到个人感情和喜好,你就无法确保一个女人完全按照你的计划行事。'

"'这的确让人难过,安迪,'我说,'想想看,我们设了这个圈套骗人,结果却让一个女人心碎。'

"'说得没错。'安迪说,'杰夫,我告诉你我的打算吧。你向来是个性情中人,心肠太软,慷慨大度。而我的心肠太过坚硬,世故油滑,狐疑多虑。我就让你一回,你可以上特洛特太太那儿,让她从银行取出那两千美元,送给那个把她迷得神魂颠倒的男人,然后过上幸福的日子。'

"我跳了起来,和安迪握手,足足握了五分钟。之后我跑去找特洛特太太,把这件喜事告诉她。她喜极而泣,就和刚才难过时一样泪流满面。

"两天之后,我和安迪打包行李,准备开溜。

"'在我们离开之前，你要不要去见见特洛特太太？'我问安迪，'她肯定很高兴认识你，还会对你表达她的谢意，大大夸赞你一番。'

"'我看不用了，'安迪说，'我们最好快点动身去赶火车。'

"我像以往一样，把我们的钱款塞进随身背着的褡裢里。这时，安迪从兜里掏出一卷大额钞票，让我把这钱也放进去。

"'怎么回事？'我问道。

"'这就是特洛特太太那两千块钱。'安迪回答。

"'怎么会落到你手上？'我问道。

"'她给我的。'安迪说，'近一个多月来，我每个星期都抽出三个晚上去找她。'

"'这么说你就是那个威廉斯·威金森？'我问道。

"'正是在下。'安迪回答。"

提线木偶

　　一个警察站在街角，二十四号大街和一条黑得吓人的小巷在此处交会，一条高架铁轨穿街而过。此时是凌晨两点，冰冷的细雨不停袭来，令人生畏的黑暗笼罩四周，直到黎明时分才会消散。

　　一个人迈着匆忙而轻柔的步伐，从昏暗的小巷里走出来。他身上穿着长大衣，帽子压得低低的，手里还拿着一样东西。那警察带着一种恪尽职守的自信，彬彬有礼地迎了上去。现在是凌晨时分，这条小巷臭名昭著，这个人行色匆匆，手上还拿着一样东西——所有这些都形成了所谓的"可疑情况"，当然值得警察盘问一番。

　　这位"嫌疑人"马上停下脚步，把帽子往后一推。闪烁的电灯光映出一张镇定自若、毫无表情的脸，长长的鼻子，黝黑的眸子闪烁着坚毅。他把戴着手套的手插入外套的口袋中，掏出一张名片，递给警察。那警察借着昏暗的灯光查看那张名片，只见上面写着"医学博士查尔斯·斯宾塞·詹姆斯"，除此之外还列出了街道和门牌号，表明这位医生的诊所位于殷实体面的街区，足以让任何疑虑烟消云散。警察的目光往下一扫，看到那医生手上的东西——一个漂亮的镶银黑皮革医药箱，进一步印证了名片上的信息。

"好吧，医生，"警察退到一边，脾气好得出奇，"我们收到指示，要多加小心。最近发生了不少入室盗窃和抢劫案。今晚天气很糟糕，还得出诊啊？冷倒不是很冷，不过很潮湿。"

詹姆斯医生郑重其事地点点头，对这个警察关于天气的评价附和两句，之后继续匆匆前行。当天晚上他曾三次被警察拦了下来，然而当那些警察看到他的名片以及他手中的医药箱，他们都理所当然地认为他是一个体面正派的人。到了第二天早上，如果哪个警察有意按图索骥，到名片上的地址去查看一番，会发现一个设备齐全的诊所，一块写着医生名字的闪亮门牌挂在门口，而詹姆斯医生穿戴整齐、镇定自若，正坐在自己的诊所之中。不过如果那警察去得太早，他未必能看到这一幕——詹姆斯医生向来不习惯早起。而住在这附近的居民将会证实詹姆斯医生是一个名声很好的医生，一个顾家的正派人，已经在这里居住了两年之久。

然而，如果某个热心过头的执法者查看一下那个精巧的医药箱，必定会大吃一惊。打开医药箱，首先映入眼帘的是一系列精巧的最新款撬锁工具，专为"开箱人"而用，技术高明的保险箱窃贼现在自称为"开箱人"，而这正是他们的专用工具。这些特制工具包括：短而有力的撬棍，一整套怪模怪样的钥匙，打孔时可以像老鼠啃奶酪一样轻而易举地穿透钢铁的蓝钢钻头和冲头，钳子可以像水蛭一样紧紧贴在光滑的保险箱门上，再像牙医拔牙一样把复合密码锁芯拔出来；医药箱的内袋里放着一个容积四盎司的玻璃瓶，瓶里的硝酸甘油还剩一半。在这些工具下方是一沓皱巴巴的钞票和一些金币，总数为八百三十美元。

在他那个狭小的圈子里，詹姆斯医生有一个诨名——"希腊强人"。这一诨名部分源于他那镇定自若的绅士风度，部分源于他在那群匪徒之中的地位。他是一个领导者、一个策划者，医生的身份和诊所的地址赋予他权力，为他提供了方便，让他可以搜集到有用的信息。而那群匪徒正是根据这些信息制订计划，实施不法勾当。

这帮匪徒都是经过精挑细选的好手，除了詹姆斯医生之外，还有反复无常的摩根、职业"开箱人"黏胶德克、利奥波德·普利茨菲尔德——此人是一个珠宝商，在市区做生意，负责把这些人弄来的首饰宝物拿去销赃。这些人都忠心耿耿，坚定不移，守口如瓶。

当晚这群匪徒又跑了一趟"生意"，不过收获并不多，仅仅抵得过他们付出的辛劳。他们的目标是一家老派的纺织品公司。匪徒们盘算着等到周六的时候，那间昏暗肮脏的办公室中那个带边栓的老派双层保险箱定能吐出不止两千五百美元。但他们真的只弄到了这么多，当晚参与行动的共有三个人，依照惯例，他们当场把弄到的钱平分了。他们本指望能捞个十万来块钱，然而，其中一位掌柜太过老派，在傍晚时分把大部分钱放到一个衬衫纸盒中带回家了。

詹姆斯医生沿着二十四号大街前行，整条街乍看上去空无一人。住在这一区的多是戏剧界人士，现在他们早已上床睡觉了。毛毛细雨落在地上，雨水在街道上聚积起来；路面砖石之间形成一个个小水洼，映着弧光灯的灯光，如同成百上千块潋滟的水光碎屑；凛冽刺骨的寒风裹挟着雨水，从房子之间的狭巷中冒出来，如同这片街区发出的阵阵咳嗽声。

詹姆斯医生不疾不徐地继续行走，路过一栋高大的砖砌房屋。这栋房屋和周围的房屋比起来更加矫揉造作、浮华花哨。当他走过房屋的拐角，前门突然打开了，一个上了年纪的女黑人嘴里嘟嘟囔囔，拖拖沓沓地跑下门前阶梯，来到人行道上。她不停地吐出一些字句，仿佛是在自言自语——像她这一族的人，一旦要独自一人，又被恶魔附身时，都会求助于这样的手段。她看上去是老派的南方奴仆——多嘴多舌，忠心耿耿，难以约束，和谁都能自来熟。而她本人的形象也印证了这种猜想——她身材肥硕，衣着整洁，系着围裙，戴着头巾。

这个"幽灵"突然从寂静的房子里冲出来。当她来到人行道上时，詹姆斯医生恰好来到她对面。她的脑子很快将原本倾注在舌头上的能量转到眼睛上，不再嘟嘟囔囔，那双金鱼眼盯着医生手中的东西。

"苍天啊！"当她看清那是医药箱时，大叫一声，"您是医生吗，先生？"

"没错，我是医生。"詹姆斯医生停下脚步。

"看在老天爷的分儿上，快去看看钱德勒先生吧，医生！他不知是犯病了还是怎么的，躺在那里一动不动，就跟死人一样。艾米小姐让我去找个医生，老天爷！叫老辛蒂我上哪儿找去！幸好碰到了你，医生。如果让老主人知道这事，肯定有的受了。他肯定会砰砰砰砰地打一轮枪……就像这样，拿着手枪，数出步数，然后和每个人决斗……可怜的小宝贝呀，艾米小姐……"

"快带路！"詹姆斯医生说着走上阶梯，"如果你要找我给人看病，那就带我去，我可没心思听你唠叨。"

黑女仆带着他走进屋子，爬上一段铺着厚地毯的楼梯。他们经过两条走廊，走廊里都有着昏暗的灯光。爬楼梯让那上了年纪的黑女仆气喘吁吁，她带着医生在第二条走廊处拐个弯，在一扇门前停下脚步，然后打开门。

"艾米小姐，我把医生带来了。"

詹姆斯医生走进房间，朝站在床边的年轻太太微微欠身。他把医药箱放在一把椅子上，然后将脱下来的大衣挂在椅背上，盖着医药箱，之后他镇定而矜持地走到床边。

一个人摊手摊脚地躺在床上，还保持着倒下去时的姿势。他身上穿着考究时髦的衣裳，只脱掉了鞋子。他全身松弛，一动不动，仿佛已经死去。

詹姆斯医生身上散发出的冷静与沉稳让旁人感受到某种力量，为他本人添上了一圈光晕。假如他的主顾恰巧是柔弱凄惶之人，这种力量对他们而言就如同沙漠里的甘霖。他在病房里表现出的风度让许多人折服，女性尤为如此。那风度不同于时下医生的纵容讨好，而是一种姿态、一种自信、一种战胜命运的能力。那意味着谦恭，意味着庇护，意味着忠诚奉献。他那褐色的双眸饱含坚毅、炯炯有神，隐隐散发出一股吸引力；他那光洁的脸庞透出安详，让人不由得联想到牧师；他不动声色，散发出隐而不现的威严——这足以让他成为一个安慰者，成为人们倾吐心声的对象。有时候，当他进行初诊的时候就已经赢得了主顾的信任，有的女士甚至还告诉他为了防贼，自己晚上把钻石藏在什么地方。

经验老到的詹姆斯医生只扫了一眼就估算出房间里家具的等级和质地。此处的家具颇为奢华，价值不菲。同时，他也看清了那位太太的模样：她身材娇小，二十出头；她的面容颇有一种楚楚动人的风韵，现在却显得黯淡无光——与其说这是突如其来的悲哀留下的创伤，不如说是长久以来的哀伤留下的印记。在她的前额上，一侧眉毛上方，有一道青灰色的伤痕。詹姆斯医生凭借经验得知那伤痕产生的时间不会超过六小时。

詹姆斯医生抓住病人的手腕，为他把脉，同时用那双能言会道的眼睛向那位太太发问。

"我是钱德勒太太，"她说起话来带着明显的南方口音，"在你到来大约十分钟之前，我丈夫突然病倒了。他以前曾经犯过心脏病，有几次病情很凶险……"此时已是凌晨时分，而病人身上还穿着考究的衣裳——她似乎觉得有必要解释一下，于是又加了一句，"今晚他很晚才回来，我想他是赴宴去了。"

詹姆斯医生把自己的注意力放到病人身上。无论他是做医生还是做窃贼，他都会全神贯注地对待"病例"或"买卖"。

病人看起来三十来岁。从他的面容可以看出此人大胆而放荡，不过品位和喜好幽默的脾性为他的脸增添了几处柔和的线条，稍稍弥补了缺憾，让他的相貌稍显端正。他的衣服散发出一股酒味。

医生脱掉病人的外衣，拿出一把小刀，在病人的硬领前襟上划了一道，拉开的口子从衣领一直延伸至腰际。阻碍清除之后，他把耳朵贴在病人胸前，仔细聆听。

当医生起身的时候，他说了一句："二尖瓣反流？"他的声音很轻，句子的结尾语调上扬 —— 看来他还拿不准。他又贴着病人的胸脯听了好一会儿，最后用肯定的语气做出诊断："是二尖瓣关闭不全。"

"太太，"他用那可以消解焦虑的镇定嗓音说道，"我想可能是……"他缓缓转过头，看向那位太太。他看到她脸色煞白，晕了过去，倒在黑女仆的怀里。

"可怜的宝贝！哦，可怜的宝贝！他们把老辛蒂的宝贝害死了！就是那个家伙，把她骗走了，把她那颗天使般的心伤得透透的！愿上帝惩罚他……"

"把她的脚抬起来。"詹姆斯医生帮她扶起那晕倒的太太，"她的房间在哪儿？要让她躺在床上。"

"这儿，医生，"黑女仆那戴着头巾的脑袋朝一扇门一仰，"这就是艾米小姐的房间。"

他们把她抬进房间，让她躺在床上。她的脉搏微弱，不过还算有规律。她并没有苏醒，而是陷入昏沉的睡眠中。

"看来她是累坏了，"詹姆斯医生说，"对她来说，睡眠是一剂良方。她醒过来之后，给她喝点甜酒……如果她吃得下，在甜酒里再加个鸡蛋。她额头上的伤口又是怎么回事？"

"是磕伤的……可怜的小宝贝摔了一跤……哦，不，先生……"此时，情绪多变的老黑仆突然滔滔不绝地骂了起来，"老辛蒂不想再说谎了，不想再为那个混蛋说好话了！是那家伙干的，先生！愿上帝惩罚他！老辛蒂曾经答应过可怜的小宝贝，不和任何人说起这事……反正……艾米小姐受伤了，磕伤了头。"

房间里有一个灯架，灯架上摆着一盏雅致的灯。詹姆斯医生把灯调暗。

"在这里陪着你家太太，"他命令道，"小点声，让她睡一觉。如果她醒了，给她喝点甜酒。如果她变得更加虚弱，那就告诉我……我感觉这里有什么不对劲。"

"在我们这儿，不对劲的事可多着呢……"那黑女仆又开腔了，而医生马上让她噤声——他很少用这种强横专断的语气说话，通常只有在对付歇斯底里的病人时才会如此。他回到另一间房里，进去后轻轻地掩上门。床上的人并没有移动，不过他的眼睛却是睁开的，他的嘴唇正在嚅动，仿佛想要说话。詹姆斯医生低头聆听，那男人仿佛在说："钱！钱！"

"你能听懂我说的话吗？"医生的话音很轻，不过一字一句都很清晰。

那男人微微点头。

"我是你太太找来的医生，我听说你是钱德勒先生。你病得很重，不要太过激动，不要思虑过度。"

病人的目光仿佛在召唤他。医生弯下腰，听到那微弱的话音："钱……两万美元……"

"钱？在哪儿？在银行吗？"

病人用目光给出了否定的回答。"告诉她……"他的声音越来越微弱，"两万美元……她的钱……"他的目光在房间里游移。

"你把这笔钱放在什么地方？"詹姆斯医生的声音如同海妖塞壬一般，试图从逐渐失去意识的病人口中套出这个秘密，"是在这间房里？"

他仿佛看到那双逐渐黯淡的眼眸闪过一丝光芒，似乎对此表示肯定。医生抓住病人的手腕，感觉到那微弱的脉搏悬于一线。

詹姆斯医生的另一种职业本能——窃贼的本能开始浮现，他转动大脑，动起了歪心思。他干任何事都是敏捷干练，现在也是如此。他决定打探出那笔钱的下落，即使是弄出一条人命也在所不惜。

他从口袋里掏出一本空白的处方笺，按照标准疗法写下病人所需的最佳药物。之后他去到女主人门前，轻声叫黑女仆出来，把药方递给她，让她去药店抓药。

黑女仆嘟嘟囔囔地离开了，一边走一边自言自语。医生来到那位太太的床边，她睡得很沉，她的脉搏变得更加强劲；她的额头变得冰凉，一层薄汗覆于其上，只是发炎的伤口略微有些温热。如果没人吵醒她，她能睡上几个小时。詹姆斯医生看到房间的钥匙插在门上，他走出房间，把门锁上，然后再回到原来的房间。

詹姆斯医生看看表，他还有半个小时的时间——那黑女仆去抓药了，至少要等到半个小时之后才能回来。接着他找来一个水壶和一个玻璃杯。他打开医药箱，拿出一个瓶子，瓶子里装着的正是被窃贼们称为"破箱神油"的硝酸甘油。

他往玻璃杯里倒了一滴黏稠的淡黄色液体，之后掏出一个银色的小盒子，从里面取出针筒，安上针头。他一边盯着针筒上的刻度，一边小心翼翼地用注射器抽取一定量的水，然后将水注入玻璃杯中，用将近半杯水来稀释那一滴液体。

当天晚上，就在两小时之前，詹姆斯医生也拿着注射器，给一个保险箱打了"一针"。窃贼们在保险箱的锁芯上钻出一个洞，詹姆斯医生将一滴未经稀释的液体注入其中。一声沉闷的爆炸声响过之后，控制锁栓的机械就被破坏了。现在他打算借助同一种液体，撼动人体最根本的"机械"——心脏，而此举的目的也是弄到钱。

虽然是同样的液体，使用的方式却大不相同。对付保险箱的是巨人，拥有暴烈的原始力量，而现在这个却如同狡诈的弄臣，用丝绒花边将同样致命的利器掩藏起来。杯子里的液体是医学界目前已知的最强有力的强心剂——经过稀释的硝酸甘油，医生小心翼翼地将其抽入针筒之中。两盎司的硝酸甘油可以炸开坚固的保险箱门，而一滴硝酸甘油的五十分之一足以让人体中精密的"心脏机器"停止跳动。

但心脏不是马上停止跳动，本来也不打算这样。开始时那药物会迅速提升机体的生命力，赋予所有器官和人体机能巨大的能量。对于这种致命的刺激，心脏会以勇猛的跳动作为回应。静脉里的血液加速流动，回到血液的源泉——心脏。

然而，詹姆斯医生也明白这种过度刺激对于心脏病患而言是致命的，其杀伤力不亚于一颗子弹。窃贼的"破箱神油"驱使大量血液回流心脏，再涌入动脉之中。已经发生梗阻的动脉将会引发严重栓塞，到最后完全堵塞，而生命的源泉就此停止涌动。

那个名叫钱德勒的人依然处于昏迷中。詹姆斯医生把他胸前的衣物撕开，让他的胸膛裸露出来，准备为他进行皮下注射。医生把针头扎入心区上方的肌肉中，他的手法娴熟干练，举重若轻。无论是作为医生还是窃贼，他做事向来都是干净利落。接着他仔细地擦干净针头，将注射器闲置时插在针头里的细铜丝插回原处，防止针头堵塞。

不到三分钟，钱德勒睁开双眼，开始说话了。他的声音依然微弱，不过却能听得清。他问是谁在照料他，詹姆斯医生再次向他解释了自己身处此处的原因。

"我太太呢？"病人问道。

"她睡着了。她太过疲劳，忧虑过度，"医生说，"我不想叫醒她，除非……"

"不……不用叫……她……"钱德勒气喘吁吁，说起话来也断断续续，仿佛一个藏在体内的魔鬼正拼命地鞭策他，"为了我……去……叫醒她……她不会……感谢你的……"

詹姆斯医生搬把椅子坐在床边。现在可不是闲聊的时候，必须马上转入正题。

"几分钟前，你试图跟我说有关钱的事，"他的嗓音凝重坦诚，俨然一副医生的模样，"我不指望你对我倾吐心声，不过我有责任告诉你忧虑紧张于病情缓解有害无益。如果你想要说点什么……如果你想放下你心头的重担，最好就直说。我想你刚才提到了钱……总共两万美元的钱。"

钱德勒无法转头，不过他的眼珠转向说话者。

"我……有没有……说钱……在哪儿？"

"没有，"医生答道，"你当时说得含糊不清，我只能推测，感觉你很担心那笔钱的安全。如果那笔钱就在这间房里……"

詹姆斯医生停了下来。他是不是看到了病人脸上现出嘲讽的神色？是不是看到了恍然大悟和猜忌狐疑一闪而过？他是不是操之过急？是不是说得太多了？然而，钱德勒接下来的话让他恢复了自信。

"能在……哪儿呢？"他喘着粗气，"不就是……在……那个……保险箱里吗？"

他的眼睛看向房间的角落——一个小型铁质保险箱半遮半掩地放在拖曳在地的窗帘后头。詹姆斯医生进屋之后一直没发现。

医生站起身，握住病人的手腕。病人的脉搏强有力地跳动着，然而其中夹杂的停顿却预示着大事不妙。

"抬抬手臂。"詹姆斯医生说。

"我……动不了……医生……"

医生快步走到连接走廊的门口，他打开门侧耳聆听——周围一片寂静。他不再虚与委蛇，而是直接走到保险箱旁仔细查看。那个保险箱的款式颇为老旧，设计也简单，顶多能提防手脚不干净的用人。对于技艺娴熟的詹姆斯医生而言，这个保险箱不过是一个玩具，一个用稻草和纸板糊成的玩意儿，保险箱里的钱几乎可算是囊中之物了。他可以用钳子拔出锁芯，在锁头的制动栓上打孔，两分钟之内就能打开保险箱。如果用另一种方式的话，说不定一分钟就能打开。

他双膝着地，将耳朵贴在密码转盘上，缓慢地转动锁芯。如他所料，这个锁的密码是最简单的，只有一个数字。他那灵敏的耳朵捕捉到制动栓被触动时发出微弱的警告，他抓住这一线索，推断出保险箱的密码。保险箱的把手松动了，他猛然打开箱门——

保险箱里空空如也，空荡荡的铁皮格子里连一片纸屑都找不到。

詹姆斯医生站起来，走到床边。

濒死之人的额头上覆满浓密的汗珠，然而他的眼眸中和唇边却现出一丝讥讽的冷笑。

"我真是……从没……见过……"他痛苦万分地说道，"这样的人……既是医生……又是窃贼！同时……干这两行……一定……很赚钱吧……亲爱的……医生？"

眼前的情势如此险恶，精明强干的詹姆斯医生正面临着前所未有的严峻挑战。他的受害者用充满恶意的幽默让他陷入既荒谬又危险的境地，然而他还是尽力保持威严，凝聚心智。他掏出怀表，等着死神带走那个男人。

"你刚才……对那笔钱……未免太心急了……不过……那钱……安全得很……你拿不到……亲爱的……医生……那笔钱……很安全……我……赌输了……输光了……全都被……博彩公司……收走了……两万美元……艾米的钱……我用来赌马……输得……一分不剩……我是个混蛋……窃贼……哦，不……医生……不过我是……堂堂正正的……混蛋……我从没见过……你这种……半拉子的混蛋……医生……哦，不……窃贼……给你的受害者……哦，不……病人喝一点水……是否……有违……你们帮派的……职业道德？"

詹姆斯医生给他倒了点水，他几乎都喝不下去。强心剂起了作用，一阵阵强烈的药物反应如同波涛般席卷而来。然而，这个濒死之人在死前还是要再说些恶毒的话。

"没错……我是个……赌徒……酒鬼……败家子……可我……不像你……你是……医生……窃贼！"

对于这种刻毒的嘲讽，医生忍不住做出回应。他弯下腰，盯着钱德勒那迅速黯淡的眼眸，指着外面的一扇门——在那扇门后头，女主人正在熟睡。他的动作有力凝重，让躺在床上的人不由得半抬起头，用尽全力去看他所指的东西。然而钱德勒什么都看不见，只听到医生那冷漠的话语——那也是他死前听到的最后一句话：

"我从来不会打女人。"

要想研究这种人实在是徒劳之举，没有任何课程能让你对这种人有更深入的了解。对于这种人，人们只会说："他会这么做的。""他会那么做的。"我们所知的只是这种人的确存在，我们所做的只是观察他们，然后和别人谈起他们最肤浅的表现，就如同一群孩子观看并谈论提线木偶表演。

然而，我们还是可以看看眼前的这两个人，借此对人类的自大本性进行研究，或许其结果会让我们啼笑皆非。其中一个是杀手兼窃贼，正高高在上地俯视着他的受害者；另一个的行为更为卑劣，然而从法律上讲他的罪过并没有那么重。他正躺在床上，被人厌弃，而他的妻子也在这栋房子里，她被他迷得神魂颠倒，被他掠夺一空，被他侮辱打骂。窃贼如同老虎，打老婆的败家之徒如同豺狼，两人都鄙视对方的恶劣行径。尽管两人都是罪恶昭彰，然而他们却向彼此炫耀自己的所谓"原则"——即便称不上是荣誉原则，至少也是行事原则——是无可挑剔的。

医生的反驳可谓是最后一击——这句话不仅击中了对方所

剩无几的羞耻心，也让他那残存的男子汉气概大受打击。一抹潮红涌上他的脸庞——那正是病人临终前的征兆，他的呼吸随之停止，他的身躯甚至没有颤抖一下，钱德勒就此一命归西。

钱德勒刚刚咽气，黑女仆就拿着药进来了。詹姆斯医生伸出手，轻轻地合上死者的双眼。他告诉黑女仆她家主人已经离世。她并没有显露出悲伤，只是流露出听天由命的神色——这种在抽象上与死亡和解的态度是他们代代相传的。她又开始滔滔不绝，只不过话音中多了一些凄惶和抽噎：

"看吧，上帝终于出手教训他了！上帝向来都会惩罚犯错的人，帮助可怜的人……现在上帝就要出手帮我们了。老辛蒂我已经为这个药花光了最后一个铜子，可是这药也用不上了……"

"我是不是可以这么理解，"詹姆斯医生问道，"钱德勒太太没有钱，对吗？"

"钱？医生，你知道艾米小姐为啥会晕倒吗？她为啥会那么虚弱？她那是饿坏了！三天了，她在这栋房子里也找不到什么吃的，只能吃些碎饼干。早在几个月前，我那可怜的小天使就卖掉了自己的戒指和怀表。你看看，医生，这栋气派的房子，铺着红地毯，摆着亮闪闪的家具……可这些都是租来的，来催租金的人可凶了！那个混蛋……请饶恕我，上帝……那混蛋现在已经任由你处置了……就是他，把整个家都败光了……"

医生一声不吭，黑女仆仿佛得到了鼓励，继续滔滔不绝。从黑女仆辛蒂那了无头绪的独白中他可以拼凑出一个老派的故事，其中夹杂着想入非非、任性妄为、灾祸降临、傲慢残暴……女仆喋喋不休地描绘出一幅模糊的全景，不过其中一些局部倒是能看得清：遥远南方的一个富足之家；仓促成婚之后又悔恨交加；充斥着辜负与谩骂的不幸婚姻生活；继承的一笔财产仿佛让人看到了解脱之道；财产被豺狼夺走后挥霍一空，豺狼失踪两个月之后又再次现身，在某天晚上醉醺醺地回到家中，大吵大闹……黑女仆所讲的故事如同一团乱麻，然而一根纯白的丝线始终隐而不露地贯穿其中——那正是黑女仆质朴崇高而永不磨灭的爱，她坚定不移地追随自己的女主人，无论碰到什么艰难险阻都陪在她身边。

等她终于住嘴后，医生问她在家里能不能找到威士忌之类的酒水，她回答说餐柜里还有那混蛋留下来的半瓶白兰地。

"按我之前说的，弄一杯甜酒，"詹姆斯医生说，"叫醒你家太太，让她喝下甜酒，告诉她实情。"

十分钟之后，老黑仆辛蒂扶着钱德勒太太走进来了。她睡了一觉，又喝了一点酒，看起来好些了。詹姆斯医生已经拉上被单，将床上的尸体盖起来了。

年轻太太那幽怨的眼眸朝床上一转，目光中半含惊恐之色，她向忠心耿耿的老黑仆靠得更近了。她的眼睛闪闪发亮，不见一滴泪水。极度悲伤让她的眼泪干涸，整个人都麻木了。

詹姆斯医生站在桌边，他已经穿上大衣，将帽子和医药箱拿在手里。在他执业过程中，已经见惯了人类的悲痛。他一脸镇定，面无表情，只有那褐色双眸中闪着两朵火花，审慎地表示了作为医生的同情。

他用和蔼体贴的语气简短地说了几句。他说时间已晚，很难找到人来料理后事，他明天再派适当的人手过来处理。

"最后还有一件事，"医生指指那敞开的保险箱，"钱德勒太太，到了最后，您的丈夫知道自己命不久矣，让我打开这个保险箱，还告诉了我保险箱的密码。如果日后您还想使用这个保险箱，请记住密码是四十一，往右边扭几次密码盘，再向左拧一次，然后在四十一这个数字停下。尽管他知道自己快不行了，可他还是不让我叫醒您。"

"他在保险箱里留了一笔钱，不算很多，不过却足够您实现他的遗愿。他希望您能回到自己的老家，过一段时间，等悲痛得到缓解，或许您能宽恕他对您犯下的诸多罪过。"

他指指桌上——桌上放着一沓整整齐齐的钞票，钞票上放着两摞金币。

"钱在这里，正如他所说，总共八百三十美元。请收下我的名片，以后若有需要请来找我。"

啊！他即将离世之时还是挂念她的！他还是体贴她的！只可惜为时已晚。在她以为只剩下死灰余烬的爱情荒原，医生用这个谎言送去了一点柔情的星火。她大叫道："罗勃！罗勃！"她转过身，忠心耿耿的老黑仆已经向她敞开怀抱。她扑到老黑仆怀中，任由宽慰的泪水稀释她心中的哀伤。可以想见，在接下来的岁月里，杀人凶手的谎言如同一颗小星星，照亮爱情的坟墓，给她以安慰，赢得她的原谅——且不论是不是死者的本意，这本身就是一件好事。

在老黑仆的怀中，在那絮絮叨叨低声喃喃的安慰中，她平静了下来，当她最终抬起头时，却发现医生已经离去。

警察与赞美诗

苏皮躺在麦迪逊广场的长椅上辗转难安。当引吭高歌的大雁划破夜空，当还没有貂皮大衣的女人开始讨好自己的丈夫，当苏皮在公园里的长椅上辗转难安，你便知道寒冬将至。

一片枯叶落在苏皮的腿上——那是寒霜先生的名片。对于常驻麦迪逊广场的流民而言，寒霜先生向来是很友好的，在进行年度来访之前总会先打声招呼。在十字街头，寒霜先生把自己的名片交给"露天大厦"的门房北风先生，好让大厦里的住户提前做好准备。

苏皮已经意识到，为了应对即将到来的严寒，是时候成立一个单人过冬委员会了——这也是他在长椅上辗转难安的原因所在。

对于如何过冬这一问题，苏皮并没有太高的奢望。在冬天的时候，有的人会去地中海上泛舟，在维苏威海湾[1]里划船，看看那片令人昏昏欲睡的南欧蓝天。而对于苏皮来说，只要能在布莱

---

1 维苏威海湾：位于意大利那不勒斯东南，气候温暖怡人。

克韦尔岛[1]上待三个月就心满意足了。三个月吃住不愁，免受北风之神和警察的滋扰，还有意气相投的同伴——如果苏皮能得到这一切，他便别无所求了。

近几年来，岛上那座好客的布莱克韦尔监狱一直是苏皮的越冬胜地。那些运气更好的纽约人或许每年会买张票，跑到棕榈湾和里维埃拉[2]度过冬天。而为了逃往那个岛上过冬，让自己的"年度之旅"得以成行，苏皮也要采取一些简单的措施。是时候采取行动了。前一天晚上，苏皮过夜的床位是一张露天长椅，位于古老的麦迪逊广场上，就在喷泉旁边。他把三份厚厚的周日版报纸塞在自己的外套里，分别裹在脚踝和膝盖上，可这些报纸竟然有辱使命，无法为苏皮抵挡严寒。而那座岛上监狱适时地浮现在苏皮眼前，渐渐膨胀。纽约城里自然也有一些慈善机构，为孤苦无依的人提供救助，然而苏皮对此却嗤之以鼻。在他看来，法律可比慈善和蔼多了。城里有数不胜数的救助站，有的是政府开设的，有的是慈善机构设立的。如果苏皮去这些救助站，总可以求得一个床位，获得些许食物果腹，满足简单的生活需求。但是对于苏皮这样一个生性高傲的人来说，慈善机构的恩赐就是负累。你从慈善机构得到的每一点好处都会让你付出代价。虽说无须为此付出金钱，可你必须经受精神上的折辱。凡事有利必有弊，而慈善机构的恩赐正是如此，就如同有恺撒必有布鲁图[3]。你

---

1 布莱克韦尔岛：位于纽约东河（纽约市一条潮汐型海峡），岛上有监狱。
2 棕榈湾和里维埃拉：前者为美国南部的度假胜地，后者位于地中海沿岸区域。
3 恺撒和布鲁图是古罗马时期人物。布鲁图曾被恺撒俘虏，但恺撒不仅赦免了他，还提拔了他。然而，最后布鲁图还是参与了暗杀恺撒的行动。英语中"有恺撒必有布鲁图"意即"有利必有弊""有得必有失"。

在上床睡觉之前必须先经历洗澡的磨难，在接过每一份面包之前还得忍受一番盘诘，任由他们对你的隐私刨根问底。不管怎么说，到法律那里做客方为上策。尽管在那里也要照章行事，可那些人毕竟不会对一位绅士的私事横加干涉。

苏皮已经下定决心要到岛上监狱去过冬了。他马上采取行动，使自己美梦成真。要实现这一目的有多条捷径可选，其中最轻松惬意的莫过于到一家要价不菲的饭店去吃霸王餐。最后饭店的人会不事声张地把他交给一位警察，而余下的事则交由一位乐于助人的治安法官去完成。

苏皮离开长椅，漫步走出广场，穿过几条柏油马路，来到百老汇大道和第五大道相交之处。他沿着百老汇前行，在一家灯火通明的饭店前停下脚步——到了晚上，最上乘的葡萄酒、最精美的丝绸以及精英中的精英便会汇集在此处。

苏皮觉得自己的上半身还是挺像样的。他刮了脸，穿着体面的外套，打着一个整洁的黑领结——那是一位修女送给他的感恩节礼物。如果他能在不引起他人疑心的情况下摸到餐桌旁坐下，那就胜券在握了。苏皮显露在餐桌之上的半截身子应该不会让侍应生起疑，而他已经在想象之中开始点餐了：一只烤野鸭也就差不多了，来一瓶沙布利干白葡萄酒，要一份卡门培尔干酪、一小杯咖啡，再来一支雪茄……雪茄就要一美元一根的好了。这顿霸王餐的总费用切不可太高，否则惹得店家大肆报复就不妙了，不过这不费分毫的美餐却可以确保他在被送往监狱途中酒足饭饱、倍感惬意。

然而，苏皮的一只脚刚刚跨过饭店的门槛，侍应生领班的目光便落在他那褴褛的长裤和破旧的皮鞋上。一双有力的手早已做好准备，让苏皮不由自主地转了个身，在转瞬之间无声无息地回到饭店外的人行道上，而那只烤野鸭的悲惨命运也就此得以逆转。

苏皮离开百老汇大道。看来为了前往那个梦寐以求的岛上监狱，吃霸王餐这法子行不通。为了去到那个安乐窝，他还得想点别的办法。

他来到第六大道的一个街角，只见一个经过精心布置的橱窗在电灯光的照耀下分外夺目。苏皮捡起一颗石子，朝橱窗砸去，引得一群人从街角冲过来，为首的正是一个警察。苏皮站在原地，双手插在兜里，对着警察那锃光瓦亮的铜纽扣露出微笑。

"谁干的？"那警察气急败坏地问道。

"您就看不出我和这事或许有点关系吗？"苏皮说。现在的他就如同一个正在迎接好运的人，说话的语气中略带嘲讽，不过还算友好。

然而那警察打心底里不愿相信是苏皮干的，在他眼中苏皮连线索都算不上。想想看，一个砸烂店铺橱窗的人怎么可能呆立在原地和法律的爪牙嚼舌根呢？他肯定会转身就跑。这时，那警察看到半个街区之外有一个人为了赶上一趟车正在狂奔，他立马抽出警棍追了过去。而满脸沮丧的苏皮只得拖拖沓沓地继续前行，他的第二次尝试又以失败告终。

在街对面有一家不入流的饭馆，专门招待胃口大钱包瘪的顾客。那里乌烟瘴气，所用餐具粗陋不堪，汤肴寡淡，餐巾稀薄。在这样一个地方，苏皮那泄露天机的长裤和引人侧目的皮鞋倒没有为他招来麻烦。他在一张餐桌旁坐下，享用了牛排、燕麦甜饼、面包圈和馅饼。之后，当那侍应生过来结账的时候，苏皮坦言自己身无分文。

"动作快点，去找一个警察来，"苏皮说，"别让一位绅士等得太久了。"

"用不着叫警察。"那侍应生的嗓音如同奶油蛋糕一样甜腻，他的一只眼睛红通通的，如同泡在鸡尾酒里的红樱桃。他大叫一声："嗨！阿康，过来！"

接着两个侍应生拎起苏皮，干净利落地把他扔出去，让他的左脸和粗糙的人行道来了个亲密接触。苏皮如同木匠的折尺，一节一节地慢慢立起来。他拍拍身上的尘土，现在被捕入狱就如同一个玫瑰色的幻梦，那岛上监狱也变得越来越渺茫。两家店铺之外有一个药店，药店门前倒是站着一个警察，他看到这一幕也只是哈哈大笑，之后便沿着街道缓步而行。

苏皮走过五个街区之后才稍稍鼓起勇气，再次寻找被捕入狱的机会。这一回他碰上了一个绝妙的机会，在苏皮看来那简直就是天赐良机。然而，后来事实证明他高兴得太早了。

一个衣着朴素、相貌姣好的年轻女子正站在一家店铺的橱窗前，意兴盎然地看着橱窗里的剃须杯和墨水瓶。而就在两码之外，一个身材健硕、一脸严肃的警察正倚着一个消防栓站着。

这一回苏皮打算扮演一个惹人生厌的浮浪子。即将成为受害者的女子端庄优雅，而近旁还有一个尽忠职守的警察——这一切让苏皮信心大增，他确信自己很快就能尝到法律的铁钳落在胳膊上的美妙滋味，如此一来他就能去那个和乐温馨的小岛上过冬了。

　　苏皮整一整修女送给他的领结，扯一扯过短的衬衣袖口，拨一拨自己的帽子，把它弄得歪歪斜斜的。之后，他鬼鬼祟祟地走到那年轻女子身边，朝她抛媚眼。他突然咳嗽一声，清清嗓子，脸上的微笑也变成了坏笑。他把浮浪子那一整套花招都使出来了，他本人也化身为一个好色之徒，厚颜无耻，莽撞放荡，惹人生厌。

　　苏皮用眼角余光看到那个警察正死死盯着他。而那女子只是挪开几步，她的全副心思还放在橱窗里的剃须杯上。苏皮凑过去，大胆地贴近她身边，抬起帽子说道："嗨！美女！想不想上我那儿去玩玩呀？"

　　那警察还在盯着他们。现在那受到骚扰的年轻女子只需朝警察竖起一根手指，就能把苏皮送到岛上的越冬胜地。此时此刻，他仿佛已经感受到警察局温馨舒适的风扑面而来。那女子转过身，面对着他。她伸出手，一把揪住苏皮的衣袖。

　　"当然了，麦克，"她开心地说，"只要你请我喝一杯啤酒就成。要不是那条子一直盯着，我早就想和你搭话了。"

　　那年轻女子如同藤缠树一般死死地缠着苏皮，两人走过警察身边。苏皮的心中充满了绝望，看来他注定是自由的。

　　到了下一个街角，苏皮甩开那女子撒腿就跑。他在一个街区停下脚步。到了夜里，这里有最明亮的街道、最放松的心情、最欢快的歌剧表演和最无足轻重的海誓山盟；穿着皮草的女人和穿着厚外套的男人不畏严寒，迈着轻快的步伐四处走动。一股恐惧突然涌上苏皮心头，他害怕自己中了某种可怕的魔咒，法律的铁钳永远也不会落在他的身上。这一想法让苏皮不禁慌张起来。这时，他看到在一家灯火通明的剧院门前，一个警察正仪态威严地踱着方步。苏皮赶紧抓住了这根稻草，这回他想要的罪名是"扰乱治安"。

苏皮站在人行道上，扯着破锣嗓，像个醉汉似的大吵大嚷。他上蹿下跳，狂呼乱叫，破口大骂，闹得沸反盈天。

那警察挥舞着警棍，背对着苏皮，对一个行人说道：

"那是耶鲁大学的小伙子，他刚刚在比赛中让哈特福德大学球队吃了个零蛋。他的确很吵，不过也没什么不妥。我们已经接到指示，就由他闹去吧。"

苏皮一下子就泄了气，他终止了这场毫无意义的闹剧。难道就没有一个警察来抓他吗？在他的脑海之中，那个小岛已经化为了遥不可及的世外桃源。为了抵挡寒风来袭，他只得扣紧单薄的外套。

苏皮走过一家雪茄店，看到一个穿着体面的人正对着摇曳不定的火焰点雪茄，他那把丝绸雨伞正放在门边。苏皮一脚跨进店内，拿起雨伞，然后慢悠悠地走开了。正在点雪茄的男人赶紧追了上去。

"那可是我的雨伞。"那人厉声喝道。

"哦？是吗？"苏皮发出嗤笑，他打算在盗窃这桩小罪上再加上侮辱罪，"要真是这样，你为什么不叫警察呢？这是你的雨伞，可我拿了！怎么样？叫警察啊，街角那里不是站着一个嘛！"

那伞的主人放缓脚步，苏皮也跟着慢了下来。他已经觉察到一丝不祥的征兆，看来这次他又要走霉运了。而那警察还在好奇地盯着他们俩。

"当然了，"那伞的主人说道，"嗯……是这样的，有时候就是会闹这样的笑话……你看，这伞嘛……是我今早在一家餐馆里捡到的，如果你认出这是你的伞……请原谅，不过我想……"

"这当然是我的伞。"苏皮恶狠狠地叫道。

雨伞的前主人没有继续跟上来。此时，一个身材高大的金发女子正要过马路，她身上还披着晚礼服斗篷。那警察赶紧殷勤地跑过去，扶她过马路——可不能让远在两个街区之外的汽车撞着她！

苏皮沿着一条东向街道漫步。这条街道因修路而变得千疮百孔，苏皮气冲冲地把伞扔进了一个土坑里。他嘴里嘟嘟囔囔，咒骂那些戴警盔拿警棍的家伙。他只是想要被警察逮住，可那些人仿佛将他视为永不犯错的国王。

最后，苏皮走上一条朝东延伸的林荫大道，炫目的灯光已经黯淡，喧嚣已经退却。苏皮朝麦迪逊广场走去。归家的本能一直长存于人的体内，哪怕那个"家"不过是公园里的一张长椅。

苏皮在一个街角停下脚步，这里安静得不同寻常。一座配有山墙的古旧教堂矗立于此，其形制古雅，藤蔓覆于墙上。一扇紫色的窗户透出一缕柔和的光线，毫无疑问，风琴师正在那房间里捣鼓管风琴，确保自己在下个周日的赞美诗演奏中驾轻就熟。悠扬的乐声飘入苏皮耳中。他仿佛被施了定身法，紧紧贴着教堂外头的镂花铁栏杆，一动不动地站在那里。

夜空中高悬一轮明月，清辉遍洒，安宁静谧。此处行人车辆极少，屋檐下的麻雀发出几声如同梦呓的啁啾。刹那之间，苏皮恍若置身于一片乡村教堂的墓地，管风琴的乐声让他几乎黏在铁栏杆上。那是他旧日熟识的乐曲，在那个时候，他的生活中还有母爱和玫瑰，还有朋友和理想，还有纯洁的思想和整洁的衣领……

古旧教堂的魔力和苏皮多愁善感的心境形成一股力量，让他的灵魂产生了突如其来的奇妙转变。那些堕落的时光、粗俗的欲望、枯死的希望、折损的才华和卑劣的动机——所有这一切构成了他现在的生活。他回想起自己深陷泥沼的情景，一股惊恐突然涌上心头。

与此同时，一种从未有过的新奇感受让他的一颗心雀跃不已。刹那之间，一股强烈的冲动席卷而来，驱使他对无望的命运进行抗争。他要把自己从这泥沼中解救出来，他要重新做人，他要把控制自己的邪恶赶走。现在还来得及，他还不算老。他要重新拾起以前的雄心壮志，不屈不挠地追寻自己的梦想。那悦耳庄严的管风琴声让他洗心革面，明天他就要去喧闹的市中心找工作。一个皮草进口商曾经想雇他赶车，明天他要找到那个商人，争取到这份工作。他要好好做人，他还要……

这时，苏皮感到一只手落在他的胳膊上，他马上转过身去，发现自己正对着一个警察的阔脸庞。

"你在这儿干什么？"那警察问道。

"没干什么。"苏皮说。

"跟我走。"警察说。

第二天早上，在治安法庭上，一个治安法官对苏皮宣判："送去布莱克韦尔岛监狱，关押三个月。"

汽车等待时

在暮色降临的时候，一个穿灰色裙装的姑娘再次走进一个安静的小公园，朝一个安静的角落走去。她在一张长椅上坐下，拿出一本书开始阅读。还有半小时天才会完全黑下来，现在残余的天光还能让她看清书上的字。

重复一遍：她身上的灰色裙装颇为朴素，几乎掩盖了裙子本身样式和剪裁的完美。她戴着头巾帽，一张大网眼面纱遮住了她的脸，躲在面纱后头的那张脸镇定自若，仿佛对自己的美貌毫不自知。昨天和前天她也在同一时刻来到此处，还有一个人也知道这事。

知晓此事的是一个年轻的小伙子，他慢悠悠地向长椅靠近，同时向幸运之神祈祷，只盼着这回能交上好运。他那虔诚的祈祷终于获得了回报——那姑娘翻书的时候书本从她手中滑落，在长椅上磕了一下，落在一码之外的地方。

小伙子迫不及待地直扑上去，把书捡起来还给主人。他脸上洋溢着殷切和期望，还夹杂着对巡警的忌惮——类似的神色在公园或其他公共场所倒是很常见。他大着胆子，用悦耳动听的嗓音没头没尾地谈论了几句天气——在这世上，类似的寒暄客套引发了多少不幸的故事！说完之后，他在旁边站了好一会儿，等待自己的命运降临。

姑娘的目光漫不经心地在他身上溜了一遍——他衣着整洁，不过颇为普通，从他脸上也看不出什么特别之处。

"如果你乐意，可以坐下来。"姑娘的声音低沉饱满，从容不迫，"说实在的，我倒是希望你能坐下来。现在光线太暗了，根本看不了书，我倒想和人聊聊天。"

那幸运之神的宠臣赶紧在她身边坐下，他彬彬有礼，殷殷以盼。

"你可知道……"小伙子的开场白犹如公园集会时主持人所说的套话，"我很长时间都没见到过像你这样漂亮的姑娘了。我昨天就注意到你了。你那双美丽的眸子散发出迷人的魔力，让人无法抵挡，你说是不是呀，宝贝？"

"我不管你是谁，"那姑娘冷冰冰地回敬他，"你必须明白坐在你面前的是一位淑女。你刚才说错了话——当然了，在你所处的那个阶层，犯这样的错也是情有可原的，我可以原谅你。我刚才邀请你坐下，如果你以为这样一来就可以管我叫作'宝贝'，那我就收回邀请。"

"我真心诚意地恳请你原谅我。"冒失的小伙子恳求道。他脸上那志得意满的神情已经一扫而空，取而代之的是悔恨和卑屈。"这都是我的错，"他说，"你也知道……我的意思是……在公园里，有些姑娘……当然啦，你也不会知道，不过……"

"行行好，换个话题吧。"那姑娘说道，"我当然明白你的意

113

思……行了，看看眼前，在这公园的小道上，人们蜂拥而至，来来往往，各奔东西。还是和我说说这些人吧——他们要上哪儿去？他们为何如此匆忙？他们是否幸福？"

年轻人那轻佻风流的神色已经荡然无存。现在他所能做的只是等待，他不知道接下来自己要扮演何种角色。

"看着这些人还是挺有意思的，"小伙子揣摩她的心思，顺着她的话说下去，"这正是生活的盛大演出。有的人去吃晚餐，而有的人呢……去别的什么地方，真好奇他们到底有什么样的经历和过往……"

"我倒不觉得有什么好奇的，"姑娘说，"我可不喜欢打听旁人的私事。我之所以坐在这里，不过是想贴近人性，贴近人类硕大的、共同的、搏动的心脏。我所过的生活让我无法感受到这颗心的跳动。现在你明白为什么我会和你说话吗……请问怎么称呼你？"

"我姓潘肯斯塔克。"小伙子答道。之后他看着她，满怀殷切和希望。

"我不会告诉你的，"那姑娘竖起一根细长的手指，脸上露出淡淡的笑意，"你一听肯定就能猜出我的身份。想要避免自己的姓名出现在报刊上可是难之又难，哪怕是小照也难以幸免。这面纱和衣服都是从我的女仆那儿借来的，我正好借助这些东西来隐藏自己的身份。你或许也看到了，那边那个司机时不时偷偷瞄我一眼，还以为我没有发现呢。你也知道有五六个显赫的名门望族，而我恰好降生在其中一个家族里。我和你说，斯塔克波特先生……"

"是潘肯斯塔克。"小伙子谦逊地纠正她。

"……潘肯斯塔克先生，我之所以和你聊天，不过是想和一个普通人说说话，哪怕只有一次也好。这个普通人还没有被可鄙的巨额财富所玷污，也不会被那存在于假想中的社会地位所侵蚀。你可能不知道，我对这一切实在是厌烦透了！什么都是钱！钱！钱！那些围在我身边打转的男人就像是一个模子里出来的牵线木偶。寻欢作乐、珠宝、旅行、交际，还有各种各样的奢华……我实在是受够了！"

小伙子犹疑不决地说："我一直以为有钱是件好事。"

"拥有一定的财力当然不错，"姑娘说道，"不过如果你拥有好几百万……"她做了个绝望的手势，为这句尚未说完的话画上句号，接着她说道，"这生活实在太过单调乏味，简直让人烦透了！乘车出游、午宴、晚宴、剧院、舞会……过多的财富为这一切镀上了一层金。有时候我听到冰块在香槟酒杯里叮当作响，就觉得自己快要被逼疯了。"

小伙子流露出发自内心的兴趣：

"我一直想了解有钱的时髦人物是怎么过日子的。我想听人说说这些事，哪怕是在书报上读一读这方面的文章也好啊。我承认自己是个势利小人，不过我总希望能打听到准确无误的信息。还有……在我印象中，香槟好像是放在冰桶里冷却的，不是直接往杯子里加冰块的。"

那姑娘发出悦耳的笑声，仿佛当真被他逗乐了。

"你得明白，"她用宽容的语气解释道，"我们这些无所事事的阶层只能靠打破传统来找找乐子。现在时兴的是往香槟酒里加冰块，这一时髦做派是某个来这里游玩的鞑靼王子在沃道夫酒店参加宴会时发明的。这一做法很快就会过时，自有其他的古怪做派取而代之。比方说，这个星期在麦迪逊大道某处举行的一个晚宴上，所有客人的餐盘旁都放着一只绿色的羊皮手套，让客人们在吃橄榄时使用。"

"我明白了，"小伙子谦卑地承认错误，"在你们那个小圈子里流行的消遣娱乐，一般人是不会明白的。"

姑娘微微欠身，接受了他的认错。她接着说道："有时我想，如果我当真会爱上一个人，他必定来自社会底层。当然了，可不能是无所事事的混混，他总得有份活儿干。不过……毫无疑问，对阶层和财富的考虑必定会战胜我的喜好。现在有两个男人正在追求我。其中一个是日耳曼某个公国的大公爵，我猜他有个妻子……或者说，他曾经有个妻子。这个人恣意放荡，残忍无情——正是这些特质把他的妻子逼疯了。另一个是英国的侯爵，为人冷酷，唯利是图。两相比较，我宁愿选择那个邪恶的大公爵。我真不知道自己为什么要和你说这些，派克斯塔克先生……"

"是潘肯斯塔克。"小伙子轻声说道，"或许你不知道，不过你坦诚地向我吐露心声，的确让我倍感荣幸。"

姑娘用平静冷漠的目光审视眼前的年轻人——既然两人地位悬殊，这样的姿态自然也不失分寸。

"请问你从事什么工作，潘肯斯塔克先生？"她问道。

"我的工作非常低微，不过我希望有朝一日能混出个人样。你刚才不是说你会爱上一个来自底层阶级的男人吗？你是认真的吗？"

"我当然是认真的，不过我说的是'可能'。别忘了，还有那个大公爵和侯爵呢。没错，如果我爱上一个人，哪怕他身份再低微我也不在乎。"

小伙子又开口了："我是在饭店里打工的。"

听了这话，姑娘不禁有些畏缩。"你该不会是个侍应生吧？"她的语气里夹杂着一丝哀求，"当然了，劳动本身是光荣的，不过……你也知道……如果是伺候人的活儿……比如贴身男仆什么的……"

两人正对着环绕公园的一条街，街道对面挂着一块闪亮耀眼的灯饰招牌，上面写着"饭店"。"我不是侍应生，"小伙子说，"我在那家饭店当收银员。"

姑娘的左腕上戴着一只设计繁复华丽的手镯，手镯上嵌着一块小巧的手表。她看看表，匆忙站起身，试图把手中的书塞进腰间悬挂的闪亮手袋中，然而那本书太大了，根本塞不进去。

"你为什么不去上班呢？"她问道。

"我上夜班，"小伙子答道，"还要等一个小时才到交班时间。我还有机会再见到你吗？"

"这可不好说，可能吧……不过或许我不会再突发奇想了。我赶时间，还要参加一个晚宴，然后坐在剧院的包厢里看戏……总是这一套！你刚才过来的时候或许也看见了，在转进这个公园的街口停着一辆车，车身是白色的……"

"车轮子是红色的那辆？"小伙子若有所思地皱皱眉头。

"没错，我总是坐那辆车，司机皮耶尔还在等着我呢，他以为我去了广场对面的百货店。我们被生活的锁链所束缚，即便是对自己的司机也要有所隐瞒……再会了。"

"现在天黑了，"小伙子说，"公园里还有很多粗鲁的家伙，我能不能送你到……"

"如果你能稍微尊重一下我的意愿，"姑娘斩钉截铁地说，"你就等我走了以后在那张长椅上再坐十分钟。我不想对你大加指责，不过你或许也知道汽车上通常都写着所有者的姓氏字母。行了，再会吧。"

那姑娘仪态威严，脚步轻快，走进暮色之中。年轻人看着她那端庄的背影，看着她走到公园边的人行道上，朝停泊着汽车的街角走去。之后，他毫不犹豫地一跃而起，鬼鬼祟祟地躲在公园里与姑娘行走的路线平行的大树和灌木之后，一直盯着她。

当她走到街角，转过头看了一眼汽车。之后，她径直走过去，穿过街道，把汽车抛在身后。停在街边的一辆出租马车正好为小伙子提供了掩护。他就躲在马车后头，目光紧紧地粘在姑娘身上。只见她走进正对着公园的一条偏街斜巷，走进那家挂着闪亮灯饰招牌的饭店。店内装修得花里胡哨、俗里俗气，墙面漆成纯白，玻璃窗让里面一览无余，食客们在众目睽睽之下大吃大喝，不过这里的饭菜倒不值几个钱。那姑娘径直穿过饭店大厅，走进饭店后头一个隐蔽的小房间里。她很快又再次现身，不过她的面纱和帽子都不见了。

收银处位于饭店大厅前方。一个红头发的姑娘从收银处的凳子上爬下来，还用犀利的目光若有所指地扫一眼挂钟。穿灰色裙装的姑娘取而代之，爬上了那把凳子。

小伙子双手插在兜里，沿着人行道慢悠悠地往回走。走到街角的时候，他的脚踢到了一本书，把它送到草地边缘。这是一本体量颇小的平装书，封面花里胡哨。小伙子看到那封面，便认出这正是那姑娘刚才看的那一本。他漫不经心地把书捡起来，书名叫作《新天方夜谭》，作者是史蒂文森[1]。他把书扔回草丛中，懒洋洋地来回踱步。犹豫片刻之后，他钻进汽车，靠在车座上，简洁地对司机说：

　　"去俱乐部[2]，亨利。"

1　《新天方夜谭》为19世纪英国小说家史蒂文森（1850—1894）所著的小说集，表现了19世纪资本主义大都市的喧嚣与丑陋。
2　在19世纪到20世纪初的美国，只有富有阶级才上俱乐部消磨时光。

钟摆

"八十一号大街，开门，放他们下车！"穿着蓝色制服的牧羊人叫道。

一群"羊"前拥后挤地从车厢里钻出来，另一群"羊"争先恐后地挤进车厢——当然了，那不是真正的羊，而是一群乘客。只听"丁零——"两声，这辆曼哈顿高架轨电车如同装满牲口的运货车，哐当哐当地开走了。而约翰·珀金斯混迹于冲出车厢的"羊群"之中，跟随他们走下车站的阶梯。

约翰慢悠悠地朝自家所在的公寓走去。他之所以如此慢悠悠，是因为在他的生活词典中根本没有"意外"二字。他已经结婚两年了，住在一间公寓里。对于这样一个人来说，前面会有什么意想不到的事情在等着他呢？约翰·珀金斯无精打采地向前走着，他已经预料到这单调乏味的一天即将以何种方式结束，而他的情绪中也多了一种饱经沧桑的玩世不恭。

他的妻子凯蒂肯定会在门口迎接他，还会亲吻他，她的吻中带着面霜和奶油糖果的味道。接着他就脱下外套，在一张简陋的沙发上坐下，翻看排版混乱的晚报，看俄罗斯和日本斗个你死我活[1]。接下来就该吃晚餐了，餐桌上肯定摆着一锅炖肉、一盘沙拉、一碗炖大黄汤和一瓶草莓酱。那盘沙拉上的褐色酱汁看起来就和鞋油一样，简直配得上那句"不会开裂，不会有损皮革"的广告词；草莓酱瓶子上贴着标签，大言不惭地吹嘘瓶中之物"用料天然纯正"，让整个瓶子不由得羞红了脸。吃完晚餐之后，凯蒂会拿出自己的针线活儿给他看。她做的是碎布被单，她会向他炫耀当天她弄到了一方碎布——那可是卖冰小贩从自己的活结领带上剪下来送给她的。七点半的时候，楼上的胖子开始做健身操，而约翰和凯蒂赶紧在家具上铺上报纸，以免从天花板上掉落的灰泥弄脏家具。到了八点整的时候，走廊对面的那户人家就开始自己的表演。住在那间公寓里的是"希奇和穆尼杂耍二人组"（没有哪个表演场所愿意和他们签约）。每天到了这个时候，他们都喝得醉醺醺的，幻想着著名音乐人汉默斯坦[2]已经开出了周薪五百美元的合约，争着抢着要将他们招到自己麾下。在白日梦的作用下，他们开始胡言乱语，疯疯癫癫，把椅子踢翻在地。另一户人家的窗户隔着通风井和珀金斯家遥遥相对，这时一个男人走到窗边，拿出笛子进行练习。到了夜里，总有几缕煤气偷偷溜出来，在外头的大街上嬉耍流连；送菜升降机摆脱了轨道的束缚；门房把泽诺威斯基太太的五个孩子赶出自己的地盘；那条斯凯梗犬的主人——一个穿着香槟色鞋子的女人走下楼，在门铃和信箱上贴上自己周四用的名字。在弗莱格莫公寓楼里，一成不变的"夜生活"正有条不紊地进行着。

1　指 1904 年至 1905 年间爆发的日俄战争。

2　此处指的是奥斯卡·汉默斯坦一世，他主导建造了曼哈顿歌剧院。

约翰·珀金斯明白这些事情会一件接一件地发生，他还知道到了八点十五分的时候，他会打起精神，拿起帽子，而这时他的妻子凯蒂就会朝他发牢骚，问他：

"约翰·珀金斯，你跟我说实话，你要上哪儿去？"

而这时他就回答："我要去麦克劳斯基那儿，和那些家伙打一两盘台球。"

这是约翰·珀金斯最近养成的习惯。到了十点或十一点的时候他就回到家中，有时凯蒂已经睡着了，有时她还在等着他，和他大吵一架。他们俩的婚姻如同铁链，只不过这铁链表面镀了一层金。凯蒂此时的举动不亚于听任自己的熊熊怒火剥蚀婚姻表面的那层金粉。终有一天，爱神丘比特和弗莱格莫公寓里的这对怨偶会站在审判席上，而爱神本人就要为这一地鸡毛负责。

然而在那天晚上，当约翰·珀金斯打开房门，他发现自己那一成不变的生活发生了天翻地覆的变化。凯蒂没有迎接他，他自然也没有得到那带着糖果味的深情一吻。这套三居室的公寓里一片狼藉，透出一丝不祥的意味。凯蒂的物件乱七八糟地散落四处：她的鞋子落在房间中央的地板上，卷发棒、蝴蝶发结、和服式睡衣和粉盒胡乱堆在梳妆台和椅子上 —— 这可不像凯蒂的做派。当约翰看到一把梳子的梳齿上缠着一团褐色卷发，他的一颗心不禁沉了下去。平日里凯蒂总是将梳齿上的头发搜集起来，放进壁炉架上那个蓝色的小花瓶里，打算在未来的某一天用这些头发制作一个让所有女人垂涎的"假发垫"。可现在她却任由这团头发留在梳齿上 —— 可以想见，当时她必定匆忙无措、心烦意乱。

煤气阀的喷嘴上系着一条细绳，绳上搁着一张折叠的字条，让人一眼就能看到。约翰一把抓住那张字条，那是凯蒂在匆忙中写下的：

亲爱的约翰：

我刚收到电报，说妈妈病重。我要坐四点半的火车回去，到时山姆哥哥会去车站接我。冰箱里有冻羊肉。我只希望她的扁桃体不要又出什么毛病。给送奶工五十美分。妈妈去年春天就犯过一次病，病情很重。记得给煤气公司写信，说说煤气表的问题。没破洞的袜子放在顶层抽屉。明天我再写信。

凯蒂匆匆字

约翰和凯蒂结婚已经两年了。在这两年里，没有哪个晚上是他和凯蒂完全分开单独度过的。约翰呆愣愣地看着那张字条，读了一遍又一遍。他那一成不变的生活已经被打破了，现在的他晕头转向，茫然无措。

椅背上挂着一件红底黑点的晨衣，凯蒂在做饭的时候总是穿着这件衣裳。现在这晨衣已经变成无形无状的一团，看上去如此空洞、如此哀伤。凯蒂日常穿的衣服东一件西一件地散落四周——看来当时她的确走得匆忙。一个小纸袋躺在那儿，里面装着凯蒂最喜欢的奶油糖果，袋口的系绳都没有解开；一张摊开的日报落在地板上，上面多了一个方形的伤口，原本填补这个伤口的火车时刻表已经不知去向。房间里的每样东西都若有所失，它们原本蕴含的精华已经不复存在，灵魂和活力也荡然无存。约翰·珀金斯站在这了无生气的狼藉之中，一股奇异的孤独感涌上心头。

他开始动手，尽量把房间收拾整齐。当他触碰到凯蒂的衣物时，一股近乎恐惧的强烈情绪席卷而来。他从没想过如果失去凯蒂，生活会变成什么样。她已经完全融入了他的生活之中，就如同他所呼吸的空气——不可或缺，却时时被他忽视。现在她毫无征兆地突然离开了，不见了，完全从他的生活中消失了，就仿佛她从来没有存在过。当然了，这只是暂时的事，或许几天，顶多一两周。然而，约翰仿佛感觉到死神已经对着他平淡而安稳的家伸出了手指。

约翰从冰箱里取出冻羊肉，煮了些咖啡，独自一人坐下来吃晚餐。陪伴他的只有那瓶草莓酱，瓶子上的标签还在厚颜无耻地吹嘘自己"用料天然纯正"。那一成不变的炖肉和浇着褐色酱汁的沙拉并没有出现在餐桌上，它们的鬼影在约翰眼前晃荡，在徐徐退却的幸福潮水中化作一抹亮色。现在他的家已经支离破碎了。一个犯了扁桃体炎的岳母就能破坏他的安乐窝，把他的家庭守护神一脚踢飞。

他没有心思抽烟。窗外的大都市发出阵阵喧嚣，引诱约翰去寻欢作乐。整个晚上都是属于他的，他想去哪儿就去哪儿，没有人会问东问西。他大可以像个快乐的单身汉一样，无拘无束地纵情享乐。他可以闲游浪荡，狂喝滥饮。只要愿意，他可以一直玩到天亮。没有怒气冲冲的凯蒂在家里等着他，朝他大泼冷水，让他无法尽兴。只要乐意，他可以去麦克劳斯基那儿，和那群吵吵闹闹的狐朋狗友打台球，一直玩到东方渐白，直到曙光女神令电灯渐渐黯淡。之前这桩婚姻如同锁链束缚着他，而弗莱格莫公寓那一潭死水的生活如同阴云，一直笼罩在他的头顶。如今锁链松了，凯蒂走了。

约翰向来不习惯分析自己的情感。但现在他坐在长十二英尺、宽十英尺的没有凯蒂的客厅里，他准确无误地抓住了引发内心不安的根源。他知道对于自己的幸福生活而言，凯蒂是不可或缺的。一成不变的枯燥生活磨蚀了他对凯蒂的感情，让他变得麻木无觉。可现在凯蒂的离去却激发了这种感情。"只有当鸟儿飞走之后，人们才意识到它的歌声如此甜美"——谚语、说教、寓言以及那些更为朴实真挚的话语想要告诉我们的不正是这样的道理吗？

"我就是个彻头彻尾的混球。"约翰心想，"看看我是怎么对待凯蒂的。每天晚上都跑出去打台球，和那群家伙胡闹厮混，不肯待在家里陪陪她。可怜的凯蒂整晚都孤零零地待在家里，没什么消遣，而我居然这么对她！约翰·珀金斯，你真是混蛋中的混蛋！我要补偿凯蒂，我要带她出去玩，让她也好好乐一乐。从现在起，我要和麦克劳斯基那儿的狐朋狗友一刀两断。"

没错，窗外的大都市还在发出阵阵喧嚣，邀请约翰·珀金斯加入纵情玩乐的队伍。在麦克劳斯基那儿，夜间的台球游戏正在进行，那群家伙正懒洋洋地击球入袋，消磨夜里的时光。然而现在若有所失的约翰正在忏悔，他的一颗心正沉浸在悔恨之中，无论是寻欢作乐的机会还是台球撞击的咔嗒声，都无法使之动摇。之前，他对自己拥有的东西毫不在意，甚至还心生鄙夷。可当失去这一切时，他又想再找回来。如果要追本溯源，现在追悔莫及的珀金斯，可以追溯到一个名为亚当的人身上，他被上帝逐出过伊甸园。

在约翰右手边立着一把椅子，椅背上挂着一件凯蒂的蓝衬衫。这件衬衫或多或少地保留着凯蒂的身形线条，袖子中央还有几条细细的褶皱——那必定是她忙碌操劳时留下的痕迹。可她这是为了谁呢？还不是为了让他过得舒适惬意吗？这件衬衫散发出的铃兰香味似有若无，不容分说地冲入他的鼻孔。约翰拿起这件衬衫，一脸严肃地看着它，看了很久，然而这件衣服根本不会做出回应。凯蒂可绝不会这样。泪水——没错，就是泪水——在约翰·珀金斯的眼中打转。当凯蒂回来之后，所有一切都会大不相同。他曾经视她如无物，今后他要补偿她。没有她的日子怎么过得下去？

门开了，凯蒂走了进来，手里拎着一个小提包。约翰呆愣愣地看着她。

"哦，老天！回到家我真高兴！"凯蒂说，"妈妈没什么事，她的病情并不严重。山姆哥哥到车站来接我，他说只是小小地发作了一下，在他们发了电报之后就缓过来了。于是我就坐下一班车回来了。我现在只想喝杯咖啡……"

在弗莱格莫公寓三楼的前间里，一架无形的生活机器又开始有条不紊地重新运转——只是那齿轮发出的咔嗒声你是听不到的。不久之前，这架机器的带子曾经脱离了轨道，某个弹簧不听使唤，可现在经过调整之后，齿轮继续按照旧日的轨道运转，所有一切又恢复正常。

约翰看看钟，现在正是八点一刻。他拿起帽子，朝门口走去。

　　"约翰·珀金斯，你跟我说实话，你要上哪儿去？"凯蒂怒气冲冲地问道。

　　"我要去麦克劳斯基那儿，和那些家伙打一两盘台球。"约翰答道。

第三种食材

范拉布洛莎公寓虽然名为公寓，实际上却名不副实。这栋所谓的公寓由两栋老式楼房合而为一，面街的墙壁由褐色砖石砌成。底层的一侧开了一家女装店，披肩和帽子将整个店面装点得花团锦簇；另一侧则是一家宣称"手术过程无痛感"的牙医诊所，大而无当的承诺和令人毛骨悚然的陈列品为这家诊所增添了一抹阴冷的气息。在这个地方，你可以找到周租两美元的房间，也可以找到周租二十美元的房间。范拉布洛莎公寓的房客包括速记员、音乐家、掮客、女售货员、卖文糊口的作家、学艺术的学生、电话接线员等各色人物，还有不少听到门铃响就倚栏张望的闲人。

这个故事只涉及范拉布洛莎公寓的两名房客——当然，对其他房客绝无不敬之意。

某天下午六点钟，海蒂·佩帕回到范拉布洛莎公寓，朝周租三美元五十美分的三楼后间走去。和平日相比，此时她的脸色更为难看。想象一下，如果你在一家大百货店工作了四年，结果却遭到解雇，钱包里只剩下十五美分，你的脸色估计也好看不到哪里去。

现在海蒂还有两层楼要爬，我们可以趁此机会看看她那短得可怜的人生经历。

四年前的某天早上，海蒂走进城中最大的百货店，和另外七十五个女孩一起争夺内衣部的一个职位。这群期望着挣薪水糊口的姑娘形成一片美丽的海洋，直让人头晕目眩。那一头头金发如此浓密，足以为一百位骑马游街的戈黛瓦夫人[1]遮羞蔽体。

一个干练的男职员走了出来。他眼神冷峻、不近人情，年纪虽然不大，头上却没剩几根头发。他的任务是从这群姑娘中挑出六个候选人。当他步入这片馨香的美丽海洋，看到洁白如云的手绣小手帕在他身边飘舞，感觉自己都要窒息了。就在这时，他看到了一艘救苦救难的船只——貌不惊人的海蒂·佩帕顶着一头巧克力色的头发，长着一对绿色的小眼睛，目光中含着轻蔑；她身上穿着一件朴素的粗麻布衣裙，戴着一顶不事张扬的帽子，她那二十九岁的年华一览无余。

"就你了！"那秃头小伙子大喊一声——他最终得救了。海蒂就这样成了这家大百货店的一名职员。至于她是如何经过奋斗将周薪提升到八美元的，那可算是一出集赫尔克里斯、圣女贞德、乌娜、约伯和小红帽[2]这些故事于一体的励志剧。而她刚

1　戈黛瓦夫人：中世纪时期英国考文垂的一位伯爵夫人，为了让本城得以减免税赋而答应丈夫的无礼要求，赤身裸体地骑马游城。传说她的长发浓密，足以为她遮羞蔽体。
2　赫尔克里斯为古希腊神话中的大力神，完成了十二项不可能完成的任务；圣女贞德为英法百年战争期间领导法国人民对英作战的英雄；乌娜为英国诗人斯宾塞《仙后》中的人物，与圣·乔治一起屠杀恶龙；约伯为《圣经》中的人物，经历多重灾祸之后依然保持虔诚；小红帽为《格林童话》中险些葬身狼腹的童话人物。

入职时薪水多少……你休想从我口中探出来，这是个敏感问题。我可不希望某个身家百万的百货店业主爬上我那栋廉租公寓楼的防火梯，往我那间天窗室里扔炸弹。

而海蒂被解雇的故事也和她被雇用的故事一样乏味无趣。

百货店的每个部门都有一个无处不在、无所不知的人物。这个好管闲事的家伙总是打着一根红色领带，手里拿着一个记录本，人们称之为"买家"。对于该部门中那些靠薪水过活的女售货员而言，她们的小命都捏在这个人的手里。至于她们挣多少薪水，请参看"粮食统计局"的具体数字。

与我们这个故事有关的"买家"能干老练、眼神冷峻、不近人情，年纪虽然不大，头上却没剩几根头发。当他在本部门的走廊中踱步时，感觉自己置身于一片馨香的美丽海洋中，洁白如云的机绣小手帕在他身边飘舞，他感觉自己都要窒息了。不管怎么说，吃太多糖也会觉得腻味。这时，他看到了海蒂——貌不惊人的海蒂·佩帕顶着一头巧克力色的头发，长着一对绿色的眼眸。于他而言，周围那些甜得发腻的美人如同一片荒芜的沙漠，而海蒂正是一片向他频频招手的绿洲。于是，在柜台一个安静的角落，他狎昵地捏捏海蒂胳膊肘上方三寸之处，结果被海蒂一掌打出三尺之外。虽说她的臂膀不似百合花那么白皙，不过肌肉发达，结实有力。后面的事情你已经知道了——三十分钟后，海蒂·佩帕就被这家大百货店扫地出门，口袋里只剩下几个铜子。

根据今早的市场价格表，牛肋排叫价六美分一磅（以肉铺的磅秤为准）。然而在海蒂被开除的那一天，牛肋排要价七点五美分一磅——这个价格是我们这个故事得以继续下去的基础，不然的话，海蒂大可以用剩下的四美分去……

然而，正如世上所有好故事一样，这个故事也有难以自圆其说之处。各位看官就别挑眼了，只管看下去吧。

方才讲到海蒂拿着买回来的牛肋排，爬上楼梯，朝那间周租三美元五十美分的三楼后间走去。晚餐就吃一锅热乎乎的美味牛排汤，然后再美美地睡一觉，第二天早上再次上演一出集赫尔克里斯、圣女贞德、乌娜、约伯和小红帽这些故事于一体的励志剧。

她回到房间，打开那个二英尺乘四英尺的细瓷器柜……不，应该称为"粗陶器柜"更为合适。她取出一口砂锅，然后在一堆乱糟糟的纸袋里翻找，想找几个土豆和洋葱。找过之后，她的脸色变得更加难看了。

没有土豆，也没有洋葱。只靠一块牛肋排怎么能做出一锅牛排汤呢？你可以做出没有牡蛎的牡蛎汤、没有甲鱼的甲鱼汤、没有咖啡的咖啡蛋糕，然而你无法做出没有土豆和洋葱的牛排汤。

不过特殊情况下，光有牛肋排也能凑合。在抵挡饥饿这头狼的时候，这块牛肋排就如同一扇普普通通的松木门，不过感觉就和赌场那种熟铁大门一样结实可靠。加点盐和胡椒，再加一勺用冷水调和的面粉就齐活了。当然了，这牛排汤自然不会像纽伯格龙虾一样美味，也不会像教堂节日里的面团一样丰厚，不过总能果腹充饥。

海蒂拿起砂锅，朝三楼走廊后头走去。范拉布洛莎公寓的招租广告宣称此处有自来水，不过这只在你、我、水表间说说，这里的自来水只能缓缓地滴出来，水管修理技术在此处毫无用武之地。这里还有一个水槽，自己打理家务的房客们来到水槽边倒咖啡渣的时候还可以瞄两眼别人晨衣的样式。

海蒂在水槽边碰到一个姑娘。那姑娘目光哀怨，顶着一头浓密的金棕色头发，颇有几分艺术家的风韵。她正在洗刷两个大土豆。海蒂无须独具慧眼就能窥破范拉布洛莎公寓房客的身份。于她而言，每个人身上穿的晨衣就如同一本百科全书，她能从中读出这个人的身份；晨衣就如同海蒂的情报站，她能从中获悉房客们来来往往的情报。那姑娘穿着一件绿色滚边的玫瑰粉色晨衣，海蒂据此认定她是一个袖珍画画家，就住在顶层某间阁楼里——那群搞艺术的管那类房间叫作"画室"。海蒂还拿不准袖珍画是什么玩意儿，不过她敢肯定那画的绝不是一栋房子。粉刷房子的是油漆工[1]，他们的布罩衫上满是斑斑点点的油漆，在街上碰到的时候他们扛着的梯子还会挡住你的去路。不过那些家伙的家常伙食非常丰盛，与眼前这个姑娘大不相同。

拿着土豆的姑娘娇小苗条，瞧她侍弄土豆的模样，就如同一个老光棍在照顾一个正在长牙的小娃娃。她右手拿着一把鞋匠用的钝刀，开始给土豆削皮。

海蒂上前和那姑娘打个招呼。她的言语生硬拘谨，就如同一个急于拉近关系的陌生人。

"很抱歉，我知道不该多管闲事，"海蒂说，"不过像你这样削土豆皮就亏大了。这是嫩土豆，刮掉表层的皮就行了……来，我做给你看看。"

---

1 英语中的"画家"和"油漆工"为同一个词（painter）。

说着她拿过土豆和刀子，开始示范。

"啊，真是谢谢啦！"那姑娘说，"我不懂这些，看着那么厚一层被削掉我也很心疼，实在太浪费了。不过我一直以为要给土豆去皮就得用刀削。如果你只能靠土豆充饥，那么就连土豆皮也得算计算计。"

"我说小妹妹，"海蒂停下手中的活儿，"你现在过得也不宽裕，对吧？"

袖珍画画家面露饥色，微微一笑。

"我想是吧。"她说，"要知道，艺术……至少在我看来，艺术现在不时兴了。我晚餐就只能吃土豆了。不过如果煮熟了加上一点黄油和盐，热乎乎地吃下去，倒也不坏。"

"小妹妹，"海蒂听任一抹转瞬即逝的微笑浮现在自己脸上，让她那生硬的五官稍显柔和，"命运让我们俩走到一块。现在我过得也不如意，不过我房间里有一大块牛肋排——足有一只小哈巴狗么大呢！我想尽办法想弄到几个土豆，就差向上天祈祷了。让我们把这两样食材凑到一块儿，炖一锅牛排汤。就到我的房间里弄吧……如果能再弄到一个洋葱就好了！我说小妹妹，你有没有好好搜一下去年冬天穿的海豹皮大衣？说不定能从衣服的夹缝里找出一两个铜子呢。那样我就可以跑到楼下，到街角找老裘塞皮。他在那里支了个摊，我可以去那儿买一个洋葱。没有洋葱的牛排汤比不提供糖果点心的日场演出还要糟糕。"

"你可以叫我塞西莉，"那姑娘说，"……没有，三天前我就花光了最后一分钱。"

"这样的话我们只好把本应待在牛排汤里的洋葱剔除掉了。"

海蒂说，"我原本可以向女门房讨要一个，不过我可不想让她知道我失业了，正准备找一份新的工作。不过……真希望我们能有一个洋葱啊！"

两人回到女店员的房间，开始准备晚餐。塞西莉所做的只是无助地坐在沙发上，哀求海蒂给她派些活儿干。她的声音柔和哀婉，如同鸽子的咕咕叫声。海蒂把牛肋排弄干净，放到盛满冷水的砂锅里，再往水中加点盐。之后她把砂锅搁在单灶口煤气炉上。

"如果有一个洋葱就好了。"海蒂一边说着一边刮净两个土豆。

沙发对面的墙上挂着一幅广告招贴画，画上的主角是铁路公司新开通的渡轮。那艘火红色的渡轮颇为壮观，它正在劈波斩浪，全速前进。据说这艘船可以为往来于洛杉矶和纽约市之间的乘客们节省八分之一分钟的旅行时间。

海蒂一直在自言自语。她转过头来，看到自己的客人正盯着那艘经过美化的渡轮，泪珠夺眶而出。

"怎么了，塞西莉小妹妹？"海蒂手中的刀停止了运动，"这幅画有那么糟糕吗？我不是艺术评论家，不过我觉得这幅画能为这间房添点亮色。当然了，如果让一个美甲工[1]来评判，这幅画或许真的不怎么样。只要你说一句话，我马上把这幅画摘下来。唉……我真希望灶神能赐予我们一个洋葱！"

然而，那位身材袖珍的袖珍画画家（可不是美甲工）扑倒在

1　塞西莉为袖珍画画家（miniature-painter），而海蒂将"袖珍画画家"与"美甲工"（manicure-painter）混为一谈。

沙发上,她的鼻子抵着破旧的沙发套,发出声声啜泣。看来惹她落泪的并非招贴画那糟糕的艺术品位,而是更深层次的原因。

海蒂明白了,早在很久以前她就已经接受了命运安排给她的角色。当我们试图描绘某个人的某种品质,我们的语言显得多么贫乏!当我们谈及抽象之物,就会感觉词不达意,莫衷一是。当我们试图描绘某样东西,脱口而出的词句越贴近自然,我们对事物的理解也越发深刻。打个比方,有的人是胸膛,有的人是手,有的人是头,有的人是肌肉,有的人是脚,有的人是负重的脊梁。

而海蒂则是肩膀。她本人的肩膀瘦削有力,在她一生之中,不少人将自己的脑袋靠在她的肩膀上 —— 这话既是对现实的描述,也可以看作是一种隐喻。当他们从海蒂的肩膀上抬起头,他们也卸下了一半乃至全部的烦恼和忧愁。如果你从人体解剖学的角度(这一角度绝不逊于其他的角度)看待生活,就会发现海蒂天生就是肩膀 —— 在别处你很难找到那么结实有力的锁骨。

现在海蒂刚刚三十三岁,还不算老,当年轻小伙或年轻姑娘将自己的脑袋靠在她肩上寻求安慰,她心中还是会不由自主地生出一缕哀伤。然而这种时候她只需朝镜子里看一眼就能止住这种自怜自艾的悲伤。煤气炉上方的墙上正好挂着一面凹凸不平的旧镜子,她朝镜子匆匆瞥了一眼。此时,砂锅里的土豆牛排汤开始发出咕嘟咕嘟的响声,海蒂把煤气灶的火苗调小,走到沙发旁,托起塞西莉的脑袋,放在自己充当着"忏悔室"的肩上,准备听她吐露心声。

"小宝贝,告诉我吧,"海蒂说,"我知道你并不是为了这幅招贴画而哭鼻子的。你是在渡轮上遇见他的，对不对？好了，塞西莉宝贝儿，告诉你的'知心姐姐'海蒂吧。"

　　然而，青春和忧愁总得把多余的叹息和泪水发泄干净，之后才能推动载满浪漫的小舟，驶入某个怡人小岛的港湾靠岸。海蒂肩上那瘦削的筋腱如同忏悔室的栅栏，那个忏悔者——或曰神圣爱之火焰的伟大传递者——将自己的故事原原本本地告诉了她。

　　"那是三天前的事，我从泽西市回来，上了那艘渡轮，"塞西莉说，"艺术中介舒克伦老先生告诉我，纽瓦克的一个有钱人想为他的女儿画一张袖珍肖像，于是我就去了。我找到那个有钱人，把我以前的画作拿给他看，之后我告诉他画一幅要价五十美元。他朝我哈哈大笑，那模样活像一条鬣狗。他说他只要花上八美元就能弄到一幅比这足足大二十倍的蜡笔画。

　　"我身上的钱只够买张轮船票返回纽约。我觉得生无可恋，不想再多活一天。当时我必定流露出了这种厌世情绪，他……他正坐在我对面的椅子上，善解人意地看着我，仿佛能理解我的心情。他长得很英俊……不过，最重要的是他看起来很和善。当一个人陷入疲倦、绝望或哀伤之中，和善比任何东西都重要。

　　"当时我感觉糟透了，我不想再挣扎了。我站起来，慢慢走出船舱后门，来到船尾。那里没有人，我跨过栏杆，跳入水中。啊，海蒂姐姐，那河水可冷了！

　　"刹那之间，我真希望自己还在老旧的范拉布洛莎公寓中，忍饥挨饿，然而心中还有希望。之后我变得麻木，什么都不在乎了。接着我感觉到水中还有其他人，就在我身边。我被那人举了起来。他一直跟着我，现在他又跳到水里来救我了。

"有人朝我们扔了一个什么东西，就像是一个大大的白色面包圈。他让我抱住那个'面包圈'，之后渡轮向后倒退一段，船上的人把我们拉上船。啊，海蒂姐姐，我一想到自己竟然想要跳河自杀就羞愧难当，那实在是太不应该了！当时我的头发全散开了，湿答答的，那模样可狼狈了。

"之后一些穿蓝色制服的人围了过来，他掏出自己的名片，递给那些人。我听到他向那些人解释整件事的经过：我的钱包掉到栏杆外，我探出身子想捡回钱包，结果一不小心掉到水里……

"这时我才想起曾经在报纸上读过的文章，说那些企图自杀的人要被关进牢笼里，和那些企图杀人的人关在一起。想到这儿，我实在是心惊胆战。

"船上还有几位女士，她们把我带到底舱的锅炉房里，让我就近烤火。我身上差不多烤干了，头发也重新收拾好。之后轮船就靠岸了，他走上前来，为我叫来一辆出租马车。他也浑身湿透了，却哈哈大笑，仿佛这不过是个笑话而已。他把我送上马车，还问我的名字和住址。可无论他怎么求我，我就是不肯告诉他。我觉得自己实在是太丢脸了。"

"真是个傻孩子！"海蒂和蔼地说，"等一下，让我把火开大一点……唉，真希望上天能赐予我们一个洋葱！"

"他抬抬帽子，"塞西莉继续讲述她的故事，"然后说：'好吧，不过我无论如何都会找到你的。我要回来宣告我作为救助者的权利。'最后，他向马车夫支付了车费，还让他听从我的吩咐，之后就离开了……'救助者'是什么意思，海蒂？"

"哦，那是没有锁边的布头[1]，"女店员说，"在这个英雄小伙看来，你当时必定是狼狈不堪吧。"

"已经三天了，"袖珍画画家哀叹道，"可他还没找到我。"

"多给他一点时间吧，"海蒂说，"这个城市很大。再说了，他还要多见几个头发湿答答的落水姑娘才能认出你来……嗯，这牛排汤炖得不错，要是有一个洋葱就好了！如果有蒜的话也能将就了。"

锅里的牛排和土豆快乐地吐出气泡，让人垂涎欲滴。然而，其中仿佛缺了什么，让味蕾若有所失。那不可或缺却又求之不得的食材所引发的食欲挥之不去，令人徒然神伤。

"我差点儿在那条可怕的河里淹死了。"塞西莉打个寒战。

"我看水还不够多，"海蒂说，"……哦，我说的是牛排汤。我到水槽那里去取点水。"

"闻起来还是挺香的。"塞西莉说。

"那条乌七八糟的老北河[2]？"海蒂反驳道，"我觉得闻起来既像是肥皂厂，又像是落水狗……哦，当然了，你说的是牛排汤。好吧，真希望我们能弄到一个洋葱……那小伙子看起来有钱吗？"

"他看起来很和善 —— 这才是最重要的，"塞西莉说，"我觉得他是个有钱人，不过这一点实在无关紧要。当时他拿出钱夹来付车费，我忍不住看了一眼，里面足有成百上千块钱呢。再后

1　"救助"（salvage）和"织物边缘"（selvage）形似音似，海蒂又将两者混为一谈。
2　北河：即哈德逊河流经纽约的河段。

来我从马车门缝里瞄了一眼，看到他是坐汽车离开码头的。他当时身上还是湿答答的，那个汽车司机把自己的熊皮大衣给他披上——那可是三天前的事了。"

"真是个傻瓜！"海蒂简短地说了一句。

"那司机可不傻，他身上又没沾水。"塞西莉说，"他开起车来还是挺在行的。"

"我说的是你，"海蒂说，"你干吗不把地址留给他呢？"

"我从来不会把自己的地址告诉司机。"塞西莉心不在焉地说。

"如果能弄到一个就好了。"海蒂闷闷不乐地说。

"弄一个司机来干什么？"

"当然是用来炖牛排汤啊……哦，我的意思是能弄到一个洋葱就好了。"海蒂回答。

海蒂拿起水壶，朝走廊另一头的水槽走去。

当她经过楼梯口的时候，一个小伙子正好从楼上下来。他衣着考究，不过看起来苍白憔悴。他目光呆滞，仿佛正在经受某种肉体上或精神上的病痛。他的手里拿着一个洋葱——一个粉色的洋葱，足有一个售价九十八美分的小闹钟那么大，结实、光滑、发亮。

海蒂停下脚步，那小伙子也停了下来。从女店员的姿态和神情中，你可以看到赫尔克里斯、圣女贞德和乌娜，至于约伯和小红帽嘛……她早就将那两个角色抛到一边了。那小伙子在楼梯底端停下脚步，六神无主地咳嗽起来。他感到自己正在遭人围困、受人阻拦、遭人攻击、被人滋扰、遭人压榨、被人乞讨、被

139

人劫掠、被人恫吓、被人评头品足……然而他自己也说不清个中缘由。海蒂的眼神正是这一切感受的源泉。从她的双眸中，小伙子仿佛看到一面海盗骷髅旗升上桅杆顶端，一个嘴里叼着匕首的海盗麻利地爬上绳梯，把海盗旗固定在那里。然而他还没有意识到正是他身上的宝贝为他招来灭顶之灾，险些让他连谈判的机会都没有就被击沉了。

"实在抱歉，"海蒂开口了，她尽量让那原本酸溜溜的语气变得和缓些，"你是不是在楼梯上捡到了这个洋葱？纸袋破了个洞，或许它掉出来了，我正要出来找它呢。"

那年轻人又开始咳嗽，足足咳嗽了半分钟之久。这短暂的间隙让他鼓起勇气，捍卫自己的个人财产。他死死抓住那个味道辛辣的宝贝，打起精神，直面眼前这个吓人的劫匪。

"不是，"他用沙哑的嗓音说道，"我不是在楼梯上捡到的，是住在顶层的杰克·比弗斯给我的。如果你不信，只管问他好了。我可以在这儿等着。"

"我知道那个杰克·比弗斯，"海蒂酸溜溜地说道，"他写书和文章什么的，不过我看唯一能从中获益的就是收破烂的。邮差经常为他送来厚厚的退稿信，还取笑他，整栋楼的人都听见了……我说，你是范拉布洛莎公寓的房客吗？"

"不是，"小伙子答道，"我只是偶尔来看看比弗斯，他是我的朋友。我住在西边两个街区之外。"

"那你打算拿这颗洋葱做什么……恕我冒昧。"海蒂说。

"我打算吃掉它。"

"生吃吗？"

"不错，我一回到家就吃掉它。"

"你就没有别的东西搭配着吃吗？"海蒂问道。

那小伙子思量片刻，然后老老实实地答道："没有，我家里也找不出别的什么吃的。我想老杰克也不宽裕，在他那破房间里也找不出什么吃的。他原本不肯把这颗洋葱给我，不过我软磨硬泡，终于弄到手了。"

"我说小老弟，"海蒂用老于世故的目光盯着他，她伸出一根细瘦有力的手指，按在他的衣袖上，"你过得也不如意，对不对？"

"的确不如意，"洋葱的主人马上答道，"不过这颗洋葱可是我的，是我堂堂正正得来的……很抱歉，我得走了。"

"听我说，"海蒂急得脸色发白，"生洋葱可是糟糕的食物，就像没有洋葱的牛排汤一样糟糕。既然你是杰克·比弗斯的朋友，那你的为人应该还不错。告诉你吧，我的一个朋友——一位娇小的女士正在走廊那头的房间里，这段时间我们俩过得都不如意。我们只有牛排和土豆，现在正在火上炖着呢。然而这土豆牛排汤缺乏灵魂，少了一味食材。生活中有些东西注定就是要相配的——比方说，粉色粗布与绿玫瑰贴片相配，火腿与鸡蛋相配，爱尔兰人与麻烦相配……还有就是土豆牛排和洋葱相配，倒霉蛋和倒霉蛋相配。"

那小伙子又开始咳嗽，咳了很长时间。他把洋葱护在胸前。

"你说得没错。"最后他终于开腔了，"不过说实在的，我真的得走了，因为……"

海蒂死死抓住他的衣袖。

"小老弟，别学那些意大利小子那样生吃洋葱，和我们一起凑份子吃顿晚饭吧，你可以在餐桌旁获得一个席位，你可以喝上最美味的牛排汤，管保让你喝完之后还要咂巴勺子。时至今日，难道两位女士非要把一位绅士敲晕拖进门才能获得与他共餐的殊荣吗？行了，小老弟，我们不会害你的。别犟嘴了，快答应了吧。"

小伙子那苍白的面容稍稍缓和，他咧嘴一笑。

"我信得过你，我会跟你走的。"他喜形于色，"如果我的洋葱能作为请柬，那我很高兴接受你的邀请。"

"你的洋葱和请柬一样有效，不过比请柬更有滋味。"海蒂说，"你跟我来，待会儿就在门外等着，等我征得朋友的同意你再进来。还有，在我出来叫你之前，别拿着那份'请柬'溜之大吉。"

海蒂走进她的房间，把门关上，那小伙子在门外候着。

"我说塞西莉，"女店员尽力收敛她话音中的锋芒，"好孩子，外面有颗洋葱，洋葱后面还跟着一个小伙子。我邀请他和我们一起吃晚饭，你不会反对吧？"

"哦，老天！"塞西莉坐起来，拍拍那富有艺术家韵味的头发，幽怨地瞥了一眼墙上的渡轮招贴画。

"不是那么回事，"海蒂说，"他可不是你那个小伙子。现在你可得现实一点。我记得你那位救美英雄有钱，还有汽车。门外那家伙不过是个穷小子，只剩一颗洋葱可以充饥。不过他很好说话，也不是那种莽莽撞撞的人。我想他或许也是个绅士，只是现在落魄了。还有，我们的确需要那颗洋葱。我能叫他进来吗？我

142

保证他不会唐突无礼。"

"海蒂，亲爱的，"塞西莉叹了一口气，"我已经饿坏了。对我来说，一个王子和一个小贼又有什么区别？我不在乎。如果他带来了可以吃的东西，那就请他进来吧。"

海蒂急忙跑到走廊里，发现那个洋葱小子已经不见了。她的心一沉，脸上泛起一片死灰，只剩下颧骨和鼻子得以幸免。紧接着她看到那小伙子正靠在走廊另一头的窗台上，把身子探到窗外。此时她体内的生机活力如潮水一般再次涌了上来，她赶忙走过去。那小伙子正对着楼下某个人大声喊话，街道的喧嚣淹没了海蒂的脚步声。海蒂偷偷来到他的身后，她的目光掠过他的肩头，朝下张望。她看到了那小伙子喊话的对象，也听到了他喊话的内容。那小伙子从窗台上缩回来，转头看到海蒂正在他身后看着他。

海蒂的目光如同钢钻头，死死地盯着他。

"别想糊弄我，"海蒂镇定地说，"你打算拿那颗洋葱干吗？"

那小伙子拼命抑制住一阵咳嗽，毅然决然地面对着她。他那模样仿佛一个不堪其扰的受害者。

"我打算吃了它，"他一字一顿地说道，"我刚才已经告诉你了。"

"你家里没有别的东西可吃吗？"

"没有。"

"你是干哪一行的？"

"我现在没有工作。"

"既然如此，"海蒂的嗓音显露出最尖利的锋芒，"你为什么探到窗外，吩咐楼下街上那个开绿车子的司机做这做那？"

小伙子满脸通红，他那呆滞的眼眸焕发出奕奕神采。

"女士，那是因为那辆车是我的，那司机要从我这里领薪水。"他越说越快，"还有这颗洋葱——这颗洋葱也是我的，女士。"

他拿着那颗洋葱在海蒂眼前摇晃，然而她毫不退让。

"那你为什么要吃洋葱呢？"海蒂话语中的鄙夷刺得人生疼，"为什么不吃点别的？"

"我没说我只吃洋葱不吃别的啊，"小伙子急忙反驳道，"我只是说我家里没别的东西可吃，我又不是开杂货店的。"

海蒂不为所动，继续追问道："那你为什么要吃生洋葱？"

小伙子回答道："我感冒的时候，我母亲总是让我吃一颗生洋葱……抱歉，我提到了自己身体有恙，不过你可能也看得出我得了重感冒——很严重的重感冒。我打算吃完这颗生洋葱，然后上床睡一觉。我真不明白为什么我要站在这里，为了这件事向你表示歉意。"

海蒂起了疑心，她继续问道："那你又是怎么患上重感冒的？"

此时，小伙子的情绪仿佛达到了一个最高点。要想从这个情绪的高峰上下来，只有两种方法：其一是大发雷霆，其二是屈从于眼下这荒诞的情势。小伙子做出了明智的抉择，他那嘶哑的笑声在空荡荡的走廊里回响。

"你真喜欢多管闲事。"他说，"你小心谨慎，虑事周全，我也不能怪你。好吧，我就告诉你吧，反正我也不在乎。之前我把自己弄成落汤鸡，那是几天前，在北河的那条渡轮上，一个姑娘跳到水里，我自然就要……"

海蒂伸出手，打断他的故事。

"把洋葱给我。"她说。

那小伙子咬紧牙关。

"把洋葱给我。"海蒂又说了一遍。

小伙子咧嘴一笑，把洋葱放在她手里。

一抹忧伤阴郁的微笑浮现在海蒂脸上——这样的情形可是难得一见。她一手抓住那小伙子的胳膊，一手指着自己的房门。

"小老弟，"她说，"走进那扇门，你从河里捞上来的那个小傻瓜正在那房间里等着你。快去吧，我给你们三分钟，然后我就要进门了。土豆姑娘就在那里等着呢，去吧，洋葱小子！"

小伙子敲敲门，走进房间。海蒂开始在水槽边剥洗洋葱。她阴郁地瞥一眼外头那些灰暗的屋顶，微笑已经消失，她的脸微微抽搐。

她闷闷不乐地自言自语："可是……买来牛肋排的人是我，是我啊。"

绿门

想象一下，饭后你正沿着百老汇大道漫步，还有十分钟的闲暇抽一支雪茄。你在心里盘算着：是去看一出娱乐身心的悲剧呢，还是选择一出严肃凝重的杂剧？这时，一只手突然搭在你的手臂上。你回头一看，一双动人心魄的眼眸映入你的眼帘。那眼眸的主人是一个珠光宝气的美貌女子，身上还披着俄罗斯紫貂皮。她匆匆忙忙地往你手里塞了一个滚烫的奶油面包卷，眨眼之间掏出一把小剪刀，剪下你外套上的第二颗纽扣，然后意味深长地吐出一个词："平行四边形！"接着她飞快地穿过十字路口，还惶恐地朝身后望望。

这当真是不折不扣的奇遇呀！你会欣然接受吗？不，你不会的。你只会窘得满脸通红，局促不安地扔掉手中的面包卷，继续沿着百老汇大道漫步，徒劳地摸索着那颗不复存在的纽扣。只有在极少数人心中，纯粹的冒险精神尚未磨灭。如果你不是这类"有福之人"，你的反应也不过如此。

货真价实的冒险家总是寥寥可数。存在于书籍文字中的冒险家大多是发明了某种新鲜伎俩的生意人，他们总是在追逐自己的心仪之物——金羊毛、圣杯、贵妇人的爱情、宝藏、皇冠、名声……而真正的冒险家总是漫无目的，心无成算，欣然迎接未知的命运。"归家的浪子"就是一个很好的例子——当他踏上归途，也就开始了一段历险。

半心半意的冒险家却数不胜数。这类人物英勇无畏、光芒四射，无论是在"十字军"的征途中，还是在断崖峭壁上[1]，皆可见到他们的身影。这些人丰富了历史和小说，让历史小说这一行当发展壮大。然而他们每个人都有自己的目标：他们或是要赢取一样战利品，或是要在球场上踢进一个球，或是要磨亮一把斧子，或是要参加一场赛跑，或是要传授一套新剑法，或是要刻下一个名字，或是要解决一桩仇怨纷争……如此看来，这些人也并非名副其实的冒险家。

在这个大城市里，浪漫和奇遇如同一对相生相伴的精灵，它们总是在寻找真心实意的追求者。当我们漫步街头，它们便鬼鬼祟祟地窥探我们。它们披上多种不同的外衣，向我们发出挑战。我们毫无缘由地蓦然抬头，看到某个窗口浮现出一张似曾相识的脸庞；我们走过沉睡中的通衢大道，一栋封得严严实实的空房子突然传出一声饱含痛苦和恐惧的叫喊，飘入我们的耳中；出租车并没有将我们送至熟悉的马路边，而是送到一扇陌生的门前，这扇门为我们敞开，门里的人面带微笑，招呼我们进去；机缘抛出的一张字条从高窗飘落，恰好落在我们的脚边；我们夹杂在来来往往的人流中，在瞬息之间和行色匆匆的路人交换饱含仇怨、柔

1　英语中"十字军"（crusade）和"峭壁"（palisade）两个词押韵，作者在此处只是取其音，两者并无直接关系。

情和恐惧的目光；一阵疾雨从天而降，我们撑起雨伞，为某位女郎提供一席避雨之地，而她或许正是满月的女儿、群星的姐妹……在每个街角都有飘然落地的手帕、频频示意的手指和投射而来的目光。奇遇发出一条条不停变幻的线索，从我们的指间滑过。这些线索或神秘莫测，或危险致命，或令人惘然若失，或令人欣喜若狂，或令人倍感孤独，然而却很少有人会抓住这些线索循迹而行。深埋于体内的繁文缛节让我们变得古板僵硬，我们就这样得过且过。当这乏味枯燥的一生接近尾声，我们在某一天蓦然回首，发现自己这一辈子的"浪漫往事"不过是一两段无趣的婚姻、一个深藏于抽屉中的缎带玫瑰花结，以及终此一生与蒸汽散热器进行的争斗。

鲁道夫·斯坦纳却是一位不折不扣的冒险家。几乎每天晚上他都要从走廊尽头的房间跑出来，去寻找不期而遇的历险和惊心动魄的奇遇。在他看来，生活中最有意思的事正躲在下一个街角。有时候他试探命运的意愿也将他引入歧途：他曾两次不得不在警察局里过夜，而奸诈贪婪的骗子也一而再，再而三地让他落入圈套；某一次艳遇让他受宠若惊，也让他付出了代价——他为此丢失了自己的表和一笔钱财。不过他心里的热情尚未磨灭，总是欣然接受出现在他面前的每一个挑战，兴致勃勃地踏上冒险之旅。

某天晚上，鲁道夫沿着一条横穿全城的大道漫步。此处位于老城区的中心地带，人行道被两股人流挤得满满当当：其中一群人正匆匆忙忙往家赶，而另一群人在家里坐不住，正要奔向餐馆饭店，那些烛火煌煌的用餐场所正虚情假意地欢迎他们的到来。

年轻的冒险家怡然自得，一边迈着从容的步子，一边留心观察。白天的时候他是一家钢琴店的售货员，他用一个黄指环来固定自己的领结，而非用领带夹。他曾经给某家杂志社的编辑写信，声称对自己这一生影响最大的书莫过于丽比女士[1]所写的《茱妮的爱情考验》。

鲁道夫走在路上，首先引起他注意的是一个摆在人行道上的玻璃匣子。匣子里放着一副咔嗒作响的假牙，闹出很大的响动，吓了他一跳。那匣子正好摆在一家餐馆门前，鲁道夫又望了一眼，看到餐馆隔壁高楼上挂着牙医诊所的灯饰招牌。一个身材魁梧的黑人正小心翼翼地向过往的行人分发卡片。只见他穿着红色绣花外套和黄色长裤，头上还戴着一顶军帽，看上去怪模怪样的。只要往来的行人乐意接受，那黑人就往他们手中塞一张卡片。

鲁道夫对此种形式的"牙医广告"早已见怪不怪。平日里他都是径直走过分发牙医卡片的人身边，一张卡片都不接。然而今天晚上，那个黑人却颇为灵巧地往他手里塞了一张卡片。鲁道夫只得收下。想到那黑人的伎俩居然得逞，他不禁露出一丝微笑。

走出几码之后，鲁道夫漫不经心地看看那张卡片。接着他大吃一惊，把卡片翻过来，兴致勃勃地又看了一遍。卡片的一面是空白的，另一面则用墨水写着"绿门"二字。接着鲁道夫看到，在他前方几步之外，一个男人将黑人分发的卡片扔在地上。鲁道夫拾起那张卡片，卡片上印着牙医的姓名和地址，以及"制作假

———
1　丽比：19世纪的爱情小说家。

牙床""齿桥""镶齿冠"之类的常规牙科项目，还有"手术过程无痛感"这样大而无当的虚假承诺。

富有冒险精神的钢琴店售货员在街角停下脚步，仔细思量。之后他横穿大街，走过一个街区之后返回这条大街，混迹于前行的人流之中，又一次经过那黑人身边。他摆出一副毫不在意的模样，漫不经心地接过黑人递过来的卡片。走出十来步之后他查看那张卡片——和第一张一样，这张卡片上也写着"绿门"二字，就连笔迹都完全相同。三四张卡片散落在人行道上——那都是走在鲁道夫之前或之后的行人扔下的。所有这些卡片都是空白面朝上，鲁道夫一一把它们翻过来，发现每一张都印着牙医广告。

通常淘气的奇遇精灵只需向真心实意的追求者——鲁道夫·斯坦纳招招手，他便会欣然而往。现在奇遇精灵已经朝他发出两次召唤，鲁道夫自然要踏上这趟冒险之旅。

鲁道夫又一次朝那身材魁梧的黑人慢慢走去。在黑人身边的玻璃匣子里，那副假牙依然咔嗒作响。这一回黑人并没有把卡片递给他。尽管黑人那花哨的服饰颇为滑稽，却自然而然地流露出一种野蛮人特有的威严。他只是有选择地分发卡片——一些行人拿到了卡片，而另一些却一无所获。每隔半分钟他就会扯着沙哑的嗓子喊一句难懂的话语，听起来与公交车售票员所说的话或盛大歌剧中的某句歌词颇为相似。当鲁道夫第三次走过黑人身边，他不仅没有拿到卡片，相反，在他看来，黑人那张油光滑亮的大脸上仿佛流露出近似轻蔑和厌恶的冷漠。

黑人的表情刺痛了冒险家鲁道夫。他从黑人的表情中读出了无声的责难，仿佛正指责他无力解开这个谜团。且不论那张手写的卡片究竟蕴含着何等玄妙的深意，那黑人已经两次从滚滚人流中把鲁道夫挑出来，让他成为这神秘讯息的接收者。现在他仿佛在责备鲁道夫缺乏智慧和意志，面对这个谜团无能为力。

鲁道夫认定这即将到来的奇遇就藏在旁边这栋楼房中。他退出滚滚人流，飞快地扫一眼这栋建筑：它足有五层楼高，第一层为一家饭店所占据；第二层大门紧锁，看似女帽店或皮草店；第三层挂着闪烁不定的灯饰招牌，表明那里正是牙医诊所；第四层挂满了用不同语言写就的招牌，争先恐后地告诉你在这里可以找到算命师、裁缝、音乐家和医生；第五层的窗户垂挂着窗帘，窗台上还放着白色的牛奶瓶 ——看来那里是一般人家的居所。

扫视一遍之后，鲁道夫迈着轻快的步伐，跳上一段高高的石砌阶梯，跑进楼内。他走上两段铺着地毯的楼梯，然后继续向上，一直到顶层才停下脚步。出现在鲁道夫面前的是一条走廊，左右各有一盏黯淡的煤气灯。右手边的煤气灯位于较远处，而左手边的煤气灯离得很近。左边那盏煤气灯形成一圈模糊的光晕，借着那微弱的光亮，鲁道夫看到了一扇绿色的门。

刹那之间，鲁道夫犹豫了。接着他仿佛看到那分发卡片的黑人出现在他面前，脸上流露出傲慢无礼的讥讽。于是，鲁道夫径直走到那扇绿门前敲了几下。

在门里的人做出回应之前，每一秒都显得那么漫长。鲁道夫的呼吸变得愈加急促 ——想想看，那绿门后面究竟藏着什么？正在开局赌钱的赌徒？以高明手法设下圈套的骗子？崇尚勇气的美妇人正等着勇士来找到她？他一时冲动敲响了这扇绿门，而开门迎接他的有可能是爱情、失望、嘲讽、危险乃至死亡……

门里传来一阵轻微的窸窣声，之后门缓缓地打开了。一个女孩站在门边，看起来不足二十岁。她脸色煞白，步履蹒跚。之后她握着门把手的手松开了，整个人无力地摇晃了两下，还伸出一只手凭空摸索。鲁道夫赶紧扶住她。房间里有一张褪色的小沙发靠墙而立，鲁道夫让那姑娘躺在沙发上。他关上房门，飞快地环顾四周。借着摇曳不定的煤气灯，他看清了屋内的全貌——这里还算整洁，然而穷困潦倒的气息扑面而来。

那女孩躺在沙发上一动不动，仿佛晕了过去。鲁道夫兴致勃勃地寻找木桶——众所周知，要想让人醒过来，就得把他放在木桶上滚一下……哦，不对，那是救治溺水者的法子。鲁道夫用自己的帽子给那女孩扇风，这一招倒是奏效了。他的帽檐刮到了她的鼻子，把她弄醒了。那女孩睁开眼，而鲁道夫发现眼前的这张脸似曾相识。她长着一双率真的灰色眸子，小巧的鼻子微微上翘，一头栗色长发如同豌豆蔓般卷曲盘结。鲁道夫曾多次踏上冒险之旅，而眼前的姑娘仿佛是所有奇遇的终点，是他受之无愧的奖赏。

姑娘那张苍白的脸瘦得吓人。她镇定地看着鲁道夫，微微一笑。

"我晕过去了，是吧？"她有气无力地说，"这有什么好奇怪的呢？你试着三天不吃东西看看！"

"老天爷！"鲁道夫叫道，他一跃而起，"你等着，我马上回来。"

他冲出那扇绿门，跑下楼梯。不到二十分钟之后他回来了，怀里抱着大包小包，里面装着从杂货店和饭店买来的东西。他用脚尖踢踢门，让那姑娘来为他开门。不一会儿，绿门后头的餐桌上就摆满了面包、黄油、冷肉、蛋糕、馅饼、泡菜、牡蛎、一只烤鸡、一瓶牛奶和一壶热乎乎的红茶。

"真是太荒唐了！"鲁道夫嚷道，"居然不吃东西！这样瞎胡闹可不行……来吧，晚餐已经准备好了。"他扶着那姑娘在桌边的一把椅子上坐下。"你这里有茶杯吗？"他问道。"就在窗边的架子上。"那姑娘回答。鲁道夫找到茶杯之后转过身来，他看到那姑娘两眼放光，正拿着一大块莳萝泡菜大口嚼着——看来她已经凭着女性百发百中的本能从纸袋中翻出了泡菜。鲁道夫笑着从她手里夺过泡菜，给她倒了满满一杯牛奶。"先喝这个，"他说，"之后你可以试着喝点茶，再吃一个烤鸡翅。如果明天你觉得好多了，才能吃泡菜……行了，如果你乐意招待我，那就让我和你共进晚餐吧。"

他拉出另一把椅子坐了下来。喝下去的茶水让那姑娘的眸子熠熠生辉，她的脸也恢复了些许血色。她颇为优雅地狼吞虎咽，如同一只饿坏了的小兽。一个年轻人从天而降，帮了她一把——然而在她看来这仿佛是极其自然的事。这并非不懂规矩，只是她所受到的苦难让她有权将繁文缛节抛诸脑后。她渐渐恢复了力气，感觉舒服多了。这时，她才稍稍想起了应有的礼仪。她将自己的经历告诉鲁道夫：她本是一家店铺的售货员，拿着微薄的薪水，而店家为了增加利润，经常以各种名义扣罚薪水。之后她生了一场病，这份工作也保不住了，她简直绝望极了……直到这个富有冒险精神的年轻人敲响了那扇绿门。

这个故事了无新意。在这个大城市里，每天都有上千个与之

153

相似的故事不停上演。一般人听到这样的故事早就厌烦得直打哈欠了，然而在鲁道夫看来，姑娘的遭遇简直如《伊利亚特》[1]一般惊心动魄，与《茱妮的爱情考验》中的高潮部分不相上下。

"想想看，你竟然遭了这么多罪！"鲁道夫说。

"的确很不好受。"她一本正经地说。

"你在纽约没有亲戚朋友吗？"

"一个也没有。"姑娘答道。

鲁道夫顿了一下，说道："我也是孤零零的一个人。"

"那感情好。"那姑娘马上答了一句。看到她对自己伶仃落寞的现状表示赞许，鲁道夫居然还挺高兴。

突然之间，她的眼皮垂了下来，她重重地叹了一口气。

"好困啊！"她说，"不过我感觉好多了。"

鲁道夫站起来，拿起帽子："我得走了，好好睡一觉吧，那对你有好处。"

他伸出手，那姑娘和他握握手，道了一声"晚安"。然而她用能言会道的目光向他抛出了一个问题。她的目光如此坦诚、如此哀婉，鲁道夫只得用言语回答她的问题。

"明天我会来看看你怎么样了，想要摆脱我可没那么容易。"鲁道夫说。

当鲁道夫走到门边，那姑娘问道："你怎么会敲我的房门呢？"瞧她那模样，仿佛鲁道夫来到她身边这一事实更为重要，至于他是以何种方式而来却无足轻重。

---

1 出自《荷马史诗》，讲述了特洛伊战争期间希腊城邦间的冲突。

他的目光在那姑娘身上停留了一会儿，他想起了那两张卡片。突然之间一股妒火涌上心头，让他感觉到一阵刺痛——想想看，如果另一个像他一样富有冒险精神的年轻人得到了那两卡片又会怎样？他猜想那些奇异的卡片是这个姑娘在走投无路之时想出的权宜之计，然而鲁道夫不能让她发觉自己已经看穿了一切，他不能让她知道真相。

"我们店里的一个钢琴调音师就住在这栋楼里，"他说，"我敲错门了。"

绿门缓缓关上，鲁道夫最后看到的是那姑娘的笑脸。

他走下一段楼梯，在楼梯口停下脚步，惊奇地环顾四周。接着他跑到走廊的另一头，之后又跑回来，爬到上面一层，继续在迷惘中进行探索——他发现这栋建筑的每一扇房门都是绿色的。

他实在摸不着头脑，只得下楼走到人行道上。那个古怪的黑人还站在那里，鲁道夫走到他面前，举起手中的两张卡片。

"你能不能告诉我，为什么要给我这样的卡片？这究竟是什么意思？"他问道。

那黑人好脾气地咧开一张大嘴，露出洁白整齐的牙齿——他的牙医雇主大可以把他当成活招牌了。

"就在那里，先生，"他指指街道的另一头，"不过恐怕您赶不上第一幕了。"

鲁道夫顺着他指的方向看过去，只见一个剧院门口挂着明亮闪耀的灯饰招牌，向行人推介一出名为《绿门》的新剧。

"我听说这出戏很不错，先生。"那黑人说道，"剧场里管事的给了我一美元，让我在派发牙医广告的时候也帮他发几张卡片。先生想要一张牙医的卡片吗？"

鲁道夫回到自己所住的街区，走进街角的一家小店，喝了一杯啤酒，买了一根雪茄。走出店门时，他叼着已经点燃的雪茄，扣上大衣的纽扣，把帽子往后一推，对着街角的路灯斩钉截铁地说：

"这没什么两样，我相信正是命运之神指引我找到她的。"

在这种情况下还能得出这样的结论——鲁道夫·斯坦纳不愧为浪漫和奇遇这对精灵的忠实信徒。

女巫的面包

　　玛莎·梅切小姐在街角开了一间小糕点店。门前有三级阶梯，顾客开门进店的时候，门铃便会丁零作响。

　　四十岁的玛莎小姐拥有两颗假牙和一颗同情心，她的银行户头里还有两千美元。就姻缘际遇而言，许多不如玛莎小姐的人已经结婚了，可她还是没嫁出去。

　　近来，一个每周光顾糕点店两三回的顾客引起了玛莎小姐的兴趣。那是一个戴眼镜的中年人，褐色的络腮胡修剪得整整齐齐。

　　他说话的时候带着浓重的德国口音，身上的衣服或是破破烂烂，缀着补丁，或是鼓鼓囊囊、皱皱巴巴。不过他的外表还算整洁，待人也很有礼貌。

　　他总是买两个陈面包。新鲜面包售价五美分一个，而陈面包五美分两个。他只要陈面包，没有买过别的东西。

　　有一次，玛莎小姐看到他手指上沾着一片红褐色的污渍，于是她断定这个人必定是个清贫的画家。毫无疑问，他必定蜗居在阁楼里，躲在那里画画；他啃着陈面包，而玛莎小姐糕点店里的

157

各种美味则在他脑海里萦绕不去。

当玛莎小姐坐下来喝茶的时候，她看到摆在自己面前的肉排、果酱、茶和面包卷，发出一声叹息——她真希望那位举止有礼的画家能与她一道分享这美味的食物，无须躲在那四面漏风的阁楼里啃干干的面包皮。你也知道，玛莎小姐拥有一颗同情心。

为了检验自己对此人职业的判断，玛莎小姐从自己的房间里拿来一幅画，搁在面包柜台后面的架子上。

那幅画是她在某次折价倾销时买下的，画的是威尼斯的景色。画面的前景——换言之，就是一大片水面的最前方——矗立着一座恢宏壮丽的大理石宫殿（反正画上的标签说那栋建筑就是"宫殿"），还有几只被称为"贡多拉"的平底小船，一只船上的一名贵妇把手探入水里，划出一道波纹，除此之外还有天空和云彩，画家还费了不少油彩烘托明暗光影。凡是画家都不会对这样一幅画视而不见。

两天之后，那位顾客又来了。

"要两个陈面包。"他说。

玛莎小姐包裹陈面包的时候，他说："夫人，你这幅画不错呀。"

"当真？"看到自己的计谋得逞，玛莎小姐喜上心头，"我向来都很喜欢艺术和……"哦，不，现在就说自己喜欢画家还为时过早，于是她马上改口，"和绘画……你也认为这幅画不错吧？"

"画面布局不均衡，"那顾客说，"透视也不对……好了，再见了，夫人。"

他拿起面包，微微欠身，之后匆匆忙忙离开了。

没错，他必定是个画家。玛莎小姐把那幅画拿回自己的房间。

他那躲在眼镜片后头的双眸是何等亲切、何等温柔！他的前额又是多么宽广！他一眼就能看出某一幅画透视不对，然而他却只能靠陈面包果腹！当然了，有才华的人在崭露头角之前要历经艰辛——这也是常有的事。

假如存有两千美元的银行账户、一家糕点店和一颗同情心能成为一个绘画天才的后盾，那对艺术以及"透视"而言必定是一大幸事……行了，玛莎小姐，别白日做梦了。

那以后，那位顾客来店里买东西的时候经常会隔着柜台闲聊几句，仿佛他很乐于倾听玛莎小姐那欢快活泼的话语。

他只买陈面包，一直如此。他从来没有买过一块蛋糕或馅饼，也没有买过美味的萨利伦甜饼。

玛莎小姐觉得他变得更为消瘦，精神也愈加低落。她心疼他，想要为他那单调乏味的饮食添点美味。然而她总是临阵退缩，她可不敢违拗他——要知道，画家都是些生性高傲的家伙。

现在，玛莎小姐站在柜台边上的时候总是穿着那件蓝点丝质马甲。她还在后间里调制一种神秘的混合物，其中的主料是榅桲种子和硼砂——当时很多人把这种混合汁液当成护肤品。

某一天，那位顾客像往常一样来到店里。他把几个镍币放在柜台上，要买陈面包。玛莎小姐去取陈面包的时候，门外突然传来一阵汽笛声和铿锵声，一辆消防车隆隆驶过。

任何人碰到这样的情形都会跑出去张望，那位顾客也不例外。就在他跑到门外看热闹的时候，玛莎小姐灵光一现，她马上抓住了这个好机会。

柜台后面的架子底层搁着一块一磅重的新鲜黄油，那是送奶工十分钟前送来的。玛莎小姐拿起一把切面包用的餐刀，在两个陈面包上深深地划了两道，慷慨大方地往那缝隙里塞了一大块黄油，之后再把面包捏紧。

那位顾客回过头的时候，玛莎小姐刚用纸把两个面包裹好。

那人又和玛莎小姐聊了一会儿，这简短的对话愉快得不同寻常。那人离开之后，玛莎小姐暗暗窃喜，心头撞鹿。

她是不是太过冒失了？他会生气吗？不，肯定不会的。食物又不能传情达意，送黄油也不至于让她这个未婚淑女有失体面。

在那天余下的时间里，这件事一直在玛莎小姐心头萦绕不去。她想象着当他发现自己耍的小花招……啊，那是怎样的景象啊！

他站在画架前，画架上摆着他正在绘制的作品——那幅画的"透视"必定无可挑剔。

他放下画笔和调色板，准备拿陈面包和清水凑合着吃顿午饭。当他切开面包……啊！

玛莎小姐两颊绯红，心想：当他品尝面包里的黄油，会不会想到放黄油的那双手？他会不会……

店堂的门铃恶声恶气地响了起来，有人吵吵嚷嚷地走了进来。

玛莎小姐马上跑进店堂，看到两个人站在那里。其中一个是她的画家，另一个抽着烟斗的小伙子她倒是从没见过。

画家满脸通红，帽子歪到后脑勺上，头发凌乱不堪。他攥着拳头，恶狠狠地对着玛莎小姐挥舞——他竟然对着玛莎小姐挥舞拳头！

"蠢货！"他扯着嗓子叫道。之后他又骂骂咧咧地说了几句德语，听起来好像是"天杀的""真该死"之类的骂人话。

那小伙子赶紧把他拉开。

"我不走！"他怒气冲冲地叫道，"我要和她好好说道说道！"

他一拳砸在玛莎小姐的柜台上。

"你毁了我！"他高声叫道，那眼镜片后头的蓝色眼眸喷出熊熊怒火，"老实跟你说吧，你就是个好管闲事的老姑婆！"

玛莎小姐无力地靠在置物架上，一只手按在那件蓝点丝质马甲上。这时，那小伙子赶紧揪住他的领口。

"行了！"小伙子说，"你也骂够了。"他把那个怒气冲冲的人扯到店门外，推到人行道上。之后，他自己又折了回来。

"我想应该让你知道他为什么大发脾气。"小伙子说，"他叫布兰伯格，是一家建筑事务所的绘图员。我和他在同一家事务所工作。"

"这三个月来他一直在画新市政厅的平面图，为此他花费了不少心血。他要拿那幅图去参加有奖竞赛。昨天他已经上完墨线了。你也知道，一个绘图员先用铅笔打草稿，然后再上墨线，上好墨线之后就用一把陈面包屑擦去铅笔草稿——那玩意儿比橡皮擦管用。

"布兰伯格一直在你这家店买陈面包，然而今天……呃……

你也知道了，黄油可不能……这么说吧，现在布兰伯格的图纸已经废了，只能裁成小块包裹列车餐车上的三明治了。"

玛莎小姐走进后间，脱下那件蓝点丝质马甲，换上以前穿的那件老旧的褐色粗布衣。之后，她把榅桲种子和硼砂混合而成的护肤水倒到窗外的垃圾箱里。

命运之路

我在多条道路上寻觅

命运之真谛。

沐浴在爱之光芒中的真诚与坚毅

能否护佑我，让我

逃避、指挥、掌控、塑造自己的命运？

——大卫·米格诺特未发表之诗作

　　一曲终了，坐在旅店餐桌旁的人们热烈地鼓掌。方才那首歌的歌词是大卫写的诗，配乐是乡村小调。这些人之所以鼓掌鼓得这么起劲，皆因此次酒水钱都记在年轻诗人的账上。只有文书M.帕皮诺对这几句诗微微摇头——他是个博学之人，而且他并没有随着其他人一起喝上一杯。

　　大卫走出旅店，来到乡村小路上。夜晚的气息驱散了涌上头顶的酒气。他记起自己和伊芙妮吵了一架，他已经决定今晚离家出走，到外面更广阔的世界去寻求名声和荣耀。

　　"当我的诗歌被所有人传唱，"他兴致勃勃地自言自语，"伊芙妮就会因今天和我大吵一架而后悔。"

除了在酒馆狂喝滥饮的酒徒，其他村民已经上床睡觉了。大卫的卧室位于一间小棚子中，紧挨着他父亲的农舍。他蹑手蹑脚地钻进卧室，将少得可怜的几件衣物收拾好，打成一个包袱。接着他拿来一根木棍，挑起包袱，朝门外走去。他准备沿着那条大道前行，离开弗尔努瓦。

他经过父亲的羊群——那群羊正缩在羊圈里过夜。白天的时候他放牧这群羊，让它们四散吃草，而他自己在碎纸片上吟诗作赋。当他经过伊芙妮的家时，看到她的卧室还亮着灯。这时，一股柔情涌上心头，突然之间，他的决心动摇了。或许那点灯光意味着她正悔恨不已，辗转难眠，当天早上的不快之事和她的怒火已经烟消云散了……啊，不！他已经下定决心，弗尔努瓦这个小村庄容不下他，在这里找不到与他意气相投的人。只有沿着这条通往外面世界的大路，他才能找到属于自己的命运和未来。

如同犁沟般笔直的大路向前延伸了三里格[1]，穿过笼罩着淡淡月光的平原。不管是否属实，反正村里的人都相信这条路直通巴黎。诗人一边赶路，一边叨着巴黎这个名字。他从没到过距离弗尔努瓦那么远的地方。

左边的岔道

这条大路向前延伸了三里格之后，出现了一个三岔路口，一条更宽阔的大道与诗人所走的这条路呈直角相交。大卫停下脚

1　里格：长度单位，一里格约为三英里或三海里。

步，犹豫了一会儿，然后选择了左手边的岔路。

他选择的是一条交通要道，路面的浮尘上印着车辙，显示不久前刚有一辆马车经过。走了大约半个小时之后，大卫来到一座陡峭的山峦脚下，一条小溪从此处流过。而那道车辙则指向一辆笨重的马车，车轮陷在小溪里。车夫和跟车侍从大声吆喝，拼命拉拽着辔头。路边站着一位身着黑衣的魁梧男子，还有一位纤巧苗条的女士，她身上披着一袭单薄的长斗篷。

大卫发现那些仆人尽管拼尽全力，却缺乏技巧。于是他不声不响地走上前去帮了他们一把，掌控了局面。他让跟车侍从停止吆喝，把力气使在抬车轮上；他让车夫用马早已熟悉的声音吆喝它前进；而他自己则用厚实强壮的肩膀抵着马车后部，大家齐心协力，让笨重的马车脱困，驶回坚实的地面上。之后，跟车侍从跳上马车，各就各位。

大卫金鸡独立地站了一会儿。那身材魁梧的男子朝他挥挥手："你也上车。"他声音洪亮，和他魁梧的体形正好相配，不过素养和仪态消减了话音中的锋芒。当你在路上听到这样的嗓音，你只能遵从。年轻的诗人稍稍犹豫了一会儿，然而那男人再次发出命令，他只得马上照做。大卫踏上马车的梯级，昏暗中他模模糊糊地看到那位女士坐在后座。他正想坐在她的对面，那个说一不二的嗓音再次响起："你就坐在小姐旁边。"

那男人的魁梧身躯挤到马车前排的座位上，马车开始朝山上驶去。那位女士缩在角落里，一言不发。大卫看不出她年岁几何，不过一股温和的幽香从她的衣服上飘来，引得诗人浮想联翩。他认为现在虽然看不清面貌，但她必定是个美丽迷人的女子。他一直幻想着自己会经历某种奇遇，而现在他正身处其中。可眼下他还是猜不透这到底是怎么回事。他面对着这两位难以捉摸的旅伴，一声不吭。

一小时后，大卫从车窗望出去，发觉这辆马车正沿着某个市镇的街道前行。最后，马车在一栋房子门前停下。这栋房子门窗紧闭，没有点灯，看上去黑漆漆的。一个侍从跳下马车，气急败坏地敲打大门。接着一扇阁楼窗户被推开了，一个戴着睡帽的脑袋伸了出来。

"谁在深更半夜打搅良民百姓？我的旅店已经打烊了，现在太晚了，身上有几个钱的旅客也不会在外头溜达。别再敲门了，爱上哪儿上哪儿去。"

"开门！"敲门的侍从气冲冲地叫道，"为德·博普图斯侯爵开门！"

"啊！"楼上的人惊叫道，"我真是罪该万死，老爷！我不知道……天这么晚了……我马上开门，整个旅店都听候老爷差遣。"

屋内传来锁链和门闩碰撞的铿锵声，门一下子就打开了。银酒壶旅店的老板站在门槛上，手里拿着一根蜡烛。他衣衫不整，因寒冷和恐惧而瑟瑟发抖。

大卫跟着侯爵爬出车厢。"扶小姐下车。"侯爵命令道，而诗人也照他说的做了。他扶着那位女士下车，感觉到她的小手在他的掌中颤抖。接着侯爵再次发号施令："进屋。"

他们走进旅店的长形餐厅，一张巨大的橡木桌摆在正中，其长度几乎与房间长度相当。身材魁梧的侯爵在长桌一端的椅子上坐下，那位女士在靠墙的一把椅子上坐下，看上去疲惫不堪。大卫站在一旁，寻思着如何开口和这伙人告别，再次踏上自己的旅程。

"老爷，"旅店店主深深地鞠了个躬，他的脑袋几乎碰到了地板，"小人并不知道老爷大驾光临……如若不然，小的就会倾尽全力准备好款待老爷了……店里还有酒和冷鸡肉，或许还有……"

"蜡烛。"侯爵伸出白嫩的胖手，竖起手指，做个手势。

"遵……遵命，老爷。"那店主取出六支蜡烛，一一点上，摆在餐桌上。

"如果老爷肯屈尊尝一尝勃艮第葡萄酒，倒是还有一桶……"

"蜡烛！"侯爵又说了一遍，再次竖起手指。

"当然，当然，马上就好，老爷。"

不一会儿，桌上又多了十二支点燃的蜡烛，整个餐厅烛火煌煌。侯爵所坐的椅子几乎容不下他那魁梧的身躯。只见他全身上下穿着用精细布料制成的黑色衣物，就连他的佩剑剑柄和剑鞘也是黑色的，只有衣领和袖口的饰边是雪白的。他的脸上洋溢着傲慢与嘲讽，两撇胡子翘得高高的，胡梢几乎翘到那含讥带讽的眼眸中。

那位女士坐在那里一动不动，大卫发现她是一位年轻貌美的小姐，自有一种楚楚动人的风韵。她那凄然哀婉的容颜让他心醉神迷，然而侯爵洪亮的嗓音吓了他一跳，打断了他的沉思。

"你叫什么名字？干什么营生？"

"鄙人名叫大卫·米格诺特，是一位诗人。"

侯爵的胡子翘得更高了，几乎要戳到眼睛里。

"那你靠什么糊口？"他问道。

"我还是一个牧羊人，我为我的父亲放羊。"大卫回答。他把头昂得高高的，脸上却涌起一抹红潮。

"你给我听着，牧羊人兼诗人先生，今晚你可是撞上好运了。那边那位小姐名叫露易丝·德·维伦尼斯，她是我侄女，拥有贵族血统和一万法郎的年金。至于她的相貌和风韵，你已经见识过了。如果这件'货物'还合牧羊人先生的心意，只要你一句话，她就能成为你的妻子……别插嘴！今天晚上我把她带到孔德－韦勒茂城堡，让她和那里的人结亲。婚礼宾客济济一堂，神父正在等候着，想为她办一桩门当户对的亲事。然而，这位性情柔和、安分守己的小姐却在圣坛上悔婚了！她就如同一只母豹，指责我残忍无情、作恶多端。当着那个目瞪口呆的神父，她毁了我为她结下的好亲事。我当场以一万个魔鬼的名义发誓，等我们离开了那座城堡，在路上碰到的第一个男人将会成为她的夫君，且不论那人是王子、烧炭工还是盗贼。而牧羊人你呢，正是我们碰到的第一个男人。这位小姐一定要在今夜成婚，即使不嫁给你，也要嫁给别人。你有十分钟的时间考虑并做出决定。不要用那些啰唆话或问题来烦我。你只有十分钟可以考虑，牧羊人，时间可是稍纵即逝啊。"

侯爵那苍白的手指敲击着桌面，弄出很大的响动。他正在等待大卫的答复，他脸上的表情难以捉摸，就如同一栋关闭门窗的房子，不允许任何人靠近。大卫本想开口说话，然而那侯爵的威势让他哑口无言。于是，他走到那位女士的椅子旁，鞠了一躬。

"小姐，你刚才也听到了，我只是个牧羊人。"当他看到自己面对如此优雅的美人也能话如泉涌，不禁大为惊奇，他继续说道，"不过有时候我也幻想着成为一个诗人。如果诗人所面临的考验包括怜香惜玉，救助美妇人，那么我就更加肯定自己是个真正的诗人了。小姐，请问我能为你效劳吗？"

那年轻的贵族小姐用哀婉的目光看着他，眼里没有一滴泪水。大卫那坦诚的脸上焕发着光芒。这趟奇遇可谓是至关重要的人生经历——想到这一点，他的脸上多了一抹凝重。他身材强壮，腰杆笔直，蓝色的眼眸中流露出怜悯。长久以来，她一直渴望得到救助与善意，但一直未能如愿。现在终于得偿所愿，她的眼泪一下子就流下来了。

"先生，"她低声说道，"你看起来真诚善良。告诉你吧，那边那人是我的叔叔，是我唯一的亲人。他爱上了我的母亲，却因为我长得像母亲而憎恨我。他让我的人生成了一场噩梦。他的样子让我心惊胆战，我从来不敢违拗他。然而，今天晚上他要我嫁给一个比我的年龄大三倍的男人。先生，现在你被牵扯到这件麻烦事中，我对此表示歉意，希望你能原谅我。他想逼你做出这疯狂的决定，你当然要拒绝他。不过你对我说了这些善意宽慰的话语，为此我向你表示感谢——很久以来都没有人这样和我说话了。"

然而，在诗人的眼眸中涌动的不仅仅是善意。眼前这位认识不久的美人如此清新优雅，他为她所折服，而伊芙妮已经被他抛诸脑后了——如此看来他必定是一个真正的诗人。她身上散发出的幽香让他心头涌起一股奇妙的情愫，他那温柔的目光暖暖地落在她的身上，让她不由得向他靠近，就如同一个口渴的人靠近泉水。

"只有十分钟，"大卫说，"我只有十分钟来完成好几年才能完成的事情。我不想说我可怜你，小姐，这并非实话……实话就是……我爱你。现在我还不奢望你能爱上我，可是让我将你从这个残忍的人手中解救出来，然后假以时日，爱情总会来临的。我认为自己前程远大，不会当一辈子的牧羊人。现在我的整颗心都钟情于你，只想减轻你人生的痛苦。你愿意把自己的命运交到我手上吗，小姐？"

"啊，你这是因为怜悯我而牺牲你自己！"

"这是因为我爱你。时间快到了，小姐。"

"你会后悔的，你会恨我的！"

"我之所以活着，是为了给你带来幸福，为了让我自己配得上你。"

她从斗篷中伸出一只细嫩的小手，轻轻地放在他的掌心。

"我将自己的性命托付于你，"她说，"或许……这份爱情并没有你想象的那么遥不可及。告诉他吧，一旦躲开他的目光，或许我就会忘怀。"

大卫走过去，站在侯爵面前。那黑色的身影动了一下，那饱含讥讽的眼眸朝大厅里的时钟瞟了一眼。

"还差两分钟，"侯爵说，"一个牧羊人竟然要考虑八分钟才能决定是否娶一个有财有貌的贵族女子为妻！说吧，牧羊人，你愿意娶这位小姐为妻吗？"

大卫志得意满地站在那儿："小姐刚才已经答应嫁给我了，对此我不胜荣幸。"

"好哇！"侯爵说，"我看你倒挺适合去宫廷里当一名弄臣，牧羊人先生。不管怎么说，这位小姐的运气有可能更糟糕，碰上的人也未必比得上你……好了，只要教会和魔鬼不反对，那就尽快完婚，越快越好。"

他用剑柄敲击桌面，弄出很大的响动。店主两股战战，捧着一大堆蜡烛跑进来，暗自希望此举能让侯爵大人心满意足。谁知侯爵却对他说："去找一个牧师来，听懂了吗？要在十分钟之内把他带到这儿，不然的话……"

店主抛下蜡烛，一溜烟儿跑了。

不一会儿，一个睡眼惺忪、衣冠不整的牧师来了。他主持仪式，让大卫·米格诺特和露易丝·德·维伦尼斯小姐结为夫妇。之后他接过侯爵扔给他的一枚金币，缓慢地迈着步子走出店门，消失在夜色之中。

侯爵伸出不祥的手指，指着旅店主人命令道："拿酒来！"

酒拿来之后，他说："给我满上。"他站在长桌的一头，身影在烛光的映照下如同一座隐藏着恶意与傲慢的黝黑山峦。他的眼神稍显迷离，仿佛记起了一段旧日的恋情。然而当他的目光落在自己侄女的身上，眼中又充满了刻毒。

"米格诺特先生，"侯爵举起酒杯，"听我说完这番话，然后你就干了这杯。实话告诉你吧，你新娶的妻子会把你的人生变成污秽的泥潭，代代相传的黑暗谎言和血腥祸根在她的血管中流淌着。她会为你带来耻辱，让你坐立难安。附在她身上的魔鬼不惜屈尊纡贵，通过她的眼睛、皮肤和嘴唇，向一个泥腿子发出诱惑。这就是你期待的幸福生活，诗人先生——来吧，干了这一杯。不管怎么说，小姐，我可算是摆脱你了。"

侯爵喝下杯中的酒。一声低低的悲泣从小姐的嘴唇之间漏出来，仿佛侯爵刚才的话语突然刺痛了她。大卫手里拿着酒杯，向前几步，直面侯爵。现在从他身上可半点也看不出牧羊人的影子了。

他镇静地说："刚才你称我为'先生'，对此我深感荣幸。或许，因为我已经与小姐成婚，沾了她的光，所以我和你之间的地位差距也缩小了。阁下可否与我平等相待，解决一个在我心头盘旋已久的问题？"

"可以啊，牧羊人。"侯爵嘲讽地应了一句。

"那么，或许你会屈尊和我决斗吧！"大卫说着将杯中的酒朝那双含讥带讽的眼眸泼去。

接着一声犹如号角的咒骂声突然响起。侯爵暴跳如雷，只见他一把拔出插在黑色剑鞘里的佩剑，对在一旁徘徊的旅店主人嚷道："拿把剑来！给那个混蛋！"之后他转向小姐，他的笑容让她的一颗心掉进冰窟里，"你给我找了不少麻烦啊，小姐！看来今晚上我不仅要让你嫁人，还要让你变成寡妇。"

"我不会使剑。"大卫坦承道。想到自己要在妻子面前承认这事，他的脸上不由得涌起一抹红晕。

"我不会使剑！"侯爵模仿他的腔调，"你想怎样？难道要我们像泥腿子一样用大木棒互殴吗？弗朗索瓦斯！拿我的手枪来！"

一个侍从从马车的枪套里拿出两把锃光瓦亮的硕大手枪，枪身上镶嵌着银质雕饰。侯爵将其中一把朝大卫扔去，正落在他手边的桌面上。"到长桌的另一头去！"他叫道，"即便是牧羊人，也知道怎么扣动扳机。能死在德·博普图斯家族的枪下也算是牧羊人少有的荣幸了。"

牧羊人和侯爵各自走到长桌的一头，面对面地站着。旅店店主吓得魂飞魄散，手足无措，磕磕巴巴地说："大……大人，看在耶稣基督的分儿上！千万别……别在我的旅店里决斗！不要血溅我的旅店……这样对我的生意……"侯爵看了他一眼，那饱含威慑的目光让他立马噤若寒蝉。

"胆小鬼，"侯爵说，"牙别打战了，来帮我俩喊决斗口令。"

店主跪了下来，再也说不出一个字，甚至发不出声响。然而，光从手势来看，还看得出他正在恳求他们不要决斗，以免坏了小店的生意。

"我来喊口令吧。"这时一个清脆的声音响起——原来是小姐发话了。她走到大卫身边，给了他温柔的一吻。她的双眸闪闪发亮，双颊也恢复了血色。她靠墙站着，两个男人拿起枪，听她的口令。

"一——二——三！"

两把手枪几乎同时响起，蜡烛的火焰只摇曳了一下。枪声响过之后，侯爵依然站在那里，脸上露出微笑。他左手的手指舒展开来，放在长桌的一端。大卫依然站得直直的，他缓缓转过头来，用目光搜寻自己的妻子。之后他突然瘫倒在地，如同一件从挂钩上脱落的长袍。

新寡的小姐低低地叫了一声，声音中饱含惊惧和绝望。她跑过去，在大卫身边蹲下，查看他的伤口。之后她抬起头，苍白哀婉的神色再次浮现在她的脸上。"正中心脏！"她轻声说道，"啊，他的一颗心啊！"

"行了，"侯爵那洪亮的嗓音再次响起，"快到马车里去！在天亮之前我一定要摆脱你，你还得嫁人，今晚一定要给你找个活人做丈夫。小姐，你要嫁给我们碰到的下一个男人，不管他是劫匪还是农民，都得嫁给他！如果这一路都找不到，你就得嫁给替我开门的粗汉子。快出去！到马车上去！"

身材魁梧的侯爵残酷无情，那位小姐只得再次隐身于那袭神秘的斗篷之中。侍从拿起枪，所有人都朝在外头等候的马车走去。马车笨重的车轮发出辚辚声，在沉睡的小镇中回荡。在银酒壶旅店的大厅里，诗人的尸体横在地上，六神无主的店主在旁边不停地绞着手，摆在桌上的二十四根蜡烛摇曳不定。

右边的岔道

这条大路向前延伸了三里格之后，出现了一个三岔路口，一条更宽阔的大道与诗人所走的这条路呈直角相交。大卫停下脚步，犹豫了一会儿，然后选择了右手边的岔路。

他不知道这条路通往何方，不过他已经决定要在当天晚上把弗尔努瓦远远地抛在身后。他走了一里格，经过一座巨大的城堡——看来不久前这座城堡接待过不少客人，每一扇窗户都闪烁着灯光。门前的石砌大道上，来宾马车留下的车辙纵横交错。

大卫又往前走了三里格。他感到累了，在路边的一堆松枝中睡了一觉。之后他爬起来，再次沿着这条未知的道路前行。

他沿着这条路走了五天。当他累了，就在大自然散发着松香的"床垫"上歇息，或是在农夫的干草垛里安睡；当他饿了，就从好客的农夫手中接过黑面包果腹；当他渴了，就在小溪旁饮水，或是接过牧羊人殷勤奉上的水杯。

最后他走过一座大桥，踏进了一座大都市的门槛。这个对他露出笑颜的城市捧红了许多诗人，也摧毁了许多诗人，其数目之多远胜于世上其他地方——这里就是巴黎。人声、脚步声和辚辚车声混杂在一起，就如同巴黎那永不停息的浅吟低唱。巴黎正在用自己的歌声欢迎他，让他的呼吸变得更为急促。

大卫来到康迪大街，租下了一栋老房子顶层的阁楼。房间里有一把木椅，大卫就此坐下来，与他的诗歌为伴。窗外，曾经达官贵人行于其上的街道现在已经挤满了穷困潦倒的人。

这栋高大的房子虽然破败，却残存着几分威严。大多数房间空空荡荡，只余尘土蛛网。到了夜里，武器碰撞的铿锵声和好勇斗狠之徒的吆喝声在一个个房间中回荡。以前文人雅士的居所现如今已经变成了藏污纳垢之处。然而，囊中羞涩的大卫却觉得这房子很合他的心意。无论是白天还是晚上，他都埋首于纸笔之中。

某天下午，大卫下楼去找些吃的。他拿回了一块面包、一块凝乳和一瓶掺水的酒。他走上黑洞洞的楼梯，碰到了——或者说撞上了一个女子，那女子正在楼梯中央休憩，她年轻美貌，即便是最富诗意的想象也无法描画出如此秀美的容颜。她那宽松的黑色斗篷敞开着，露出她身上华美的长裙。她的眼睛会随着心头所想迅速变化：时而双目圆睁，如同孩童一般天真无邪；时而半眯起来，如同吉卜赛人一般狡黠。她的一只手提起裙角，露出一只小巧的高跟鞋，鞋子上的缎带松了。怎么能让这个如同仙女般的妙人蹲下身子系鞋带呢？她大可以使出自己的魅力，找其他人代劳。或许她看到大卫走上楼梯，正等着他出手相助。

真抱歉，先生！她挡着先生的道了。这都怪这只讨厌的鞋子！鞋带老是系不紧。啊！能不能劳烦先生帮帮忙呢？

当诗人帮她系鞋带的时候，他的手指微微颤抖。系好之后，他本想逃得远远的，躲开她那危险的魔力。而这时那双眼睛半眯，如同吉卜赛人一般狡黠，让大卫不由自主地停下脚步，倚在楼梯的栏杆上，手里紧紧攥着那瓶发酸的淡酒。

"你真是个好人。"她微笑着说，"先生是住在这栋房子里吗？"

"是的，女士……我想是的，女士。"

"是住在第三层吗？"

"不是，住在更高的楼层。"

那女子晃晃手指，却没有流露出半分不耐烦。

"恕我冒昧，先生，如果我问先生究竟住在哪间房里，是不是太冒失了呢？请原谅我……"

"千万别这么说，女士，我住在……"

"啊，不，不，别说出来。现在我知道自己错了，不该问这样的问题。只是这栋房子以及住在这栋房子里的人引发了我的好奇心。这里曾经是我的家，我经常回到这里，回忆以前的美好时光。先生觉得我这理由可还说得过去？"

"听……听我说，女士……您……您不需任何理由。"诗人磕磕巴巴地说，"我住在顶层，就在楼梯转弯处的小房间里。"

"是前面那间？"那女子微微侧头。

"后面那间，女士。"

那女子如释重负地叹了一口气。

"我不再耽搁你了，先生。"她双目圆睁，如同孩童一般天真无邪，"好好照看我的家吧。现在在我只剩下对这个家的回忆了。再会了，先生。你刚才帮助了我，请允许我对此向你表达谢意。"

她翩然离去，只留下一抹微笑、一缕幽香。大卫如同梦游般爬上楼梯。然而，当他从这幻梦中醒来，那抹微笑和那缕幽香依旧萦绕不去，仿佛永远环绕在他的身边。他对这个女子一无所知，可她却激起了他的诗情，让他开始吟咏一见钟情的爱恋，歌颂那双美目、那卷曲的长发和那套在纤纤美足上的鞋子。

刚才那位认识不久的美人如此清新优雅，他为她所折服，而伊芙妮已经被他抛诸脑后了 —— 如此看来他必定是一个真正的诗人。她身上散发出的幽香让他心头涌起了一股奇妙的情愫。

某一天晚上，在同一栋房子三楼的一间房里，三个人聚在一起，在桌边坐下。桌旁放着三把椅子，一根点燃的蜡烛放在桌上。除此之外，房间里别无他物。其中一人是身着黑衣的魁梧男人，脸上洋溢着傲慢与嘲讽，两撇胡子翘得高高的，胡梢几乎翘到那含讥带讽的眼眸中。另一个则是年轻美貌的女士，她时而双目圆睁，如同孩童一般天真无邪；时而半眯半睁，如同吉卜赛人一般狡黠刁钻。可现在她的双眸浮现出野心勃勃的亮光，流露出渴望与热切，活脱脱一个谋逆者。第三个人一看就是实干家，是战士，是胆大妄为的行刑人，浑身散发着钢铁和烈火的气息。其他人管他叫"迪赛罗尔斯队长"。

这个队长用拳头敲敲桌子，按捺住心头的怒火，开口说道："就是今天晚上！今晚他要去做午夜弥撒。这些一无所获的密谋暗算……我实在是受够了！什么暗号、密码、秘密集会之类的花招真的让我厌烦透顶。让我们做个老老实实的叛逆者。如果法兰西要除掉他，那就让我们在大庭广众之下取他性命，用不着设下什么陷阱圈套。要我说，就在今晚动手。这就是我的打算，我已经准备好了。今天晚上，就在他去做弥撒的途中。"

那女子转向他，眼里流露出柔情——尽管她也参与了阴谋，但还是折服于这种不顾一切的勇气。而那个身材魁梧的男人则捋捋向上翘的胡子。

"亲爱的队长，"他声音洪亮，不过他的素养却消减了话音中的锋芒，"这回我站在你这边，再等下去也没什么好处。我们已经收买了足够多的宫廷侍卫，足以保证这次行动万无一失。"

"就是今晚。"迪赛罗尔斯队长又说了一遍，又用拳头敲敲桌子，"你也听到我刚才的话了，侯爵，我已经准备好动手了。"

"可是还有一个问题，"那身材魁梧的男人柔声说道，"必须给我们在宫里的内应捎个信，定一个动手的暗号。必须确保跟随皇家马车的是我们最信得过的宫廷侍卫。可现在这个时候有谁能跑那么老远，去南宫门捎信？里博伊特在那里站岗，只要能给他捎个信，那就万事大吉了。"

"这事就交给我吧。"那女子说。

"什么？伯爵小姐你去捎信？"侯爵扬扬眉毛，"我们也知道你为此事尽心尽力，不过……"

"听我说。"那女子说着举起双手，随后搁在桌面上，"在这栋房子的顶层阁楼里住着一个从乡下来的年轻牧羊人，他本人就像他照管的羊羔一样天真无邪、性情温良。我在楼梯上见过他两三次。原本我担心他的房间离我们经常碰头的地点太过接近，还试探过他。只要我乐意，他必定会对我服服帖帖。他在阁楼里写诗，我猜他大概还会做美梦梦到我呢。他对我言听计从，可以让他为我们捎信。"

侯爵站起来，鞠了一躬："你刚才还没容我讲完那句话。我要说的是，你的忠诚非常伟大，但你的智慧和魅力却更惊人。"

当几个谋逆者正在密谋的时候，大卫正在润色一首名为《致楼梯上的爱神》的诗。他听到一阵怯生生的敲门声，于是走过去开门。他的心猛然一跳——站在门外的正是那位"楼梯上的爱神"。她微微喘气，仿佛不知如何是好；她双目圆睁，如同孩童一般天真无邪。

"先生，"她轻声说道，"我实在是不得已才来向你求助。我相信你是一个正直善良的好人，我也不知道该去找谁帮忙……刚才我急急忙忙地穿过好几条街，还要避开街上的恶徒，那实在是……是这样的，先生，我母亲病重，即将不久于人世了。我舅舅是王宫里的侍卫，得找人马上通知他，我想……"

"小姐，"大卫打断她的话，他的眼眸中闪烁着热切的期望，仿佛正急着为她效劳，"您的愿望就是我的翅膀，告诉我该怎样做才能找到您的舅舅。"

那女子往他手中塞了一封封好的书信。

"去南宫门……记住，是王宫南边的门，然后对守在外宫门的侍卫说：'猎鹰离巢。'他们会让你进去的。接着你就去到南侧的内宫门，重复这句口令，然后会有人回答：'如他所愿，发动攻击。'你就把这封信交给说这话的人。这就是宫门的口令暗号，先生，是我舅舅告诉我的。现在整个国家动荡不安，有人正密谋杀害国王，天黑之后说不出口令的人是无法进入王宫的。如果可以的话，先生，请把这封信交给他，这样我母亲就能在离世前见他一面了。"

"交给我吧，"大卫急切地说，"不过现在很晚了，要不要我送您回家？我可以……"

"不，不用，你快去吧，现在时间很宝贵。"那女子说着眯着双眼，如同吉卜赛人一般狡黠，"终有一天，我会因你给予我的帮助而报答你的。"

诗人将那封信塞入自己怀中，冲下楼梯。当他离开之后，那女子回到了楼下的房间里。

侯爵扬扬那能言会道的眉毛，仿佛在问她结果如何。

"他已经跑去送信了，"她说，"就像他照看的蠢羊一样，跑得可快了。"

迪赛罗尔斯队长的拳头又一次砸在桌子上，整张桌子摇摇欲坠。

"老天爷！"他叫道，"我忘了拿自己的手枪了！其他手枪我可信不过。"

"拿这把吧。"侯爵说着从斗篷底下掏出一把锃光瓦亮的硕大手枪，枪身上还镶嵌着银质雕饰，"这把手枪精准无比，不过你可得保管好，那枪身上有我的族徽和纹章。我已经被人盯上了，今晚要尽量远离巴黎，明天我就可以回到自己家的城堡了……

你先请，伯爵小姐。"

说罢，侯爵吹熄了蜡烛，那女子缩进斗篷里，和两个男人悄悄地走下楼梯，来到康迪大街狭窄的人行道上，隐入人群之中。

此时，大卫正在狂奔。他跑到南宫门，一把剑戟指向他的胸膛，拦住了他。大卫说出那句暗语："猎鹰离巢。"话音刚落，剑戟马上挪开了。

"进去吧，兄弟。"那侍卫说，"快去快回。"

当大卫跑到内宫门，几个侍卫又过来拦住他。然而那句暗号再次发挥了魔力，其中一个侍卫走上前来，开口说道："如他所愿……"可这时人群中一阵骚动，预示着出其不意的情况要发生了。只见一个男人双目炯炯、英姿飒飒，突然冲过人群，一把抢下大卫手中的信。"跟我来。"他说着把大卫带到一个巨大的厅堂里。他拆开信阅读。这时，正好有一个穿着火枪手军官制服的人经过，抢走信件的男人招手叫他过来："特图勒队长，把南侧内宫门和外宫门的侍卫全部抓起来关押，换上忠心的人。"他转身对大卫说，"跟我来。"

他领着大卫走过一条走廊，穿过一个小厅，走进一个宽阔的房间。房间里摆放着一把巨大的皮椅，一个身着素服的男人坐在椅子上，一脸阴郁，愁眉不展。他对那男人说：

"陛下，之前我已经告诉过陛下，王宫里的叛贼密探就像下水道的老鼠一样多，陛下当时还以为那不过是我在疑神疑鬼。现在请看，这个人正是在那些叛贼的默许下才得以走进您的宫门，他身上还带着一封信，已经被我截获了。我把他带到陛下跟前，陛下该不会认为是我疑心过重了吧。"

"让我来审问他。"坐在椅子上的国王微微一动。他看着大卫，眼神呆滞，眼眸混沌，如同蒙上了一层阴翳。大卫跪了下来。

"你从哪儿来？"国王问道。

"小民来自厄尔－卢瓦省的弗尔努瓦村，陛下。"

"那你到巴黎干什么来了？"

"小民……想成为一个诗人，陛下。"

"你在弗尔努瓦的时候干什么营生？"

"小民替父亲照看羊群。"

那国王又动了一下，他眼眸上的阴翳仿佛消失不见了。

"啊！那就是待在野外了！"

"是的，陛下。"

"你生活在野外，在凉爽的清晨走出家门，置身于碧草树篱之间。羊群散布在山坡上，你从潺潺小溪中掬水而饮，在树荫里品尝甜美的黑面包。毫无疑问，你肯定能听到黑鹂在树林里啁啾鸣唱……我说得对不对，牧羊人？"

"的确如此，陛下。"大卫叹了一口气，"还能见到蜜蜂簇拥在鲜花周围，偶尔还能听到采摘葡萄的人在山上放声欢歌……"

"行了，行了。"国王不耐烦地说道，"或许也能听到他们的歌声，不过你肯定能听到黑鹂的歌声……它们经常在树林里歌唱，对不对？"

"陛下，在这世上，只有厄尔－卢瓦省的黑鹂歌声最为动听。我曾经试图用自己的诗句来描绘它们的歌声。"

"那你能不能念一两句？"国王热切地问道，"很久以前我曾经听过黑鹂的歌声。如果能领会其中真谛，即便是用整个王国去交换也是值得的！想想看，当你在傍晚时分把羊群赶回羊圈，坐下来享受静谧和安宁，有滋有味地吃着面包。你能念一两句你写的诗吗，牧羊人？"

"小民的诗句是这样的，陛下。"大卫恭敬而热情地吟诵自己的诗：

> 懒惰的牧羊人，看看你的羊羔吧，
> 它们在草地上撒欢跳跃；
> 看看在微风中翩翩起舞的冷杉，
> 聆听牧神吹响牧笛。
> 你听到我们在树梢上歌唱，
> 看到我们朝你的羊群俯冲，
> 从它们身上攫取几缕羊毛，
> 用以温暖我们的鸟巢。
> 在树梢上……

"如果陛下首肯，"这时一个冷酷的声音响起——抢走大卫书信的人发话了，"我想问这个吟诗作赋的家伙几个问题。没有多少时间了……我都是在为陛下的安危着想，如果此举冒犯了陛下……"

"行了。"国王说，"多梅勒公爵的耿耿忠心人尽皆知，我不认为你这么做有什么冒犯之处。"国王说着再次陷入椅子里，他的眼眸再次被阴翳遮蔽。

"首先，我想先请陛下听一听这封信的内容。"公爵说。

今晚是王太子的忌辰，按照那个人的习惯，他会在午夜时分去做弥撒，为他儿子的灵魂祈祷。届时猎鹰便可在埃斯普罗内德大街拐角处出击。假如他打算去做弥撒，请在王宫西南角楼上层的房间里点亮一盏红灯，猎鹰便可准备就绪。

"乡巴佬！"公爵严厉地说，"信的内容你也听到了，谁让你送这封信的？"

"公爵大人，"大卫真诚地回答，"小民可以告诉您，这封信是一位女士托我转交的。她说她母亲病重，而这封信的内容是让她舅舅回去看她母亲一眼。我不知道这封信是什么意思，不过我可以发誓她是一位美丽善良的女士。"

"跟我说说她长什么样，"公爵命令道，"还有你是怎么被她骗来跑腿的。"

"说说她长什么样！"一抹温柔的微笑浮现在大卫脸上，"公爵大人简直是要我用平凡的语句来描绘奇迹了！她如同阳光一样灿烂，如同树荫一般怡人；她腰肢纤细，如同随风起舞的桤树，一举一动都那么优雅；当你看着她的时候，她的眼睛会不停变化，时而双目圆睁，时而半眯，如同透过云彩缝隙的一线阳光；天堂随她而来，当她离去时，世界又恢复一片混沌，只余一缕山楂花的幽香。我是在康迪大街二十九号那栋大宅子里见到她的。"

"就是我们监视的那栋房子。"公爵转身对国王说，"多亏了这个诗人的描述，我们可以知道那女人正是臭名昭著的盖布德西伯爵小姐。"

"陛下、公爵大人，"大卫恳切地说，"小民希望自己这贫乏的言辞并未减损这位女士的风采。我曾经直视过她的眼眸，我敢用自己的生命发誓，她就如同一个天使，且不论那封书信到底是怎么回事。"

公爵死死地盯着他。"我会让你亲自验证的。"他缓缓说道，"待会儿你穿上陛下的衣服，登上陛下的车驾，去做午夜弥撒。你敢亲自去验证一番吗？"

大卫微笑着说："我曾经直视她的眼眸，我心里清楚她是什么样的人。就照公爵大人说的做吧。"

十一点半的时候，多梅勒公爵亲自来到宫殿西南角楼，在某间房西南向的窗口点燃一盏红灯。十一点五十分的时候，大卫换上了国王的服饰，从头到脚穿戴整齐。他披着一件斗篷，斗篷的兜帽套在头上。之后他扶着多梅勒公爵的胳膊，低着头，缓缓走出宫殿，朝正在等候的马车走去。公爵将他扶上马车，让他在车里安顿下来，然后关上车门。马车朝教堂驶去。

特图勒队长和二十个手下躲在埃斯普罗内德大街拐角处的一栋房子里，只等着那群弑君者现身，便扑上去把他们逮住。

然而，不知什么原因，那群弑君者稍稍改动了计划。当国王的马车驶抵克里斯托弗大街，来到距离埃斯普罗内德大街一个街区之处，迪赛罗尔斯队长和他手下的恶徒便冲了出来，朝国王的人马杀去。这一突然袭击让国王的跟车侍从吃惊不小，不过他们赶紧从车上跳下来，奋起反击。打斗的喧嚣也惊动了特图勒队长的人，他们赶紧沿着街道跑过来增援。然而与此同时，孤注一掷的迪赛罗尔斯队长一把拉开国王马车的车门，将手枪对准车里那黑乎乎的身影，开了枪。

现在，忠心耿耿的援军已经赶到，整条街道充斥着叫喊声和武器碰撞的铿锵声，而牵引国王马车的马却受了惊狂奔而去。作为国王替身的可怜诗人横尸车中，倒在车里的椅垫上——从德·博普图斯侯爵家传的手枪中射出的一颗子弹要了他的命。

主干道

这条大路向前延伸了三里格之后，出现了一个三岔路口，一条更宽阔的大道与诗人所走的这条路呈直角相交。大卫停下脚步，犹豫了一会儿，然后坐在路边休憩。

他不知道这些路会通往何方，然而每一条路都通往一个更为广阔的世界，其中充斥着机遇和危险。他坐在路边，将目光投向夜空中一颗明亮的星星——他和伊芙妮把那颗星星命名为“我们的星星”。这让他想起了伊芙妮，他心想自己的决定是不是太过仓促。就因为当天他们吵了几句，难道现在他就要离开家、离开伊芙妮吗？嫉妒是爱情的明证，难道爱情如此脆弱，一星半点的嫉妒都能使它支离破碎？黎明的到来可以让深夜里一颗受伤的心灵得以痊愈。现在回家还为时未晚，弗尔努瓦的人们都在安睡，不会有人发现他曾离家出走。现在，他的一颗心早已飞回到伊芙妮身上。他一直在此处生活，他也可以在此处写诗，找到属于自己的幸福。

大卫站起来，原本引诱他离家出走的狂躁情绪已经荡然无存。他坚定地转过身，面对来时之路。当他沿着原路返回弗尔努瓦，想要离家出走的欲望早已烟消云散了。他经过羊圈，深夜里响起的脚步声惊醒了羊群，掀起一阵喧嚣。听到那熟悉的声音，大卫只觉得一股暖意在心头涌动。他无声无息地钻进自己的小卧室。当他躺在床上，他庆幸当晚他的腿脚无须在陌生的道路上奔波。

他的确很了解女人的心思！第二天傍晚，伊芙妮和其他年轻人一起在路边水井旁聚集，听神父讲道。她用眼角的余光搜寻大卫的身影，然而她还是紧紧地抿着嘴，仿佛还没有原谅他。他看到她脸上的神情，勇敢地向那倔强的嘴唇发起挑战，试图与它和解。最后，当两人一同回家的时候，那嘴唇给了他温柔一吻。

三个月之后两人就结婚了。大卫的父亲精明会算，家财丰厚。他为一对新人举行了婚礼，其规模之大让方圆三里格的居民都有所耳闻。这对年轻的新婚夫妇是这个小村庄的宠儿。大家在村里小道上组成仪仗队，在草地上跳舞，还有特地从德雷克斯请来的提线木偶演员和杂耍演员为宾客们助兴。

一年之后，大卫的父亲去世了。大卫继承了父亲的农舍和羊群。此时，伊芙妮已经成为村里最漂亮最能干的主妇，她的挤奶桶和铜茶壶总是擦得锃光瓦亮。如果你在大太阳底下迎面走过去，那亮闪闪的家什几乎可以晃瞎你的眼。你得瞧瞧伊芙妮的院子 —— 她家的花圃井井有条，生机勃勃，非常养眼。或许你还能听到伊芙妮在歌唱 —— 就算走到佩里·格兰纳铁匠铺旁那棵栗子树下，你还是能听到她的歌声。

然而某一天，大卫打开一个尘封已久的抽屉，找出一些纸片，之后他又开始咬着铅笔头写诗了。春天再次降临，触动了他的心弦，而伊芙妮已经被他抛诸脑后了 —— 如此看来他必定是一个真正的诗人。大地呈现出一派新奇迷人的景象，蕴含其中的美丽和魔力令大卫无法自拔。来自树林和草地的馨香让他心头涌起一股奇妙的情愫。在这之前，大卫白天去放羊，傍晚时分再把安然无恙的羊群带回来。可现在他只是躺在树篱下，在碎纸片上寻章摘句。他的羊儿迷了路，野狼发现难以寻觅的诗行造就了容易到口的羊肉，于是它们大着胆子从树林里溜出来，偷走大卫的羊羔。

大卫的诗篇逐渐增加，他的羊却渐渐变少。伊芙妮变得更为消瘦，脾气越来越坏，言语也变得更加难听。她的挤奶桶和铜茶壶变得黯淡无光，然而她的双眼却时时冒出两团火焰。她指责诗人疏于照管羊群，让羊的数量不停减少，让这个家遭遇不幸。于是大卫雇了一个男孩来为他放羊，却把自己锁在农舍顶层的一个小房间里，继续写他的诗。那个雇来的男孩天生也是个诗人，可他无法通过写作来抒发心中的诗情，只得将大量时间花在睡懒觉上。野狼很快就发现睡眠与诗歌大同小异，都能造就容易到口的羊肉，于是羊的数量继续减少。与此同时，伊芙妮的怒火愈燃愈烈。有时候她会站在院子里，对着大卫房间的窗户破口大骂。就算走到佩里·格兰纳铁匠铺旁那棵栗子树下，你还是能听到她的叫骂声。

老文书 M. 帕皮诺心地善良，富有智慧，好管闲事。只要是感兴趣的事，他都能看得通通透透，大卫的家事自然也逃不过他的眼睛。他去找大卫。他先猛吸一通鼻烟，然后鼓起勇气说：

"米格诺特，我的朋友，我曾经在你父亲的结婚证书上盖章，我可不想在你的破产证明上盖章。可现在看来，你正奔破产而去。我是作为一个老朋友和你说这番话的，你可得好好听着。我知道你已经决定将全副心思都放在诗歌上。布利尔先生——乔治·布利尔先生是我的朋友，他就住在德雷克斯。他的屋子里几乎摆满了书，只剩下一小块空地让他居住。他学富五车，每年都去趟巴黎，他本人也写书。他可以说出某个古墓是在哪一年造的，如何给星星命名，鸻鸟的嘴为什么那么长……他对诗歌的形式和内涵无比熟悉，这些东西之于他正如羊叫声之于你。我可以为你写封信，你带着这封信和你的诗歌，去让他品评一番。之后你就知道到底是继续写诗，还是把心思放到妻子和家业上了。"

"那就请你写信吧。"大卫说，"如果你早点说就好了。"

第二天日出时分，大卫踏上了通往德雷克斯的道路，他的胳膊底下夹着那卷珍贵的诗作。正午时分，他站在布利尔先生家的门前，擦擦脚底的尘土。那位博学之士打开 M. 帕皮诺的书信，读了起来。他的目光透过那闪闪发光的眼镜片，不一会儿便将信中内容吸入脑海之中，如同阳光瞬间将水珠晒干。布利尔先生将大卫引入自己的书房，让他坐下。大卫仿佛置身于浩瀚书海中，他所坐的地方正是这书海中的孤岛。

布利尔先生非常认真。大卫将自己的诗稿卷成一个七扭八歪的圆筒，打开来足有一指那么厚。看到这沓厚厚的诗稿，布利尔先生并没有打退堂鼓。他将诗稿放在自己的膝头上，开始阅读。他细心地研读诗稿，巨细无遗地钻研其中内容，就如同一条蠕虫钻进一个坚果中寻找果核。

与此同时，大卫置身于书籍的汪洋大海中。他仿佛能听到书海的涛声，感受到文学的水花溅在身上，让他瑟瑟发抖。在这片大海中，他没有海图，也没有指南针。他心想这世上必定有一半人都在写书，否则怎么会有那么多的书呢？

　　布利尔先生已经翻到了诗稿的最后一页。他摘下眼镜，用手帕擦擦镜片。

　　"我的老朋友帕皮诺可还好？"他问道。

　　"他很健康。"大卫回答。

　　"请问你养了多少只羊，米格诺特先生？"

　　"昨天我还数过，有三百零九只。这群羊碰上了霉运——以前可是八百五十只。"

　　"你有妻子有家庭，过着舒适的生活，羊群能让你变得富足。你带着羊群来到野外，呼吸清新的空气，心满意足地吃着甜美的面包。你所要做的只是看好你的羊，然后就可以躺在自然的怀抱中，倾听树林中的黑鹂唧啾啼鸣……我说得对不对？"

　　"没错。"大卫回答。

　　"我已经读完了你的诗稿。"布利尔先生继续说道。他的目光在浩瀚的书海中逡巡，仿佛是要在海平面上寻找一叶船帆，"请你看向那边，看向窗外，米格诺特先生，你能告诉我你看到那树上有什么吗？"

　　"我看到一只乌鸦。"大卫朝窗外看去。

　　"我实在不想这么做……"布利尔先生说，"不过那只鸟儿可以帮我一把，帮我分担这一重担。你也认识那只鸟儿，米格诺特先生，它是飞翔在空中的哲学家，它安然接受自己的命运。它的眼睛不停转动，它的步伐轻盈欢快。它吃饱喝足，是世上最快乐的生灵。它可以在田野中找到自己想要的东西。虽然它的羽毛不如黄鹂那般鲜艳明亮，可它绝不会为此感到难过。米格诺特先生，你听到大自然赋予它的声音了吗？难道你觉得夜莺会比乌鸦更幸福吗？"

大卫站起来，树上的乌鸦发出一声嘶哑的啼叫。

"多谢您了，布利尔先生，"大卫缓缓说道，"难道在这些乌鸦的叫声中，都没有一句夜莺的歌声吗？"

"如果有的话，我肯定不会漏掉的，"布利尔先生叹口气，"我每一字每一句都读过了。活在诗一样的生活里吧，年轻人，不要再写诗了。"

"多谢您了，"大卫又说了一遍，"现在我要回去照管我的羊群了。"

"如果你能从这打击中稍稍恢复过来，你可以和我吃顿饭，"博学之士说，"我可以和你详细讲解其中的缘由。"

"不用了，"诗人说，"我要回到野外，像乌鸦一样朝我的羊群吆喝。"

大卫胳膊底下夹着诗稿，慢吞吞地沿着原路返回弗尔努瓦。回到村庄后，他朝一家小店铺走去。那店主是一个来自亚美尼亚的犹太人，名叫齐格勒，他会出售能弄到手的任何东西。

"老伙计，"大卫对他说，"我在山上放羊的时候，森林里的野狼总是来捣乱。我得买点火器来保护我家的羊。你这店里有什么货色？"

"米格诺特老兄，"齐格勒摊摊手，"看来今天我真是要亏本了。为什么这么说呢？我打算卖给你一件火器，不过要价只是这货物原本价值的十分之一。这是我上星期从一个小贩那里买来的。那家伙足有一马车的货物，据说都是从王宫侍卫那儿弄来的。那些东西来自某个城堡，原本属于一个贵族老爷——不过我可不知道那老爷的名字头衔，只知道他因为谋逆罪而被国王流放。在那堆东西里有一些火器，这把手枪……你看，即使是王子配上这把枪也不会丢份儿。只卖四十法郎，米格诺特老兄，比我的进货价还便宜十法郎呢。不过，或许你想看看这把火枪……"

"就这把吧。"大卫说着把钱扔在柜台上，"枪里装子弹了吗？"

"我来装子弹。"齐格勒说，"还有，如果你肯再出十法郎，我就附赠一包火药和铅弹。"

大卫把手枪藏在大衣里，朝自家的农舍走去。伊芙妮不在家，近来她喜欢跑去邻居家串门。不过厨房的火炉里却生着火，大卫打开炉门，把自己的诗稿扔在火炭上。点燃的诗稿冒出一股青烟，涌入烟囱中，仿佛有人在用嘶哑的嗓音唱歌。

"乌鸦的歌声！"诗人说。

他走进阁楼房间，把门关上。当时村里很安静，大约二十个人听到了那把大手枪发出的巨响。人们聚在一起，从楼上飘来的硝烟引起了他们的注意。他们往楼上跑去。

男人们把诗人的尸体抬到床上。这只可怜的黑乌鸦胸前烧焦了一块，他们笨手笨脚地摆弄尸体，想要把那火器留下的伤口遮掩起来。女人们七嘴八舌，肆意泼洒怜悯之情，其中几个跑去找伊芙妮。

M.帕皮诺先生的鼻子向来很灵，他的身影出现在第一拨跑到现场的人之中。他捡起那把手枪，扫一眼枪身上的银质雕饰，摆出一副鉴宝行家的样子，脸上却流露出悲戚的神色。

　　他对一旁的牧师解释说："这枪上的族徽和纹章表明这是德·博普图斯侯爵的旧物。"

公主与美洲狮

　　这个故事里自然要有一个国王和王后。这个国王是个可怕的糟老头子，身上佩戴着几支六发式左轮手枪，靴子上安着马刺。当他发出可怕的吼声，大草原上的响尾蛇就忙不迭地钻到仙人掌根下的蛇洞里躲起来。在他还未组建自己的王室家庭之前，旁人都叫他"窃窃私语的本恩"。不过当他弄到了五万英亩的土地和数不尽的牛，旁人就管他叫作"牛场之王奥唐纳"了。

　　"牛场之王"的王后是一个来自拉雷多的墨西哥女人。后来她成了一个地道的科罗拉多主妇，心地善良，性情柔顺。她甚至还成功地劝服"牛场之王"，让他在自己家里说话小点声，以免家中的盘子碟子被他的声音震碎。在本恩还没成为"牛场之王"之前，她总是坐在埃斯皮诺沙农场大宅的门廊里编织灯芯草垫。当势不可挡的财富滚滚而来，当马车从圣安东尼奥拉来了几把软垫椅子和一张大圆桌，她也只得垂下顶着油亮乌发的头颅，接受与达那厄[1]相差无几的命运，过上足不出户的生活。

1　达那厄：希腊神话人物，曾被父亲监禁在一间青铜密室中。

194

之所以要先提一下国王和王后，是为了避免僭越这大不敬的罪名。这个故事可以改名为《公主日记：甜蜜的胡思乱想和捣乱的美洲狮》，和这对国王夫妇本来也没什么关系。

约瑟芬·奥唐纳是唯一一个活下来的公主。她从母亲那儿继承了温和的性情和黝黑的皮肤，看上去颇有几分亚热带美人的风韵；而她的父亲——"牛场之王"本恩·奥唐纳则赋予她足够多的勇气、理智和统治能力。集这些品质于一身的妙人值得你长途跋涉去看一看。在约瑟芬骑马飞驰的时候，如果让她朝一个拴在绳索上的空罐头开枪射击，六枪中她能打中五枪。她也可以花上好几个小时和自己养的小白猫玩耍，让那猫咪穿上各种荒唐可笑的衣服。如果你问她每头两岁的小牛价值八美元五十美分，那么一千五百四十五头这样的小牛总共值多少钱，她无须借助纸笔，只靠心算就能把答案告诉你。埃斯皮诺沙农场长约四十英里、宽约三十英里，不过其中大部分土地是租来的。约瑟芬经常骑着她的小马转悠，把这里的每一块土地都走遍了。这一带的每个牛倌一眼就能认出她来，他们都是约瑟芬公主忠实的臣仆。某一天，埃斯皮诺沙农场的牛仔小头目里普利·吉文斯见到了她，下决心要与这个王室家庭联姻。他是不是太狂妄自大了？那也算不上。在当时的努埃塞斯县，男人们都是真正的汉子。再说了，"牛场之王"并非通过血缘代代相传的名号，那不过意味着戴上这顶王冠的人盗牛的本事更为高明。

一天，里普利·吉文斯骑马前往双榆树农场，去打探一群走失小牛的下落。他动身返回的时候天色已晚，等来到努埃塞斯县的白马渡口，太阳已经下山了。此时他距离自己的营地十六英里，距离埃斯皮诺沙农场大宅还有十二英里。吉文斯累了，他决定在渡口过夜。

已经干涸的河床上有一个水坑，水坑中的水澄澈清亮，坑边生长着茂密的乔木和灌木，一片牧豆草地在距离水坑五十码之处蜿蜒舒展——如此一来马的草料和过夜的床铺都有了着落。吉文斯把马拴好，把鞍褥摊开晾晒，然后背靠一棵树坐下来卷烟。突然之间，一声咆哮从河边的茂林深处传出来。这咆哮声气势汹汹，直让人心惊胆战。被拴着的马受了惊吓，狂蹦乱跳，惊惶地打着响鼻，仿佛已经明白那声咆哮意味着什么。吉文斯吐出一口烟。此时他的手枪套放在那片草地上，他漫不经心地伸手拿起枪，熟练地转动弹膛。一条雀鳝扑通一声跃入水坑中，一只褐色的小兔绕过一丛猫爪草，坐下来抖动胡须，看着吉文斯，那模样颇为有趣。而吉文斯的坐骑又继续吃草了。

黄昏时分，一只美洲狮在河边放声高歌——在这种情况下自然要提高警惕。或许这只狮子正在哀叹小牛肥羊是多么稀少，为了尝点荤腥它还想与你结交。

草地上有一只空罐头，或许是之前的过客留下的。看到那个罐头，吉文斯心满意足地咕哝一声。他的外套藏在马鞍下，外套的口袋里还有两把碾碎的咖啡豆，黑咖啡加卷烟——牧场牛仔有了这两样东西就别无所求了。

不一会儿他就生起了一小堆明亮的篝火。他拿起空罐头，朝水坑走去。透过树木枝叶的缝隙，他朝左边看去，发现有一匹配着女式鞍鞯的小马在距离水坑约十五码之处吃草，缰绳拖垂在地。而水坑边一个人影慢慢地立起来——那是约瑟芬，她刚刚趴在水边掬水而饮。现在她完全站了起来，拍拍手上的沙土。在约瑟芬右侧十码之外，一个半隐半现的黑影躲在灌木丛中。吉文斯辨别出那是一只蹲伏的美洲狮，它那琥珀色的眼睛闪现着饥饿的光芒，距离眼睛约六英尺之处是一根尾巴，那尾巴竖得直直的，与短毛猎犬发现猎物时的姿态别无二致。它后腿蜷缩，不停抖动——那正是猫科动物即将扑食的架势。

吉文斯的六发式左轮手枪正躺在草地上，距离他足有三十五码之遥。在这种情况下，他别无选择，只能尽力而为。他大叫一声，冲到公主和美洲狮之间。

事后，吉文斯把接下来发生的事称为"战斗"。这场"战斗"为时不长，然而场面却颇为混乱。当吉文斯奔赴"战斗"前线时，他看到空中现出一道隐隐约约的弧线，听到两声微弱的枪声。接着重达一百磅的美洲狮照着他的脑袋砸下来，把他重重地压到地上。他记得当时自己大喊："让我起来！这不公平！"之后他像一条蠕虫一样从美洲狮身下爬出来，嘴里满是青草和尘土。他倒地时后脑勺磕到了一棵水榆树的树根上，起了一个大包。那狮子躺在那儿一动不动，吉文斯怀疑它在装死。他气急败坏，朝狮子挥拳，嘴里大叫着："起来！我要和你大战二十回合……"这时他恍然大悟。

约瑟芬站在原地，手里拿着一支枪把镶银的点三八手枪。她不动声色地给手枪重装子弹。和拴在一根绳索上的空罐头相比，狮子的脑袋可大得多，因而对她来说打中这一枪也不是什么难事。一抹笑意浮现在她的嘴角和黑眼睛里，其中包含着挑衅和揶揄，实在让人抓狂。那个原本想要救下美人的骑士觉得这奇耻大辱如同熊熊火焰，把他的灵魂都烧焦了。这原本是他的好机会，是他梦寐以求的机会，可他并没有等到爱神丘比特，反而是嘲弄之神莫默斯跳出来捣乱。毫无疑问，看到刚才那一幕的林中精灵必定在无声地大笑，笑得满地打滚。眼下的情形仿佛变成了一出滑稽剧——吉文斯先生与一只假狮子在装模作样地搏斗。

"是吉文斯先生吗？"约瑟芬故意用甜得发腻的声音说道，"你刚才大喊一声，差点儿害我没打中。你摔倒的时候磕伤脑袋了吗？"

"没有，"吉文斯平静地说，"我没受伤。"他满腹憋屈地蹲下来，把自己的帽子从狮子身下拖出来。那原是他最好的牛仔帽，现在已经变成皱巴巴的一团，看上去颇为可笑。接着他双膝着地，轻轻抚摸那死狮子的脑袋。那狮子还张着大嘴，看上去很吓人。

"可怜的老比尔！"他哀伤地叫道。

"你说什么？"约瑟芬厉声问道。

"当然了，约瑟芬小姐，你对此毫不知情。"吉文斯答道，瞧他那模样，仿佛正在用宽宏大度压抑心中的悲痛，"没人会怪你的。我想救它，可是来不及了，来不及告诉你这是怎么回事。"

"你想救谁？"

"当然是比尔啊！我找它找了一整天了。你知道吗，这两年来它一直是我们营地养的宠物。唉……可怜的老伙计，它连一只棉尾兔都不会伤害的。营地里的小伙子听到这个消息该伤心死了。当然了，你也不知道……刚才比尔不过是在和你闹着玩。"

约瑟芬那双炯炯有神的黑眼睛死死盯着吉文斯，而吉文斯成功地经受住了这次考验。他站起来，闷闷不乐地挠挠头，把一头黄褐色的卷发弄得凌乱不堪。他的目光中饱含痛惜之情，其中还夹杂着一缕温柔的责备。他那英俊的面容流露出不容置疑的哀伤，而约瑟芬也开始动摇了。

"那你的宠物跑到这儿干吗呢？"她还想负隅顽抗，"白马渡口附近可没有营地。"

"昨天这老伙计就从营地里跑出来了。"胸有成竹的吉文斯答道，"森林里的狼没把它吓死都算是奇迹了。我们营地的马倌吉姆·韦伯斯特上星期带回了一只小狗崽，那狗崽让比尔很不好过。它总是追着比尔到处乱跑，有时还咬着比尔的后腿，几个小时都不松口。每天晚上比尔都要躲在某个小伙子的被窝里睡觉，生怕那小狗崽找到它。我看它必定是觉得这日子没法过下去了，不然也不会逃离营地。以前它一走到看不到营地的地方就害怕。"

约瑟芬看看那只猛兽的尸体，吉文斯轻轻地拍拍它的一只爪子——那强壮有力的爪子只需一击就能让一头小牛犊送命。渐渐地，约瑟芬那张深橄榄色的脸庞上浮现出一抹红晕。或许当一个真正的猎人杀死了不该杀的猎物就会流露出这种羞愧之情？她垂下眼睑，目光变得更为柔和，原本的嘲讽之色也一扫而空。

"实在对不起。"她谦卑地说，"不过它看起来那么大，跳得那么高……"

"可怜的比尔一定是肚子饿了。"吉文斯打断她的话，马上为已经死去的"宠物"辩护，"在营地的时候，我们在喂它之前总是让它蹦高高。只要能得到一块肉，比尔甚至可以为你表演就地打滚。它看到你的时候，以为能从你这里讨到吃的。"

约瑟芬突然睁大双眼。

"我差点儿打中你了！"她叫道，"你刚才跑到我和比尔中间，冒着生命危险，只为了救下你的宠物——这实在太好了，吉文斯先生！我喜欢善待动物的人。"

没错，现在约瑟芬的眼中闪现着钦慕。刚才那场"人狮搏斗"的闹剧只留下一片狼藉，然而一个英雄的形象却从这片狼藉中冒出来。现在吉文斯脸上的神情足以让他爬上防止虐待动物协会的高位。

"我向来喜欢动物，"他说，"像马啦、狗啦、美洲狮啦、奶牛啦、鳄鱼啦……"

"我讨厌鳄鱼，"约瑟芬马上反驳道，"浑身都是泥巴，让人直起鸡皮疙瘩！"

"我刚才说过鳄鱼吗？"吉文斯说，"当然了，我想说的是……羚羊。"

约瑟芬良心发现，想要做出更多的补偿。她愧疚地伸出手，闪亮的泪珠在眼中打转。

"吉文斯先生，请你原谅我，好不好？你也知道，我不过是个女孩子，开始时我可吓坏了。我很后悔杀死了比尔，真的很后悔……你不知道我有多内疚！如果能重来一遍，我绝对不会这样做的。"

吉文斯握住那只向他伸出的手，握了好一会儿，仿佛是让自己那宽宏大度的天性克制住失去比尔所引发的悲伤。最终他明确地表示自己已经原谅她了。

"别再说了，约瑟芬小姐，比尔光凭它那副模样就能让任何一位女士吓破胆。我会和营地里那群家伙好好解释一番的。"

"你不会因此而恨我吗？"约瑟芬不由自主地靠近一步，她的眼中充满柔情和恳求，其中还夹杂着谦卑和愧疚，"如果有人杀了我的猫咪，我肯定恨死他了。你刚才冒着中枪的危险，想去救下老比尔——你真善良！你真勇敢！能这样做的人真没几个！"啊哈！吉文斯反败为胜，将一出滑稽剧扭转为一出严肃的正剧。好样的，里普利·吉文斯！

现在已是暮色四合，约瑟芬小姐当然不能独自一人骑马返回农场大宅。吉文斯重新给自己的坐骑上鞍。那牲畜瞥了他几眼，仿佛是在责备他，然而他还是不管不顾，翻身上马，准备送约瑟芬回家。公主和这个善待动物的男人并辔而行，策马驰过平整的草地。沃土的气息和花儿的幽香相互杂糅，形成了大草原所特有的浓烈香气，在他们身边缭绕氤氲。野狼在远山上嗥叫——不用担心，不过嘛……

约瑟芬凑近一步，伸出一只小手，仿佛是在摸索。吉文斯握住那只小手，两匹马步调一致地继续前行。两只手依依不舍地纠缠在一起，其中一只手的主人说："我从来没有受过这种惊吓，想想看，如果真的碰上一只野生的美洲狮，那该多可怕啊！唉……可怜的老比尔！你能陪我回家，我真高兴。"

当他们回到农场大宅，奥唐纳正坐在宅邸门前的回廊里。

"嗨！是你吗，里普利？"他高声叫道。

"他骑马送我回来的。"约瑟芬说，"天黑了，我又迷了路。"

"真是太谢谢啦！""牛场之王"叫道，"在我们家住一宿吧，里普利，明早再回营地去。"

不过吉文斯不愿在这儿住一宿，他要赶回营地。明早天一亮他还要赶着一群阉牛上路呢。他说声晚安，之后便策马疾驰而去。

一个小时之后，农场大宅里已经熄灯了。约瑟芬穿着睡衣，来到自己的卧室门前。她脚下是一条砖砌走廊，走廊的另一头是"牛场之王"的寝宫。她隔着走廊朝自己的父王叫道：

"嘿！爸爸，你知道这一带有一只美洲狮吗？就是被他们叫作'烂耳魔鬼'的那一只。就是那只狮子害死了马丁先生的羊倌冈萨雷斯，还在萨拉多那一片咬死了五十头牛。今天傍晚我在白马渡口把它打死了。当时它正要扑过来，我举起自己的点三八手枪，往那家伙的脑袋里喂了两颗枪子。它的左耳缺了一块 —— 那是之前老冈萨雷斯用大砍刀留下的印记，凭这个我就能认出它。即使换成是你也未必能打得那么准，爸爸。"

"窃窃私语的本恩"在黑漆漆的寝宫里吼了一声："干得漂亮，闺女！"

菜单上的春天

在三月里的某一天……

各位看官，如果你们打算写故事，万万不要以此种方式开头。这样的开场白平淡乏味，无法激发读者的想象力，看起来不过是连篇废话中的排头兵，实在是糟糕透顶。不过在我们这篇小说里，这样的开头还算凑合。原来的开场白太过夸大其词，太过荒诞不经，总得先做一些铺垫才能呈现到读者面前。

原来的开场白就是 —— 莎拉正对着菜单哭泣。

想想看，一个纽约姑娘居然会对着菜单流眼泪！

为了解释这不同寻常的一幕，你或许会找出种种理由：龙虾已经售罄；她发誓在四旬斋[1]期间不吃冰激凌；她点了洋葱；她刚刚看完哈克特剧院的日场演出，还没回过神来……然而，所有这些猜想都离题万里，各位最好还是让我把这个故事讲下去。

曾经有位绅士说过这世界就是一个巨大的牡蛎，而他要用自

1　四旬斋：即大斋节，为基督教的斋戒节期。

己的剑把它撬开[1]。这位先生为此大出风头，到最后却盛名难副。说实话，用刀剑把牡蛎撬开并非难事，不过你是否见过有人借助打字机之力把人生的贝类撬开？如果你面前摆着一打牡蛎，你是否愿意耐心等待它们这样被一一撬开？

莎拉正是借助这种笨拙的工具，在这个牡蛎壳上撬开了一条缝，从冰冷黏腻的世界中捞出一点肉腥。她的速记水平不比任何一个商学院速记专业的毕业生高明。所以她没能成为一个速记员，也无法混迹于办公室和办事处中，成为一个才华横溢的职业人士。她只是一个没有固定雇主的自由打字员，到处找些零碎活儿。

在与世界对阵期间，莎拉最辉煌的战绩莫过于与舒伦堡家庭餐厅达成了交易。莎拉暂时居住在一栋红砖小楼里，她的房间位于走廊尽头，而舒伦堡家庭餐厅就在小楼隔壁。某天晚上，莎拉花了四十美分，在舒伦堡家庭餐厅吃了一顿由五道菜组成的晚餐。这个餐厅的上菜速度快得惊人，就像朝一个黑人头上连扔五个球那样快。用完晚餐之后，莎拉取走了桌上的菜单。菜单上的字几乎无法辨认，既非英语又非德文，其排列顺序也是一塌糊涂。如果你稍不留神，最先端上桌的可能是牙签和米饭布丁，而汤肴和每日招牌菜直到最后才上桌。

第二天，莎拉把一份整洁的菜单递给餐厅的主人舒伦堡先生。那张菜单排列得整整齐齐，从"餐前小吃"到"雨伞大衣请自行保管"，所有条目一应俱全，各得其所。

---

1 典出莎士比亚戏剧《温莎的风流娘们》第二幕第二场。恶棍皮斯托尔对不愿意借钱的福斯塔夫爵士说："世界是我的牡蛎，我要用自己的剑把它撬开。"

这张菜单当场就让舒伦堡先生心服口服。在莎拉离开之前，她已经和舒伦堡先生做成了一笔交易。餐厅里有二十一张桌子，而莎拉的任务就是每天打印出新的菜单，每张桌子配备一份。晚餐的菜单每日更新，而早餐午餐的菜单更新情况视食材变化而定，若菜单出现污损也需及时更换。

作为回报，舒伦堡先生为莎拉提供一日三餐。他让一个侍应生——越殷勤越好——把饭菜送至莎拉的住所，每天下午还要把一份铅笔写就的菜单草稿送过去——第二天舒伦堡家庭餐厅的食客能吃到什么就全看这份草稿了。

这一协议让交易双方颇为满意。现在，舒伦堡家庭餐厅的食客总算能弄明白自己点的究竟是什么菜了，即便他们偶尔对食材的本身心存疑惑。莎拉则确保自己在这个沉闷寒冷的冬季里有食物果腹，而这正是她需要解决的首要问题。

接着日历又开始扯谎，向世人宣告春天已经降临。然而，春天有自己的计划，不会说来就来。一月里，坚如磐石的冰雪依然稳稳地占据着横贯城市的通衢大道；手摇风琴还带着十二月圣诞节的欢快活力，演奏着"在过去那美好的夏日时光"。人们开始提前三十天预订复活节的服装，门房也关闭了暖气。然而，眼前的一幕幕让人们意识到整个城市依然被攥在冬天的掌中。

某天下午，莎拉在位于走廊尽头的小房间里瑟瑟发抖。当初这间房招租的时候，广告上写着"配备暖气，干净整洁，交通便利，物超所值"。眼下莎拉除了为舒伦堡家庭餐厅打印菜单也没别的活儿干。她坐在吱呀作响的柳条摇椅上，看向窗外。墙上的日历不停地朝她大叫："莎拉，春天已经来了！看看我，看看我身上的数字，你就知道春天已经来了！莎拉，你自己也拥有曼妙的身材，春之女神般曼妙的身材！可你为什么哀怨地望着窗外？"

莎拉的房间位于这栋小楼后部，正对着后街的制箱厂。她的窗外就是制箱厂的一堵砖墙，墙上没开窗户，不过却是一尘不染，闪闪发亮。莎拉的目光落到低处，看到一条小径，丛丛青草已经在小径上冒出头来，樱桃树、榆树立在小径旁边，周围满是覆盆子和白花月季。

真正预示春天到来的信号过于玄虚缥缈，无论是用眼睛还是耳朵都难以捕捉。对于某些人来说，盛放的番红花、冒出嫩芽的山茱萸或是知更鸟的歌声才是春天到来的标志。而对于愚钝的人而言，只有当准确无误的事实摆在他们眼前——例如燕麦饼和牡蛎从菜单上悄然退却，他们才会敞开心胸迎接春之女神的到来。然而，古老的大地还孕育了一群最为优秀的子孙，他们已经接收到春之女神直接发出的甜蜜信号，明白自己将会从春天那儿得到无限关怀和呵护。

去年夏天，莎拉去到乡间，爱上了一个农夫。

（哦，不，在写故事时千万不要用倒叙，这种写作伎俩实在糟糕，会打消读者继续阅读的兴趣。最好能让故事情节不停地向前推进、推进，直到结尾。）

当时莎拉在阳溪农场住了两周，爱上了富兰克林老农夫的儿子沃尔特。农夫们向来都是恋爱得快，结婚得快，失业得也快。然而，年轻的农夫沃尔特·富兰克林可是一个现代的农夫。他在牛棚里安装了电话，如果你和他谈起明年加拿大小麦的收成会对月亏时节种下的土豆产生何种影响，他准保能说得头头是道。

在那条绿树成荫、遍布覆盆子的乡间小道上，沃尔特向莎拉展开攻势，并赢得了她的芳心。接着他们两人坐在一块儿，沃尔特用蒲公英编制成一顶花冠，戴在自己爱人的头上。他不吝溢美之词，大肆赞颂她那褐色的卷发在金黄色的小花映衬下是何等美丽迷人。回家的时候，莎拉就任由那顶花冠留在自己的头上，手里拿着草帽轻轻摇晃。

他们打算在春季里结婚——春意初显就结。离开农场之后，莎拉回到纽约，继续折腾她的打字机。

一阵敲门声传来，打断了莎拉对结婚之日的美好想象。一个侍应生拿着一张粗略的铅笔草稿走进来。在那张草稿上，舒伦堡老先生用有棱有角的字迹写下了第二天餐厅提供的菜品。

莎拉在打字机前坐下，将一张空白的菜单卷进打字机滚轴里。她手脚麻利，通常只需一个半小时就能打完二十一份菜单。

和往常相比，今天菜单的改动更多。汤肴变得更为清淡，在主菜部分几乎见不到猪肉的影子，只剩一道俄罗斯胡萝卜配烤肉；浇上酱汁的羊羔肉让人不由得想起这道菜的前身——在翠绿坡地上嬉戏的小羊羔；牡蛎的歌声尚未完全消散，不过已经接近尾声了；煎锅已经退居二线，躲在友善的烤炉架后头休憩；馅饼增加了好几种，味道醇厚的布丁已经无影无踪；裹着餐纸的香肠、燕麦馅饼和枫糖甜点依依不舍地在菜单上徘徊，不过距离它们离开的日子也不远了。

莎拉十指翻飞，如同一群在夏日溪流上雀跃的小精灵。她用犀利的目光一扫，根据每一条目的长度在纸张上选择一个最佳位置，一行一行地打下去。在位于甜点之前的蔬菜部分出现了胡萝卜炒豌豆、芦笋配烤面包、四季不绝的西红柿配豆煮玉米、青豆、甘蓝，还有……

打到这里，莎拉开始对着菜单落泪。一股深沉的绝望涌上心头，化作颗颗泪珠，在她眼中聚集。她把头靠在安放打字机的小架子上，打字机键盘奏响了一段枯燥乏味的伴奏，与莎拉的啜泣声相互应和。

两个星期以来她一直没有收到沃尔特的来信，而菜单上的下一道菜居然是蒲公英配什么蛋——管它什么蛋呢！蒲公英，开着金黄小花的蒲公英，沃尔特用来编成花冠的蒲公英！他用蒲公英花冠为自己的女神、未来的新娘加冕。蒲公英，春天的使者蒲公英！然而，那蒲公英花冠已经成为哀伤的源泉，让她回想起那段最幸福的时光。

女士，我敢担保，如果你也有过类似的经历，看到这一段准保笑不出来。想象一下，你的爱人在你们的定情夜送给你一朵玫瑰作为爱情的信物，然后当你到舒伦堡家庭餐厅用餐，看到那玫瑰浇上法式酱汁，成为一道沙拉摆在面前，你会怎么想呢？假如朱丽叶看到她的爱情信物以此种方式蒙尘受辱，她必定会马上跑到手艺超群的药剂师那里讨要一杯忘情水。

春天就如同施展魔法的女巫。在这个砖石钢铁砌成的冰冷城市里，春天必须派出一位信使，告知世人她即将来临。而最适合的人选莫过于坚韧小巧的蒲公英——这种谦逊低调的植物来自田园乡野，身上披着粗糙的绿色外套，它是命运的真正斗士，被法国厨师称为"狮牙"。在开花时节，它可以滋养爱情，化为一顶花冠落在爱人的头上，与她那褐色的头发相互映衬；当它处于尚未开花的青涩时期，可以到煮锅里走一遭，为它的主人——春之女神传递信息。

渐渐地，莎拉慢慢止住泪水——她必须打完这些菜单。然而，关于蒲公英的回忆闪现着淡淡金光，让她恍若梦中。她心不在焉地敲着键盘，神思已经跑到那条碧草如茵的乡村小径上，和她的农夫爱人在一起。她很快把自己的神思拽回来，回到曼哈顿区的石砌街道上。而打字机也继续喧腾雀跃，如同冲散罢工人群的汽车。

傍晚六点的时候，餐厅的侍者给她送来晚餐，同时把打印好的菜单拿回去。吃晚饭的时候，当莎拉看到那盘蒲公英配水煮蛋，不由得叹了一口气，把那盘菜放到一边。那明丽的金黄小花曾经是她爱情的信物，现在却化为一团黑乎乎的蔬菜，成了菜碟中的配角。而她在去年夏天的希望也凋零飘散，化为乌有。莎士比亚曾经说过爱情可以滋养自身，然而莎拉实在不忍心吃这道菜。那是她第一次动情动心，而蒲公英装点了她的爱情，让她头一次品尝到心灵盛宴的美味。现在她又怎么舍得吃它呢？

晚上七点半的时候，隔壁的一对夫妇开始吵架；住在楼上的男人开始吹笛子；煤气灯的火焰变小了，三辆运煤的马车开始卸货，闹出的巨大响动就连留声机都羡慕不已；后院的篱笆墙上，猫咪开始朝后方撤退……种种迹象表明现在已经到了莎拉的"阅读时间"。她取出一本名为《修道院与家庭》的本月滞销书，把脚搁在箱子上，跟着书里的主人公杰拉德神游四方。

前门的门铃响了，女房东前去开门。此时，莎拉读到杰拉德和丹尼斯被一头熊赶到树上。她姑且让这两人在树上待着，竖起耳朵仔细倾听 —— 如果换作是你，你也会这样做的！

楼下响起了一个洪亮的嗓音。莎拉跳起来，冲出门。那本书被抛在地上 —— 第一回合的人熊大战姑且就算是大熊赢了吧。接下来的事各位看官肯定已经猜到了。莎拉刚跑到楼梯口，正好看到她的农夫爱人一步三级地跳上楼梯，如同收割庄稼般一把搂住她，没有为捡拾稻穗的人留下一星半点。

"你为什么不写信来啊？"莎拉叫道。

"纽约可是个大城市。"沃尔特·富兰克林说，"我一个星期之前就到了。我去了你以前住的地方，他们说你在星期四搬走了。还好是星期四，星期五搬家可要招来霉运的。从那时起我就四处找你，还找警察什么的帮忙……"

"我在给你的信里说了这事！"莎拉激动地叫道。

"我可从来没收到你的信！"

"那你又是怎么找到我的？"

年轻农夫的脸上绽开春天般绚烂的微笑。

"今天晚上，我正好到隔壁的家庭餐厅吃饭。"他说，"我不管那餐厅有没有名气，反正每年这个时候，我总要吃一些绿色蔬菜。那菜单还是挺漂亮的，我扫了几眼，想找到这一类的食物。当我看到甘蓝，就弄翻了椅子，大吵大嚷地把店家叫来。后来他告诉我你住在这儿。"

"我记起来了。"莎拉开心地叹一口气，"甘蓝下面就是蒲公英。"

"我知道，你用那台打字机打的大写'W'真古怪，总会高出一些。在世界上任何地方，我都能认出那个字母。"沃尔特说。

"可是'蒲公英'这个词里没有 W 啊[1]？"莎拉惊讶地问道。

年轻的农夫从口袋里取出一张菜单，把那一行指给她看。

莎拉认出那是她当天下午打印的头一张菜单，菜单的右上角还残留着一点闪亮的泪痕。当她打到那一道菜名，那生长于绿野之中的蒲公英唤醒了她的回忆，让她想起那星星点点的金黄小花，而她的手指一时不听使唤，随意敲下了几个键。

在紫甘蓝和酿青椒之间有这么一行：

"最亲爱的沃尔特，配水煮蛋。"

1　在英语中，"蒲公英"（dandelion）的确没有"W"这个字母，不过男主人公沃尔特（Walter）的名字首字母却是"W"。

天窗室

首先，帕克太太会带你去看那间双开间起居室。她大谈特谈这间房有何优点，以及此前在这里居住了八年之久的那位绅士拥有何种优异品质。在这种时候你可万万不敢打断她。之后你勉强插句话，结结巴巴地坦承自己既非医生也非牙医。帕克太太听到这话的表情让你对自己父母的情感就此发生改变，你会抱怨他们疏于对你的教育，让你无法从事体面的职业，好配得上帕克太太的起居室。

之后，你就要走上一段楼梯，看看二楼的房间。二楼的里间租金为八美元，不过帕克太太谈论二楼房间时的语气让你相信这间房的租金即便是十二美元也很划算。你从帕克太太口中得知原本住在这里的是图森伯里先生，他为这间房缴付的租金向来都是十二美元。只不过后来这位先生离开这儿前往佛罗里达了——他兄弟在棕榈滩附近有一个柑橘种植园，他要去接管兄弟的产业。二楼的前间是一个附有私人浴室的双开间起居室，麦金泰尔夫人总是租下这间房过冬……这时你好不容易插句话，结结巴巴地说自己想要一间租金更便宜的房间。

如果帕克太太的讥讽没有将你吓跑，接下来她就会把你带到三楼，让你看看斯基德先生居住的大客厅。这间房还有人住——斯基德先生从早到晚都躲在房里写剧本、抽香烟。可是每一个有意租房的人都会被带到他的房间，欣赏挂在房间里的帷幔。每一次有人来参观这个房间之后，斯基德先生都会缴纳部分租金，生怕被帕克太太赶出去。

　　啊，如果这时你还没离开，你就会忐忑不安地站着，一只发烫的手插在口袋里，紧紧攥着湿乎乎的三美元钞票，用嘶哑的嗓音透露你境况窘迫，并为此羞惭不已。而帕克太太也不会继续带你看房了。她大叫一声"克拉拉"，之后便转身大步走下楼。而黑女仆克拉拉将会带你爬上一架裹着毡子的梯子，来到第四层，带你看看那间天窗室。这个天窗室位于第四层的中央，长八英尺、宽七英尺，房间周围是黑乎乎的储物室。

　　天窗室里摆着一张小铁床、一个脸盆架子和一把椅子，还有一个充当梳妆台的架子。四面墙空空如也，如同棺材的板壁向你逼来。你情不自禁地将手放在咽喉上，倒吸一口气。之后你看向上方，感觉如同坐井观天——这时你的呼吸总算恢复正常了。一扇小天窗位于你的头顶，你的目光透过天窗的玻璃，看到一小片蓝天。

　　"两美元，先生。"克拉拉那带着塔斯基吉口音的话语透着鄙夷。

　　某一天，李森小姐来看房子，她随身携带着一台打字机——那打字机看上去只有个头更大的女士才能拖着它四处走。而李森小姐却是个身材娇小的姑娘，她身体的其他部分都停止生长，眼睛和头发却没有放缓生长的脚步，它们仿佛在说："老天爷！你为什么不随着我们继续长呢？"

帕克太太先带着她看一楼的双开间起居室。"这里有个壁橱，"帕克太太说，"你可以在这里放骨骼标本或麻醉剂，也可以放煤炭……"

"可我既不是医生也不给别人看牙。"李森小姐不由得打个寒战。

帕克太太瞪了她一眼，她那冰冷的目光中饱含疑虑、讥讽和怜悯——面对那些既非医生又不给别人看牙的人，她向来都摆出这副姿态。之后她又带着李森小姐走上二楼，来到二楼的里间。

"租金要八美元？老天爷！"李森小姐说，"别看我一副涉世未深的样子，我可不是娇生惯养的大小姐，而是一个要打工糊口的可怜女孩。带我看看楼层更高更便宜的房间。"

帕克太太带着李森小姐来到三楼，敲敲斯基德先生的房门。那敲门声把斯基德先生吓了一大跳，烟头撒了一地。

当帕克太太看到吓得脸色煞白的斯基德先生，她的脸上现出魔鬼般的微笑："抱歉，打扰了，斯基德先生。我不知道你在房里，我只是带着这位女士来看看你房里的帷幔。"

"它们实在是太美了。"李森小姐脸上露出天使般的笑容。

她们离开之后，斯基德先生便忙着修改剧本。他最近创作的剧本尚未写成，剧里的女主角原是一个身材高大的黑发姑娘，他要把这个角色改为一个身材娇小的姑娘，她长着一头浓密闪亮的头发，灵动活泼，生气勃勃。

"安娜·海尔德[1]肯定会抢着演这个角色的。"斯基德先生自言自语。他把两条腿抬起来，搁在帷幔上。之后他便隐没在一团烟雾之中，如同一条悬于水中的墨鱼隐入自己喷出的墨汁之中。

之后便传来了一声"克拉拉"，这叫声如同警报，向全世界宣告李森小姐囊中羞涩。一个形同鬼魅的黑女仆抓住李森小姐，爬上一段阴森森的楼梯，把她塞进一间形同墓穴的小房间。在这间房里，只有微弱的光线从头顶渗入。黑女仆神秘兮兮地嘟囔一句："两美元！"她的话语中隐含着一股恶意。

"我租了。"李森小姐叹口气，重重地坐在吱呀作响的铁床上。

李森小姐每天都出去工作，晚上她带着手写的草稿回到家，用打字机打印出来。有时李森小姐晚上没有活干，就下楼走出房前那高大的门廊，和其他房客一起坐在门廊前的阶梯上。李森小姐并非一生下来就注定要住天窗室，她性情开朗，满脑子都是多愁善感的奇思妙想。有一次，她任由斯基德先生为自己念了他的一部大作中的三幕，这部大作是一出尚未公演的喜剧，名为《并非玩笑》（又名《地铁里的继承人》）。

只要李森小姐有时间来阶梯上坐一两个钟头，那些男租客便开心得不得了。不过坐在最高一级阶梯上的郎奈克小姐和坐在最低一级阶梯上的多恩小姐对此却嗤之以鼻。郎奈克小姐是一个身材高大的金发女郎，她在一所公立学校里任教。无论你对她说什么，她总会说一句"哈！真有你的"。而多恩小姐在一家百货店里当售货员，每逢周日她都要到科尼岛去游玩，用枪打打活动

1　安娜·海尔德（1872—1918），法国舞台剧女演员、歌唱家。

木鸭。李森小姐则坐在中间的台阶上，男租客们很快就簇拥在她周围。

其中特别热络的要数斯基德先生、胡佛先生和伊万斯先生。斯基德先生默默地在心中编造一出取材于现实生活的浪漫剧，李森小姐则是这出浪漫剧的女主角。只不过斯基德先生不会将这出戏剧公之于众。胡佛先生身材肥硕，脸色红润，是个四十五岁的蠢汉。而伊万斯先生非常年轻，他总是假装咳嗽几声，引得李森小姐来劝他戒烟。男租客们一致推选李森小姐为"最有趣的开心果"。然而，来自最高一级阶梯和最低一级阶梯的嗤笑声却此起彼伏，不依不饶。

这出戏剧进行到这里，我斗胆请求叫声"暂停"，好让合唱团走到聚光灯下，为肥胖的胡佛先生唱一曲哀歌；乐队也要趁此机会调音，准备为脂肪的悲剧、臃肿的祸殃和肥肉的灾难大放悲声。如果福斯塔夫[1]有机会一试身手，他制造的风流韵事定能胜过瘦骨嶙峋的罗密欧。一个爱人可以哀声长叹，但绝不能气喘吁吁。胖子总是遭人耻笑，本应交由嘲弄之神莫默斯进行处置。一个大腹便便之人哪怕拥有最忠诚的心也是毫无用处。滚开吧，胡佛先生！如果脸色红润的胡佛先生只是一个四十五岁的蠢汉，那他还有可能赢得绝世佳人海伦[2]的芳心。可是如果脸色红润的胡佛先生不仅是一个四十五岁的蠢汉，还是一个满身赘肉的大胖子，那么他就万劫不复了。你没戏了，胡佛先生！

在某个夏夜，帕克太太的租客们又坐在门廊前的阶梯上。李

1　福斯塔夫：莎士比亚戏剧《亨利四世》中的人物，喜好喝酒，放浪形骸。
2　典出希腊神话和荷马史诗，海伦与特洛伊王子帕里斯私奔，引发了特洛伊战争。

森小姐抬头望望苍穹，高兴地咯咯一笑，叫道："哈！那是比利·杰克逊啊！在楼下我也能见到他！"

所有人都抬起头——有的人看向摩天大楼的窗户，有的人在空中寻找一艘由杰克逊驾驶的飞艇。

"那是一颗星星。"李森小姐解释道，她伸出细瘦的手指指点夜空，"不是那边那颗闪闪发亮的大星星，是旁边那颗一动不动的蓝色星星。每天晚上我都能透过天窗看到这颗星星，我给它起了个名字叫'比利·杰克逊'。"

"哈！真有你的！"郎奈克小姐叫道，"没想到你是一位天文学家啊，李森小姐。"

"说得没错，"身材娇小的观星者答道，"我知道的可多了，我还知道明年秋天火星人流行什么样的袖子呢！"

"哈！真有你的！"郎奈克小姐说，"你说的那颗星星是伽马星，位于仙后座，几乎算得上是一颗二等星，它的中天[1]是……"

"行了，"年纪轻轻的伊万斯先生说，"我觉得'比利·杰克逊'这个名字更好。"

"我也赞同，"胡佛先生对郎奈克小姐发出大声抗议，"我觉得李森小姐和古时任何一个占星者一样有权为星星命名。"

"哈！真有你的！"郎奈克小姐回了一句。

"我想那是颗流星吧。"多恩小姐开口了，"还有，我星期天去科尼岛玩的时候，用十发子弹打中了九只木鸭和一只木兔。"

"比利在楼下看起来没那么亮。"李森小姐说，"你们应该到

---

1 中天：天体处于最高点的位置，也指天体最接近天顶的时刻。

我的房间去看看这颗星星。要知道，如果你坐在井底，即便在白天你也能看到星星。到了晚上，我的房间就和矿井没什么两样，而比利·杰克逊看起来就更灿烂了，就像是夜之女神别在睡衣上的一枚钻石别针。"

到了后来，李森小姐不再把多得吓人的手稿拿回家打印了。她每天早上出门也不是去上班，而是在一个个职业介绍所之间奔走。无礼的听差为她传话，把冷冰冰的拒绝抛给她，把她的一颗心磨蚀殆尽。这样的情况一直持续下去。

某天傍晚，李森小姐精疲力竭地爬上帕克太太家的门廊。以前在这个时候，她都是在餐馆里吃完晚饭才回来的，可是那天她并没有吃晚饭。

当她步入大厅，胡佛先生马上抓住机会迎了上来。他向李森小姐求婚，他那一身赘肉在她周围乱颤，活像一座即将发生雪崩的雪山。李森小姐退缩不前，一手攀上楼梯扶手。胡佛先生想牵她的手，结果她抬起手，有气无力地扇了胡佛先生一耳光。她攀着楼梯扶手，一步一步地往上爬。她经过斯基德先生的门前，斯基德先生正在用红笔修改剧本的舞台说明。他正为之忙碌的剧本是一出被拒演的喜剧，剧中的角色美桃·德罗姆正是以李森小姐为原型而创作的。斯基德先生将写给美桃·德罗姆的舞台说明改为"从舞台左侧踮脚跃至伯爵身边"。而此时李森小姐爬上那架裹着毡子的梯子，打开了天窗室的门。

她太过虚弱，根本无力点灯或换下衣裙。她倒在铁床上，那瘦弱的身躯甚至没能让老旧的弹簧床垫稍稍改变形状。天窗室犹如黑暗的深渊，李森小姐缓缓抬起沉重的眼皮，脸上露出微笑。

那颗被她唤作"比利·杰克逊"的星星正照耀着她。这颗星星璀璨明亮、宁静安详，永远镶嵌在天窗之中。周围的世界已经消失了，她沉入黑漆漆的深渊之中，只剩下头上一方黯淡的夜空，其中镶着一颗星星。她曾经一时兴起，给这颗星星起了一个古怪而无用的名字。郎奈克小姐说得肯定没错：那是伽马星，位于仙后座，不是什么"比利·杰克逊"。可她还是不愿叫它伽马星。

她平躺在床上，曾两次试图举起自己的手臂，直到第三次才把两根细瘦的手指放到唇边，在黑漆漆的深渊里向比利·杰克逊抛了个飞吻，之后她的手臂无力地垂下来。

"再见了，比利。"她有气无力地喃喃说道，"你离我那么远，你的眼睛眨都不眨，可你总是在那里。当我周围只剩下黑暗，我总能看到你，你说是不是……你离我那么远……那么远……再见了，比利·杰克逊。"

黑女仆克拉拉发现天窗室的门直到第二天早上十点都没有打开，最后大家强行破门而入。为了唤醒李森小姐，他们用了醋和烧焦的羽毛，还拍打她的手腕，可是都毫无用处。于是，有人跑去打电话叫救护车。

不一会儿，一辆哐当作响的救护车开到门前，一个干练的年轻医生跃上门前阶梯。他穿着白色的亚麻外套，光滑的脸庞看上去既潇洒又严肃。他满怀信心，生气勃勃，整装待发。

"四十九号叫的救护车。"他言简意赅地说道，"什么问题？"

帕克太太开口了。瞧她那模样，仿佛相较于这件麻烦事本身，更让她烦心的是这样的事竟然发生在她的房子里。她鄙夷地说："是这样的，医生，我不知道她出了什么毛病，我们没办法把她弄醒。那是一个年轻姑娘，叫艾尔希还是什么的……对，就是艾尔希·李森小姐。我这房子里从没发生过这样的……"

"哪间房？"年轻医生大叫一声，他的嗓音听起来实在吓人。帕克太太对这么可怕的话音闻所未闻。

"在天窗室，就是……"

显而易见，这位救护车的随车医生很清楚天窗室所在何处。他一步四级地跳上楼梯，帕克太太慢吞吞地跟在后头，勉力维持自己的尊严。

她刚走到第一个楼梯拐角，就看到那医生走下楼，怀里抱着我们的观星者——李森小姐。他停下脚步，对帕克太太大加斥责。他的嗓门不大，不过他的舌头却堪比锋利的手术刀。帕克太太渐渐矮了下去，如同一件浆过的袍子从钉子上缓缓滑落。这事给她的身心留下了难以磨灭的印记。后来，那些好奇的房客有时也会问她那医生到底和她说了什么。

"别管这些了。"她答道，"如果听了他的那番话能让我获得宽恕，我就心满意足了。"

随车医生抱着李森小姐，大步走向救护车。好奇心盛的闲人如同一群猎犬围了过来。医生穿过人群，脸上流露出的神情让人以为他怀里抱着的是他逝去的亲人。看到这一幕，那些闲人不禁感到羞惭，退到了人行道上。

救护车里摆着一张病床，可是那医生并没有把怀抱中的李森小姐放到病床上，他只是对司机说："威尔逊，开车吧，有多快开多快。"

故事到此为止——这算是一个故事吗？第二天我在报纸上看到一则短短的新闻，新闻的最后一句或许能帮助你我找到一些线索，把所有这些琐事连成一串。

新闻中提到贝尔维医院收治了一位年轻女士，她原本住在东区某条街四十九号房，因饥饿导致虚脱。新闻结尾处有这样一句话：

"救护车的随车医生威廉·杰克逊[1]参与了救治，他说病人定能康复。"

1　李森小姐给星星起的名字"比利·杰克逊"正是威廉·杰克逊的昵称。

婚姻手册

本人——桑德森·普拉特郑重提出以下建议：美国的教育系统应该由气象局来接管。对此我可以罗列出站得住脚的理由，你听了之后就会明白把大学教授调到气象局去任职并非荒谬之谈。这些人会读书认字，他们只要扫一眼早报就可以向总部报告当天的天气情况。不过，我提出这条建议还有另一个原因——我将告诉你天气如何让我和艾德荷·格林有机会接受良好教育。

当时我们俩在蒙大拿山脉的苦根山区寻找金矿。在瓦拉瓦拉镇，一个留着小胡子的人正打算洗手不干了。他把发现矿脉的希望当成了累赘，把所有食物装备转让给我们。于是我们就从山脚出发，慢慢爬上山。我们随身带着的口粮足以供给一支军队，让他们撑到停战和谈之时。

某一天，我们碰到了一个来自卡洛斯的邮差。之前那人翻山越岭，长途跋涉，碰到我们之后，他吃了三罐青梅罐头，把一份最新的报纸留给我们。这份报纸有气象预报专栏，它对苦根山区的天气预测是"天气晴好，有西向微风"。

当天晚上就开始下雪了，还刮起了强劲的东风。当时我们还以为这不过是十一月的天气在闹别扭。我和艾德荷转移营地，往山上走了一段，在一间空荡荡的旧木屋里落脚。等到地上的积雪已经深达三英尺，而大雪的劲头越来越猛，我们才明白自己已经被风雪困住了。在积雪变深之前，我们已经储藏了足够的柴薪，食物还足够撑两个月。因此，我们对这自然的暴怒不以为意，任由它刮风下雪。

如果你想引诱人类自相残杀，你只需把两个人关在一间长二十英尺、宽十八英尺的木屋里，关上一个月——这种情况是人类天性所无法忍受的。

当第一批雪花纷纷扬扬地从空中飘落，我和艾德荷有说有笑，对长柄小锅里的那坨东西赞不绝口，还称之为"面包"。然而，过了三个星期之后，艾德荷开始对我发难了。他说：

"你那无聊的思想从你的发音器官中汩汩流出，如同一条乏味沉闷的河流，简直让人窒息！我从不知道发酸的牛奶从瓶中滴落到平底锅的响声听起来啥样，不过我想那声音和你的说话声相比肯定如同天籁。你每天哼哼唧唧，让我想起了牛反刍时发出的声响。只不过牛比你更有风度，不会吵到别人。"

"格林先生，"我说，"你曾经是我的朋友，因此我也犹豫过该不该实话实说。现在我老实告诉你——如果我有选择同伴的余地，我宁愿选择一条其貌不扬的三条腿小黄狗，也不会选择你。如果我真能得偿所愿，那现在这间屋里就有一只生物朝我摇尾巴了。"

我们就这样唇枪舌剑地闹了两三天，到最后我们都不和对方说话了。我们瓜分了炊具，分别占据火炉的两侧，各自动手煮饭。此时积雪已经爬上了窗户，我们一天到晚都生着火。

你想必也明白，我和艾德荷受过的教育仅限于能认认字读读书，以及在黑板上写写"如果约翰有三个苹果而詹姆斯有五个，那么……"之类的东西。我们在这世上东奔西走，在实践中学会了一套内化为本能的知识，足以应付多种突发状况。因此，我们觉得大学学位并非不可或缺之物。然而，当我们被风雪困阻在苦根山区的这间小木屋里，我头一次生出了这样的念头：假如我们学过希腊语、荷马的作品、数学中的分数以及其他更高深的知识，就可以拥有沉思冥想的源泉。我曾经见过毕业于东部大学的小伙子们在西部各地的营区游荡，我发现他们所受的教育成了阻碍他们的羁绊，其程度之深远超出你的想象。例如，之前在蛇河一带，安德鲁·麦克威廉姆斯的坐骑感染了马蝇蚴，他驾着一辆四轮马车跑了十英里，请了一个被称为"植物学家"的陌生人回来[1]，结果还是没有用，那匹马最后还是死了。

一天早上，艾德荷拿着一根棍子在一个小架子顶端拨来弄去。那架子挺高，光用手够不着。他忙活了一通，最后两本书掉到地上。我作势要捡起那两本书，然而艾德荷用目光阻止了我。在整整一个星期之中，他头一次开口对我说话：

"不许碰！虽说你只配和冬眠的泥龟做伴，我还是给你一个公平交易的机会。你的父母生养了你，让你到这个世上四处逛荡，你就像响尾蛇一样不好相处，你的睡相就像冻坏的胡萝卜……不管怎么说，你父母对你的恩情远不及我即将给你的恩

---

1 在英语中，马蝇蚴为"botts"，植物学家为"botanist"，而安德鲁·麦克威廉斯误以为植物学家即研究马蝇蚴的专家。

惠。这样吧，我和你玩一把扑克，赢了的人可以先挑一本书，输了的人就只能拿另一本了。"

于是我们玩了一把扑克，艾德荷赢了。他选了其中一本书，我拿了另一本。我们两人就坐在各自的角落里开始看书。

当我看到那本书，就像捡到了十盎司的金矿一样快活；当艾德荷拿到他那本书，就像一个得到棒棒糖的孩子一样高兴。

我那本书是一个长六英寸、宽五英寸的小手册，书名叫作《赫基默氏须知大全》[1]。我觉得这是有史以来最伟大的书——当然了，我这话也不一定对。直到今天我都带着那本书。无论是对你还是对其他任何人，我都可以根据这本书里的内容提出问题，在五分钟之内把你们难倒五十次。这本书可以把富有智慧的所罗门王和《纽约论坛报》比下去，赫基默可比他们强多了！他必定是花了五十年的时间，行了万里路，才搜集到那么多的知识。从这本书里你可以知道所有城市的人口数量，知道如何判别一个女孩的年龄，知道骆驼有多少颗牙齿。这本书告诉你世上最长的隧道是哪一条，天上有多少颗星星，水痘的潜伏期是多长，一位淑女的脖子粗细几何，州长拥有何种否决权，古罗马的水渠何时建成，一天喝三瓶啤酒所获得的营养相当于多少磅米饭，缅因州奥古斯塔市的年平均气温是多少，使用条播法种植胡萝卜时每英亩地需要多少胡萝卜籽，各种毒药的解药，世界上每一座山的高度，每一场战争的时间，一个金发女郎头上有多少根头发，如何保存鸡蛋，如何救治溺水或中暑的病人，在医生到来之前可以

1　此书疑似作者杜撰。

采取何种施救措施，一磅重的大头钉总共有多少颗，如何制造炸药、打理花圃、整理床铺……还有许许多多其他的东西。赫基默简直无所不知——反正我在这本书里还没发现他遗漏了什么。

我坐在那儿看书，足足看了四个小时。教育的所有奇迹都浓缩在这本书里了。我忘了外面还下着大雪，忘了我正在和艾德荷闹别扭。艾德荷定定地坐在一条凳子上看书。透过他脸上的黄褐色胡须，可以看到一种既柔和又神秘的光芒慢慢闪现。

"艾德荷，"我问道，"你那本是什么书？"

艾德荷肯定也忘了之前的不愉快。他并没有凶神恶煞，也没有口出恶言，而是和和气气地答道："怎么了？这是一本荷马·凯·姆写的书[1]。"

"荷马·凯·姆？姓什么？"我问道。

"就是荷马·凯·姆。"他说。

"你在扯谎。"看到艾德荷企图糊弄我，我不禁有点恼火，"当一个作者在自己的书上签上大名，他不会缩写的。要么就是荷马·凯·姆·斯卜潘迪克，要么就是荷马·凯·姆·麦克斯维尼，要么就是荷马·凯·姆·琼斯……反正就是类似的东西。你干吗不痛痛快快地告诉我？说一半留一半的算什么事？感觉就像一头小牛把挂在晾衣绳上的衬衫咬了一半。"

"你爱信不信，我已经实话告诉你了，桑迪[2]。"艾德荷安静地回答，"这是一本诗集，是一个名叫荷马·凯·姆的人写的。

———

1　此书应为波斯诗人欧玛尔·海亚姆（1048—1122）的《鲁拜集》，故事中的两个主人公误读了他的名字。
2　桑迪即桑德森的昵称。

开始时我也摸不着头脑，不过继续看下去就能品出点滋味了。现在即使有人拿两张红毯来换我的书，我也不换。"

"随你好了。"我说，"我需要的只是针对事实的客观描述，好让我的脑子能转动转动。而我拿到的这本书正好能满足我的需要。"

"你那本书里都是统计数字，"艾德荷说，"是最低级的知识。这种知识只会毒害你的心智。我更喜欢老凯·姆的叙事方式。他好像是个卖酒的商人，他最常用的祝酒词是'万物皆空'。他看起来总是怨天怨地，不过经过酒精的修饰之后，即便是最恶毒的咒骂声听起来也像是劝你喝一杯。不管怎么说，这毕竟是诗歌。我实在看不上你那本书，只会用数字和单位来传递智慧。要说到通过自然的艺术来阐释哲学的本能，老凯·姆的诗句足以把你那些条播法、年平均降雨量、胸围测量方法、一行行的数字和一段段的文字都比下去。"

于是，我和艾德荷就这样一天天地混下去，我们唯一的乐趣就在于研读书本。毫无疑问，这场困住我们的暴风雪让我受益匪浅。等到雪融的时候，如果你突然问我："桑德森·普拉特，你说说看，假如一箱铁皮售价九美元五十美分，现在要你给二十英尺宽、二十八英尺长的屋顶铺上铁皮，平均每平方英尺的屋顶成本多少？"我马上就能告诉你正确答案，用时之短，只够时速每秒十九万两千英里的闪电在铁铲把手上走一遭。有多少人能做到这一点？你大可以在深更半夜叫醒你认识的任何一个人，问他除了牙齿之外人身上有多少块骨头，又或是内布拉斯加州立法会需要百分之多少的投票才能推翻一项否决，看看他能不能答得上来。不信你就试试吧。

至于艾德荷从那本诗集里收获多少就不好说了。艾德荷每次开口说话都要为那个写诗的酒商吹嘘一番，不过我可不怎么信他的话。

光从艾德荷吟诵的诗句来看，我觉得这个什么荷马·凯·姆就像一条狗，生活于他而言就如同拴在尾巴上的一个空罐头。他拼命奔跑，想摆脱那个空罐头，结果把自己累个半死。他坐下来吐着舌头喘口气，这时他看着那个空罐头说道：

"既然我无法摆脱它，那就把它当成酒罐，到街角买一罐酒，所有人和我一醉方休。"

再说了，那家伙好像是个波斯人。据我所知，除了马耳他猫和土耳其地毯，波斯没什么值得一提的土特产。

在接下来的春天里，我和艾德荷找到了有利可图的矿脉。我们习惯尽快出手，继续向前，于是我们很快就将矿脉出售，每人分了八千美元。接着我们来到三文河边一个名为罗沙的小镇上，打算修剪一下胡子，吃点正常的食物，在这里休养生息。

罗沙镇位于山谷之中，并非从采矿营地发展而来的小镇。这个小镇如同乡间市镇，远离喧嚣和瘟疫。一段三英里长的电车线路环绕小镇四周，我和艾德荷白天坐在那哐当作响的车厢里，晚上就回日落美景旅店过夜。我们就这样过了一个星期。现在我们读了不少书，又走过万里路，很快就成为罗沙镇上层社会的红人。我们受邀参加最隆重、最高级的社交盛事——在市政大厅举行的钢琴演奏会暨吃鹌鹑大赛。举办这场盛事的目的在于为本镇的消防队募捐，而正是在这一场合，我和艾德荷头一次见到了罗沙镇的社交皇后——德·奥蒙德·萨姆森太太。

德·奥蒙德·萨姆森太太是一位寡妇，镇上唯一一栋两层楼房为她所有。只要你站在小镇里，无论从哪个角度看过去，都能看到那栋漆成黄色的两层楼房，就如同爱尔兰佬下巴上的周五斋戒日蛋黄[1]一样一目了然。除了我和艾德荷之外，罗沙镇上还有二十二个男人想要赢得德·奥蒙德·萨姆森太太的芳心，成为那栋黄色小楼的主人。

钢琴演奏会和吃鹌鹑大赛结束之后，乐谱和鹌鹑骨头被扫除出市政大厅，紧接着又是一场舞会。二十三个追求者围着萨姆森太太团团转，争着抢着要和她跳舞。我躲开了两步舞，却赢得了护送她回家的机会。我正是借助这次机会赢得了萨姆森太太的芳心。

在回家的路上她对我说：

"今晚的星星多么明亮！好美啊！你说是不是，普拉特先生？"

"为了让我们看见它们，"我说，"这些星星都拼尽全力。你看……那颗大星星距离我们足有六千六百万英里，它发出的光要花三十六年才能传到我们这儿。如果你有一部长十八英尺的望远镜，就能看到四千三百万颗星星，包括一些十三等星。那些十三等星即使现在就陨灭了，你在接下来的两千七百年内还能看得到它们。"

"老天！"萨姆森太太叫道，"我从来都没听说过这些事……真热呀！我跳舞跳得太猛了，现在浑身都被汗水打湿了。"

---

1 根据爱尔兰习俗，在周五斋戒日（Good Friday，即耶稣受难日）产下的鸡蛋都会印上"十"字，每位家庭成员在复活节都会吃一个。

"这也很容易理解。"我说,"如果你恰好知道人身上总共有两百万个汗腺在同时工作,这种现象也就不足为奇了。每根汗腺管长四分之一英寸,如果你身上的所有汗腺管首尾相接,足足有七英里长。"

"老天!"萨姆森太太叫道,"听起来就和灌水渠一个样。普拉特先生,你怎么那么博学呢?"

"这都得益于观察,萨姆森太太。"我对她说,"当我在这世上四处漂泊,我一直睁大双眼进行观察。"

"普拉特先生,我向来敬慕博学之士。"萨姆森太太说道,"在这个小镇上,蠢材、混蛋多得是,有学识的人却少之又少。和一位有教养的绅士谈话的确令人愉快。普拉特先生,只要你愿意,可以随时上我家来,对此我表示非常欢迎。"

这位拥有一栋黄色楼房的太太就这样被我打动了,我就此赢得了她的好感。每周二和周五晚上我会上她家去,把赫基默在大自然中发现、整理和编撰的宇宙奇迹——告诉她。艾德荷和其他追求者只能争夺每周余下的分分秒秒,妄图讨得萨姆森太太的欢心。

我从没想过艾德荷会借助老凯·姆的诗句来向萨姆森太太表达爱意,直到某天下午我才发现他的企图。当时我正准备将一篮野李果送给萨姆森太太。我走上通往她家的小径,正好碰到她。她两眼冒火,一顶帽子低低地压在一只眼睛上方,看起来气鼓鼓的。

"普拉特先生,"她先发话了,"据我所知,那位什么格林先生是你的朋友。"

"我们是九年的老朋友了。"我答道。

"和他绝交！"她叫道，"他根本不是一位体面的绅士！"

"怎么了，太太？"我说，"当然了，他不过是个普普通通的山里人，不免有花钱如流水和喜欢扯谎之类的毛病。不过在任何时候——即使是在紧急关头，我都无法接受'他不是一位体面的绅士'这样的说法。艾德荷打扮得花里胡哨，又喜欢摆谱，的确会让人看着不顺眼。不过太太，就他这个人而言，我认为最下流和最出格的罪过向来与他无缘。"最后我说道，"我和艾德荷已经是九年的老朋友了，我不愿说他的不是，也不想听其他人说他的不是。"

"你愿意为朋友说话固然很好，普拉特先生。"萨姆森太太说，"不过他对我提出了很过分的请求，说了很过分的话，任何淑女都会觉得被侮辱了——这一事实可是你改变不了的。"

"什么？真的？"我叫道，"艾德荷居然会做出这样的事？简直是难以置信！据我所知，只有一样东西能让他胡言乱语，而一场暴风雪要为这事负主要责任。有一次，我们被风雪困在山上，艾德荷被一本胡说八道的无韵诗集弄得五迷三道。或许正是那玩意儿腐蚀了他的心智。"

"十有八九就是这样。"萨姆森太太说，"自从我认识他以来，他就不停地给我吟诵一些亵渎神灵的诗句，还说这些诗都是一个叫鲁比·欧特[1]的人写的。光从这些糟糕的诗句来看，那写诗的丫头也好不到哪儿去。"

"看来艾德荷又弄到了一本新书。"我说，"原来他那本诗集

1　即《鲁拜集》，鲁拜（Robajo）是一种四行诗的形式，该书也因此得名，而萨姆森太太误以为那是该书作者的名字。

是一个笔名为凯·姆的男人写的。"

"且不论之前那本是什么书，我看他最好还是看原来那本吧。"萨姆森太太说，"今天他做得最出格。他送了一束花给我，还附上一张字条。我说普拉特先生，当你碰上一位淑女，你肯定能看出来的，你也知道我在罗沙镇社交界的地位。你觉得我会不会和一个男人'携美酒与面包徘徊于林间，放声欢歌，嬉戏流连'？没错，我吃饭时也喝点葡萄酒，不过我可不习惯拿着一罐酒躲到灌木丛里瞎胡闹。当然了，他一直带着那本诗集，他亲口说的。让他自己一个人去搞那场丢人现眼的野餐吧，或者他还可以带上鲁比·欧特。我看只要带上足够多的酒，那丫头是不会拒绝的。现在你对你那位朋友感想如何，普拉特先生？你还认为他是一位体面的绅士吗？"

"太太。"我说，"艾德荷的邀请或许只是某种诗句，他本人并无恶意。或许那诗句里包含着所谓的'比喻'。这样的诗句或许于法律和秩序不合，不过它们却能四处流传，原因就在于它们自有言外之意。如果你能原谅艾德荷，那我就替他谢谢你了。"我接着说道，"让我们的心灵离开诗歌的低地，插上翅膀，飞向事实与想象的高空。这是一个美妙的下午，萨姆森太太，"我继续说道，"因此我们也要把自己的思绪放到美妙的事情上。尽管这里很暖和，不过我们应该知道赤道线上的永久冰雪带位于海拔一万五千英尺以上，而纬度四十度到四十九度之间的永久冰雪带位于海拔四千至九千英尺。"

"啊，普拉特先生。"萨姆森太太说，"在喝了一罐鲁比那个臭丫头的诗歌酸酒之后，能听到这么美妙的事实确实让人安心愉快。"

"我们在路边那截圆木上坐一下吧。"我说,"让我们把诗人那些不通情理的胡话抛到脑后。已经验证的事实和法定的度量衡建起一座辉煌的殿堂,我们可以在其中发现美……就拿我们坐着的这段木头来说吧,萨姆森太太,其中蕴含的数字远比任何诗歌都要精彩。木头的年轮显示这棵树的年龄为六十岁,如果将它深埋于地下两千英尺处,三千年后它会变成煤炭。在这世界上,最深的煤矿位于纽卡斯尔附近的基林沃斯。一个长四英尺、宽三英尺、高二点八英尺的箱子可以容纳一吨煤炭。如果动脉被割破,应该按住伤口的上方。人的腿上有三十块骨头。伦敦塔于1841 年遭受火灾……"

"说下去,普拉特先生。"萨姆森太太说道,"这些东西很有新意,让人很安心。我觉得统计数字是世上最美妙的东西。"

不过直到两周之后,我才从赫基默那儿收获了最大的益处。

一天晚上,我被一阵喧嚣吵醒,只听四处都是"着火了""着火了"的叫声。我赶紧跳起来,穿好衣服,跑到旅店外头去看热闹。看到着火的正是萨姆森太太的房子,我发出一阵近乎咆哮的叫声,之后在两分钟之内跑到火场。

那栋黄色小楼的下层已经被火焰包围了。整个罗沙镇的所有男人、女人和狗都在现场,他们尖声狂叫,碍手碍脚,让消防队员难以施救。我看到六个消防员正死死拦住艾德荷,而他拼命挣扎,想摆脱他们。他们对他说整栋楼的下层已经着火了,现在冲进去铁定会没命。

"萨姆森太太在哪儿?"我问道。

"没见到她。"其中一个消防员说,"她的卧室在楼上。我们试着冲进去,可是没成功。我们消防队还没有云梯。"

我跑到熊熊火焰照亮的地方,从外套的内口袋中掏出那本《赫基默氏须知大全》。摸到这本书时,我几乎笑出声来——我当时肯定是兴奋过头了。

"赫基默老伙计,"我一边翻着书页一边说道,"你从来没有糊弄过我,从来没有让我失望过。告诉我,老伙计,告诉我该怎么做!"

我翻到一百一十七页的"事故救治措施"部分。我的手指滑过书页,最后停了下来——赫基默真是好样的!他从来不会遗漏任何东西。只见书上写着:

因吸入煤气或烟气引起的窒息——最佳解药为亚麻籽,将数颗亚麻籽置于病人外眼角。

我把书本塞回口袋,抓住一个正跑过去的男孩。

"听着,"我说着塞给他一点钱,"你跑到药店去买一美元的亚麻籽,动作快点!剩下那一美元是给你的,快去吧!"接着我对人群大喊,"我们要把萨姆森太太救出来!"说罢我脱掉外套,摘掉帽子。

四个消防员和镇民死死抱住我。他们说现在闯进那栋房子铁定会送命——二楼的地板已经烧着了,很快就要塌下来了。

"管他呢!"我哭笑不得,"如果救不出人,我往哪儿塞亚麻籽呢?"

我张开胳膊，用胳膊肘对着两个消防员的脸各来一记，又踢了一个镇民一脚，蹭破了他腿上的皮，之后把另一个镇民绊倒在地。接着我就冲进那栋着火的房屋。如果我就此死掉，我就给你写一封信，谈谈地狱和那栋着火的房子哪一个更宜居——当然了，我只是胡扯，你可别信我。

言归正传，我冲进火场。当时我几乎要被烤熟烤焦了，和饭店里飞速下单急急忙忙端上桌的烤鸡相比有过之而无不及。我被火焰和烟雾熏倒两次，几乎要让赫基默老伙计丢脸了。不过这时那些消防员帮了我一把，用一条细细的水龙浇灭了少许火焰，让我得以冲到萨姆森太太的卧室。她已经被烟熏得失去了知觉。我用床单裹着她，把她扛在肩上。二楼的地板并没有他们说的那么岌岌可危，否则我也不可能把她救出来——无论如何都不可能。

我扛着萨姆森太太冲出火场，跑到五十码之外，把她放在草地上。不用说你也能想得到——那二十二个追求者围了过来，他们手里拿着铁皮水瓢，准备施救。这时，那个男孩拿着亚麻籽跑了过来。

我掀开裹着萨姆森太太头部的床单，她睁开眼问道："是你吗，普拉特先生？"

"嘘——别说话，"我说，"让我先为你施治。"

我一手扶着她的脖颈，轻轻地抬起她的头，另一只手打开装着亚麻籽的小包。我微微弯下腰，轻而易举地将三四粒亚麻籽塞入她的外眼角。

这时，镇上的医生气喘吁吁地跑过来了。他一把抓住萨姆森太太的手腕，试试脉搏，然后问我为什么要瞎胡闹。

"行了，你这个捣鼓草药的老头！"我说，"虽说我不是正规的执业医师，不过我可是根据权威方法做的。"

其他人把我的外套拿过来，我掏出那本书。

"看看一百一十七页，"我说，"看看'因吸入煤气或烟气引起的窒息'那一行。根据这本书，救治方法就是在外眼角放亚麻籽。我不知道这么做是能把烟气吸出来呢，还是可以刺激肠胃复合神经，反正赫基默就是这么说的——他可是头一个被请来提供治疗意见的，如果你要和他会诊，我也没意见。"

那老医生拿过书，戴上眼镜。一个消防员正拎着提灯，他借着那提灯的亮光看了起来。

"好吧，普拉特先生，"最后他说道，"你看错行了。救治窒息这一栏写道：'尽快将病人置于通风处，取仰卧位。'你说的那个亚麻籽治疗的是'烟尘入眼'，是上一栏。不过嘛，说到底……"

"行了。"萨姆森太太打断他的话，"我觉得我对这场会诊也要说两句。亚麻籽对我很有好处，真是再好不过了。"之后她微微抬头，又靠回我的臂弯里，"在另一只眼也放几颗吧，桑迪宝贝儿。"

如果你在明天——或者随便哪一天到罗沙镇歇歇脚，你会看到一栋全新的黄色小楼已经立了起来，而普拉特太太——也就是原来的萨姆森太太，正在打理装点那栋雅致的小楼。如果你走进门，你会看到客厅里有一张大理石台面的桌子，桌上有一本《赫基默氏须知大全》。这本书已经重新装订，配上红色的摩洛哥小羊皮封面，随时恭候人们翻阅。任何与人类智慧和幸福有关的问题都能从中找到答案。

艾基·肖恩斯坦的爱情秘药

蓝灯药店位于市中心，就在波威里街和第一大道挨得最近的地方。这家药店可不屑于出售冰激凌、苏打水、香水和小摆设这类东西。如果你要买止痛片，这家店绝不会用棉花糖来糊弄你。

对于现代药店那种省力偷工的做法，蓝灯药店嗤之以鼻。这家店自己浸泡鸦片膏，滤制鸦片酊和止痛剂。时至今日，这家店里的员工还躲在高高的处方柜台后头自制药剂：他们在瓷片上将药剂搓成药泥，用小刮刀分成几份，再用手指搓成丸状，撒上一层氧化镁，最后放进用硬纸板制成的圆形小药盒里。在药店所处的这个街角上，时常有一群衣衫褴褛的顽童嬉戏玩闹，而他们也正是消耗药店里的止咳剂和安眠糖浆存货的不二人选。

艾基·肖恩斯坦是蓝灯药店里的夜班职员，他和顾客们相处融洽。在纽约东区就是这样，这里的药店不讲究虚礼客套，就如同没有包上糖衣的苦口良药。在这样的药店里，药剂师身兼数职，他们不仅是药剂师，还是顾问、咨询专家和忏悔神父。除此之外，他们还要扮演传教士和导师，精明能干，乐于助人，凭借自己的学识赢得人们的尊重。他们那玄之又玄的智慧让旁人敬佩得五体投地。然而，当人们从这些药剂师手中接过药剂，他们通常连尝都不尝就扔进了下水道。艾基长着一个尖鼻子，鼻梁上架着一副眼镜，总是佝偻着腰，仿佛他那瘦削的身板不堪知识的重负。不过在蓝灯药店附近一带，艾基还算小有名气，街坊们都乐于听听他的意见和忠告。

艾基住在两个街区之外的一栋公寓里。那栋公寓是里德尔太太的产业，艾基不仅在那里住宿，连早餐也一并在公寓里解决。里德尔太太有个女儿，名叫萝茜……闲话少说，或许你早已猜到——没错，艾基暗恋着萝茜，她终日在他脑海里徘徊不去，为他的每一缕思绪都染上了迷醉的色彩；她堪比世上最纯洁的化学制剂，记载在药典里的任何一种灵丹妙药都比不上她。然而，艾基生性腼腆，他把自己的希望浸泡在畏缩与恐惧的溶剂之中，然而那粒希望的丹丸却无法溶解。当艾基躲在处方柜台后头时，镇定自若，高人一等，是个受人尊敬的专业人士。然而，当他从柜台后面钻出来，不过是个反应迟钝的呆子，走路都走不稳，横穿马路时还会招来汽车司机的咒骂。他穿着不合身的衣裳，衣裳上还有几处污渍，沾染了芦荟油和氨水戊酸盐的气味。

艾基药膏里的"苍蝇"就是川克·麦克高文——这真是一个绝妙的比喻！

麦克高文也使出浑身解数追求萝茜，想要赢得她那灿烂的微笑。艾基不过是畏畏缩缩地置身事外，可麦克高文却倾尽全力去争取。然而，这家伙也是蓝灯药店的常客，也算是艾基的朋友。他经常在波威里街上惹是生非，然后再跑到药店里来，给伤口上碘酒，或者买块创可贴处理伤口。

某天下午，麦克高文像往常一样，无声而从容地钻进药店。他在一条凳子上坐下，摆出一副和蔼可亲的样子，现出讨好的神色，然而其中却夹杂着一丝坚毅和刚强。

　　此时艾基正坐在麦克高文对面，拿着研钵研磨安息香浸膏。麦克高文对自己的朋友说："嗨，艾基，竖起耳朵听我说——我要向你讨一剂药，就看你有没有本事来配了。"

　　艾基朝麦克高文的脸扫了一眼，寻找打架斗殴后挂彩的地方，然而他什么也没发现。

　　"把外套脱下来。"艾基命令道，"我猜你肯定是被人捅了一刀，伤口或许就在肋骨处。我和你说过很多遍了，那些意大利小子迟早会找你麻烦的。"

　　麦克高文露出微笑："和那些意大利小子没关系，不过你这次眼光够毒，你的诊断也是八九不离十。的确，问题就藏在外套下，就在肋骨附近——那就是我的一颗心！实话告诉你吧，艾基，今晚我要和萝茜私奔，和她结婚。"

　　艾基不由自主地用左手食指死死抠住研钵的边缘，不让它摇晃。他用研杵狠命地敲砸，然而他自己却没有意识到。与此同时，麦克高文脸上的笑容渐渐淡去，一朵疑虑的阴云飘了上来。

　　"话是这么说啦，"麦克高文继续说道，"不过如果她到时改变主意，这事也没指望了。这两个星期以来，我们一直都在为这事做准备。某一天她说她愿意，到了晚上她又反悔了。我们说好了在今晚私奔，整整两天了，萝茜还没有改口。不过离真正私奔的时间还有五个小时，我害怕她在最后关头又放我鸽子。"

　　"你刚才说你想讨一剂药……"艾基说。

麦克高文看上去惶恐不安、心烦意乱——这和他平时的做派可是大相径庭。他拾起一张药店专用的日历纸，卷成一个圆筒，漫不经心地套在自己的手指上。

"我说什么都不能让今晚这事出岔子，可不能一开始就出师不利。"他说，"我已经在哈莱姆区租下一间公寓，房间里的桌子上摆了鲜花，还有一个烧水壶。我还和一个牧师约好了，打算在晚上九点半上他那儿，让他给我们俩举行婚礼。不管怎么说，这事一定要成功。唉……如果萝茜到那时还没有变卦就好了！"麦克高文不出声了，重重疑虑已经占满了他的心房。

"我还是不明白，"艾基马上开腔了，"那你为什么和我说要药剂？在这件事里我又能帮上什么忙？"

"萝茜的父亲……里德尔老头看我不顺眼。"麦克高文继续说道，这个心神不宁的求爱者尽力将自己的思绪梳理清楚，"整整一个星期他都不让萝茜和我一起出门，如果不是担心少收一份租金，他早就把我踢出去了。现在我每个星期能挣二十美元，萝茜跟了我铁定不会后悔的。"

"抱歉，川克。"艾基说，"我还要去按处方配药，待会儿那处方的主人就要来取药了。"

这时，麦克高文突然抬起头："我说艾基，有没有这样一种药……就是药粉什么的，让一个姑娘吃下去之后爱你爱得更深？"

艾基撇撇嘴——作为一个更有文化的人，他对此嗤之以鼻。然而他还没来得及开口，麦克高文又继续说下去了："蒂姆·莱西告诉我市郊有个游医给了他一剂药，他把药放进他那妞儿的苏打水里。打那时起，那姑娘眼里就只有他了，其他人都看不上眼。不到两个星期他们就结婚了。"

尽管麦克高文看上去就是个四肢发达头脑简单的家伙，然而，但凡一个阅历比艾茜丰富的人都能看出这个糙汉子其实是个心思细腻的人。他如同一个优秀的将军，在进入敌方领域时步步为营，对任何可能导致失败的薄弱之处都加以弥补。

"我是这么想的，"麦克高文满怀希望地说，"如果我能弄到那样的药，待会儿吃晚饭的时候我就可以给萝茜吃下去，这样她就不会临阵脱逃了。我看也不至于要用牛用马生拉硬拽，硬把她拖去和我结婚。不过女人向来都擅长耍嘴皮子功夫，一到真正行动的时候就掉链子。只要那药能维持几个小时，那就万事大吉了。"

"这次愚蠢的私奔安排在什么时候？"艾基问道。

"九点钟，"麦克高文说，"七点吃晚饭，八点萝茜就借口头痛回卧室睡觉。我已经和老帕文泽诺说好了，他答应让我借用他家的后院。老帕文泽诺的房子就在萝茜家隔壁，和她家后院只有一墙之隔。九点的时候我就穿过帕文泽诺家的后院，跑到萝茜的窗户下，帮助她从防火梯上爬下来。我们得抓紧时间，那主持婚礼的牧师还在等着呢。只要萝茜不临阵脱逃，后面的事就容易了。你能为我配这样一剂药吗，艾基？"

艾基·肖恩斯坦慢腾腾地搓搓鼻头。

"川克。"艾基说道，"这种药性质特殊，任何药剂师都要多加小心。我只是看在你的分儿上才配这样一剂药，其他人可请不动我。我会为你配药的，等萝茜服用之后你就会知道她对你感想如何了。"

艾基走到处方柜台后头，拿出两片可溶性药片，每片药包含四分之一格令[1]的吗啡。他把两片药碾成粉末，往里面加些乳糖，让这搓药粉看上去分量更多。之后他拿过一张白纸，干净利落地把药粉包起来。一个成年人吃下这些药粉只会昏睡几个小时，对身体没有大碍。艾基把药粉递给川克·麦克高文，告诉他最好溶在液体里服用，川克·麦克高文对他千恩万谢。

或许艾基的这些举动让人捉摸不透，不过他的下一步行动则清楚地显露了他的意图。艾基让人请里德尔先生过来，把麦克高文打算和萝茜私奔的事原原本本地告诉了他。里德尔先生身材魁梧，面如土色，像火药桶一样一点就着。

"太谢谢你了！"他干脆利落地对艾基说，"那个爱尔兰懒鬼！我的房间就在萝茜房间的楼上，吃完晚饭之后我要上那儿等着，带上一支装好子弹的手枪。如果他当真钻进我家的后院，他可别想带着我女儿私奔，还是等着救护车来拉他吧。"

这样一来，服下吗啡药粉的萝茜要昏昏沉沉地睡上几个小时，而脾气暴躁的准岳父已经收到风声，荷枪实弹地等着麦克高文的到来——艾基觉得自己情敌的私奔行动必定会惨淡收场。

当天夜里，艾基在蓝灯药店里值班。他等了整整一个晚上，想等着悲惨的消息传来，然而什么都没发生。

到了第二天早上八点，值日班的药店职员来接班，艾基匆匆忙忙地跑出药店，打算到里德尔太太那儿打探情况。他刚刚跨

1　格令：重量单位，1 格令为 0.06 ~ 0.07 克。

出药店的门槛，一个人从一辆路过的公车上跳下来，一把抓住他的手。来者正是川克·麦克高文，他那张红扑扑的脸上洋溢着喜气，挂着一抹胜利的微笑。

"搞定了。"川克咧嘴一笑，瞧他那副模样，仿佛现在他已经置身于天堂福地，"昨天晚上，萝茜准点出现在防火梯口，我们俩在九点三十分十五秒的时候赶到牧师那儿。现在她就在那间公寓里，今天早上她身上穿着蓝色的睡衣，在那儿煎鸡蛋呢……老天！我实在太幸运了！艾基，哪天你一定得抽空上我们那儿坐坐，和我们吃顿饭。我在大桥附近找了一份工作，现在正赶着去上工呢！"

"可是……可是那药粉呢？"艾基磕磕巴巴地问道。

"哦，你是说你给我的那玩意儿啊。"川克的嘴咧得更大了，"好吧，事情是这样的……昨晚上我在里德尔家的公寓里吃晚饭的时候，我看看萝茜，对自己说：'川克，萝茜可是个有教养的好女孩，你要想迎娶她，就堂堂正正的，不要耍什么花招。'当时你给我的那个纸包还藏在我的兜里，然后我灵机一动，想到了另一个在场的人——我那准岳父对未来的女婿好像缺乏好感，也应该和他培养一下感情。于是，我就找个机会把那包药粉撒在里德尔老头的咖啡里了，整件事就是这样。"

艺术良心

有一天，杰夫·彼得斯对我说："我一直想让我的合作伙伴安迪·塔克遵从行骗行业的职业规范，可是却一直未能如愿。"

"安迪太富有想象力了，根本不愿老老实实地行骗。他曾经设局骗人钱财，获利丰厚，其高明的手法，即便是以抢钱闻名的铁路佣金回扣制度也不便采纳。

"至于我呢，如果我要骗取一个冤大头的钱财，无论如何都要给他一点东西作为交换 —— 或是镀金的珠宝，或是园艺植物种子，或是治疗腰痛的药水，或是股票认购证，或是壁炉光亮剂，又或是给他的脑瓜来一记，敲碎他的头……我猜我的祖上肯定有几个新英格兰人，他们对警察的戒心和强烈恐惧也传到了我的身上。

"而安迪的谱系却截然不同。我认为他就和一家凭空变出来的皮包公司一样，根本无法溯及他的祖辈。

"某年夏天我们俩跑到中西部去，在俄亥俄河谷一带兜售家庭相册、头痛药粉和蟑螂药。这时，安迪灵光一现，想出了一个获利丰厚且切实可行的点子。

"'杰夫,'他说,'我看还是别再和这些爱吃大头菜的泥腿子打交道了,我们应该专注于获益更高、更有前途的诈骗事业。如果只是在这里东打一枪西放一炮,骗骗老乡们的鸡蛋钱,我们注定只是最低级的骗子。不如深入那些高楼林立的巢穴中,找那些富得流油的阔佬儿,狠狠赚它一笔。'

"'好吧,'我说,'你也知道我的脾气,我喜欢规规矩矩、堂堂正正地行骗,在这里我们就干得挺不错。如果拿了一个人的钱,我总要留给他一些实实在在的物件,吸引他的注意力,让他一时半会儿想不到我是在骗他。无论那是一个握手时会扎人的搞怪戒指,还是一个会喷人满脸香水的恶作剧香水瓶,总之得要有一件实物。不过安迪,如果你当真有什么好点子,只管说出来听听。如果能赚大钱,我也不会拘泥于小打小闹,来一票大的也未尝不可。'

"安迪说:'我正盘算着打一次猎,用不着狩猎号角、猎犬或相机,而我们的狩猎对象就是被称为匹茨堡百万富翁的美国阔佬儿。'

"'我们要去纽约吗?'我问道。

"'不,'安迪说,'我们去匹茨堡,那里才是他们的老巢。他们不喜欢纽约,他们偶尔去那儿只是为了不负他们的期望。'

"'一个身处纽约的匹茨堡百万富翁就如同一只落在热咖啡里的苍蝇,'安迪继续说道,'引人注目,惹人议论,然而他并不乐意。纽约对他含讥带讽,嘲笑他在这个充斥着小偷和势利鬼的大都市里花了那么多钱。事实上他在纽约并没有花多少钱。我曾经见过一个身家一千五百万的匹茨堡富翁,看过他在纽约十天的花销账目，那账目是这样的：

往返火车票	21 美元
往返旅店的出租车费	2 美元
旅店住宿费（5 美元 / 天）	50 美元
小费	5750 美元
	合计：5823 美元

"'看到了吧，这就是纽约的回应。'安迪继续说道，'这个大都市不过是个侍应生领班。如果你给他的小费太多，他还会跑到门边，和衣帽间管理员一起取笑你。当一个匹茨堡阔佬儿想要挥霍钱财找乐子，他总是待在自己的家乡。我们就到匹茨堡去逮一个冤大头。'

"长话短说，我和安迪把巴黎绿、安替必灵药粉[1]和家庭相册扔进一个朋友家的地下室，跳上一列火车来到匹茨堡。安迪尚未起草任何涉及行骗或暴力的欺诈计划，他总是信心十足，认为无论碰上什么情况，凭借自己那阴险缺德的天性必定能从容应对。

"对于我那明哲保身、规矩行骗的理念，安迪也做出了让步。他承诺只要我积极参与我们俩设下的任何骗局，那个被骗钱的冤大头必定会拿到一件可以识别的实物，那玩意儿摸得着、看得见、闻得到、尝得出 —— 如此一来就可以让我良心安宁。听了他的话，我感觉好多了，更加积极地投入行骗事业之中。

1　巴黎绿为醋酸铜合亚砷酸铜，可做颜料和杀虫剂；安替必灵为退热药。

"我们沿着那条被称为'史密斯大街'的烟雾缭绕的煤渣小道前行。我对安迪说:'安迪,我们上哪儿去结识那些煤炭大王和咨啬成性的钢材大腕?你想好了吗?我并不是说我一进到有钱人的客厅就露怯,也不是说我上不了台面,一坐到宴会桌前就手足无措,只是要想挤进那些富翁俱乐部恐怕比你设想的要困难。'

"'如果真有什么困难,'安迪说,'那就在于我们俩承袭的教养风度要优于他们。匹茨堡富翁向来都是直来直去,有一说一。他们最贴近民众,绝不会矫揉造作摆架子。'

"'他们没什么教养,举止粗鲁。'安迪继续说道,'表面上他们总是兴致勃勃,对虚礼客套毫不理会。实际上他们就是不讲礼貌,待人也毫不客气。这些人发家之前几乎都是出身卑微的无名小卒,没人说得清他们的来历。即使到了现在,他们躲在这个烟雾缭绕的城市里,也没人能看清他们的本来面目,除非这个城市采用一些清除烟雾的设施。只要我们表现得单纯直率,不装模作样,在富翁云集的俱乐部附近游荡,再弄出类似钢铁进口税那样惹人侧目的响动,我们很快就能在社交场合结识一两个阔佬儿了。'

"就这样,我和安迪在城里游荡了三四天,摸清了此处的情况。我们也认清了几个百万富翁的模样。

"其中一个阔佬儿总是在我们旅店门前停车,让人给他拿来一瓶一夸脱的香槟酒。等那侍应生帮他打开瓶塞之后,他就来个对瓶吹——直接把嘴凑到瓶口,把一瓶酒灌下去。这一习惯说明他没发家之前就是个吹玻璃的工人。

"一天晚上,安迪并没有回到旅店吃晚饭,直到晚上十一点他才走进我的房间。

"'逮住一个了，杰夫。'他对我说，'那家伙有一千两百万的财产，他名下有油田、轧钢厂、房地产和天然气。他真是个好人，不摆架子。他是在最近五年才发大财的，还请了一些教授来教他文学艺术和穿衣打扮之类的东西。'

"安迪说：'我看到他的时候，他正和一个钢铁大亨打赌今天安勒格尼轧钢厂一定有四个人自杀，赌注为一万美元。结果他赌赢了，还请在场的所有人喝了一杯。他挺喜欢我的，还邀请我和他共进晚餐。我们来到钻石小巷的一家餐馆，在高脚凳上坐下，喝了冒气泡的莫赛耳白葡萄酒，还吃了蛤蜊羹和苹果馅饼。'

"他接着说：'之后他带我到他居住的单身公寓。那间公寓位于自由大街，楼下有一个水产市场。他的公寓里有十间房，还有专门的浴室。他告诉我他花了一万八千美元来装修这间公寓，我看他并不是在吹牛。'

"安迪又说：'在其中一间房里，他收藏了价值四万美元的名画，另一间房则放置了价值两万美元的古董珍玩。对了，那家伙姓斯卡德，现年四十五岁，他名下的油田每天出产一万五千桶石油，他还在学钢琴。'

"'好吧，'我说，'乍看上去还不错，可这些对我们有什么用？我们能从他的石油和古董中捞到什么好处？'

"安迪若有所思地坐在床边，继续说道：'那家伙不是你想象的那种附庸风雅之徒。当他向我展示那摆满艺术品的橱柜时，他满脸放光，就如同一扇烧得通红的炼钢炉门。他说如果能谈成几笔大买卖，买下几件珍品，他的收藏足以把华尔街巨头约翰·摩根收藏的血汗工坊挂毯和缅因州奥古斯塔佛珠比下去。和他的宝贝比起来，摩根收藏的那些玩意儿就如同幻灯片上的鸵鸟嗉囊一样粗陋不堪，不值一提。'

"'之后他拿了一个象牙小雕件给我看，'安迪继续说道，'任何人都能看出那是一件绝妙的精品。他说那玩意儿足有两千多年的历史，是用一整块象牙雕刻而成的，那图案是一个女人的脸浮现在一朵莲花之中。'

"他接着说：'斯卡德拿起一本名册，翻看这雕件的来历。大约在公元前好多好多年的时候，一个名为哈夫拉的埃及工匠做出了两件一模一样的象牙雕件，献给法老拉美西斯二世¹。现在斯卡德只弄到了一件，另一件一直不知所终。旧货商和古董掮客把整个欧洲都翻遍了，结果还是没找到。为了这个象牙雕件，斯卡德足足花了两千美元。'

"'行啦。'我说，'对我来说，你说的这些就像小河淌水哗啦啦，没什么意思。我们上这儿来是为了给那些有钱的阔佬儿一个教训，而不是向他们讨教艺术，对吧？'

"'你别急。'安迪好脾气地说道，'说不定我们能从中发现可乘之机。'

"第二天上午安迪跑出去了，直到中午才回来。回来之后，他让我去他那位于走廊另一侧的房间。他从口袋里摸出一个鹅蛋大小的圆形物件，解开包装纸，里面是一个象牙雕件，和他之前向我描绘的那个阔佬儿的藏品一模一样。

---

1 拉美西斯二世，古埃及第十九个王朝的第三位法老，在位六十七年。

"'刚才我去了一家旧货典当行,'安迪说,'结果发现这玩意儿藏在一大堆古剑和旧货下面。典当行的掌柜说这件东西在几年前落入他的手里,原来的主人是某个住在河流下游的阿拉伯人或土耳其人之类的外国佬儿。'

"'我出价两美元想买下这件东西,当时我肯定显得有点猴急了。那掌柜说如果这件货物的价格少于三十五美元,那就不亚于从他孩子的口中抢面包。最后我花了二十五美元把它买下来了。'

"'杰夫,'安迪继续说道,'这玩意儿和斯卡德那件宝贝简直是一模一样,分毫不差。他肯定会马上掏出两千美元买下这东西,就像吃饭时围上一块餐巾那么快。再说了,也有可能这就是真品,只不过那个老吉卜赛人不识货,把它当掉了,你说是吧?'

"'的确有可能。'我答道,'现在我们该怎么做才能让他痛痛快快地掏钱买下这玩意儿?'

"安迪早已成竹在胸,让我告诉你接下来我们是如何行事的。

"我戴上墨镜,穿上黑色的晚礼服,把头发弄得乱蓬蓬的,眨眼之间就化身为皮克曼教授。我来到另一家旅店,登记入住,然后给斯卡德发了一封电报,让他尽快来找我,相商有关于艺术品的要事。不到一个小时,斯卡德就跑到那家旅店,跳上电梯,然后出现在我的面前。他看上去呆头呆脑的,声音倒很洪亮,浑身散发着康涅狄格雪茄和石脑油的气味。

"'你好哇,教授!'他叫道,'有什么事?'

"我抓抓脑袋,把头发弄得更乱,隔着墨镜斜了他一眼。

"'先生，'我说，'请问你是宾夕法尼亚州匹茨堡的康纳里乌斯·T.斯卡德吗？'

"'没错，就是我。'他说，'出去喝一杯吧。'

"'我没有时间，也不想喝酒。'我说，'喝酒这种嗜好对人有害无益。我是从纽约来的，想和你探讨一些生意……哦，不，艺术上的问题。'

"'我听说你有一件藏品，'我继续说道，'一件古埃及拉美西斯二世时期的象牙雕件，那图案是伊西斯王后的脸嵌在一朵莲花中。这样的珍玩只有两件，其中一件已经遗失多年。最近我在维也纳的一家典当……哦，不，一间不知名的博物馆里发现并购买了它，我想买下你的藏品，你只管出个价吧。'

"'哦，苍天啊！'斯卡德叫道，'我说教授，你当真找到了另一件？你说让我出售？我康纳里乌斯·斯卡德想要拥有的东西是绝不会卖出去的。教授，你把那雕件带来了吗？'

"我把那玩意儿拿给他看，他翻来覆去地仔细查看。

"'没错！'他说，'和我收藏的那件一模一样，每根直线和曲线都分毫不差。实话告诉你吧，我不会出售自己的藏品，不过我想出价两千五百美元，买下你这件宝贝。'

"'既然你不肯出售，'我说，'那就换我做卖家吧。闲话少说，请用大额钞票支付。今晚我要返回纽约，明天我还要在水族馆做个讲座。'

"斯卡德签了一张支票，让旅店的人拿去兑付。之后他带着那件古玩走了，而我则按照之前的计划，匆忙跑回安迪所在的旅馆。

"安迪在房间里来回踱步，不时看看表。

"'怎么样？'他问道。

"'弄到了两千五，'我说，'都是现钞。'

"'还有十一分钟。'安迪说，'快去拿你的行李，我们得赶上从巴尔的摩开往俄亥俄的西向列车。'

"'干吗火急火燎的？'我问道，'那可是你情我愿的规矩生意。即便那只是一件赝品，他也要花点时间才能看出来。何况他好像很肯定那就是真品……'

"'那就是真品，'安迪说，'就是他收藏的那一件。昨天我去参观他的古玩室时，他正好离开了一会儿，我就顺手拿来了……我说你能不能快点，赶紧去拿你的行李箱啊！'

"我问道：'那你为什么告诉我你是在一家典当行发现的……'

"'啊，那个嘛，'安迪回答，'那不过是为了安抚你的良心……快点吧！'"

我们选择的道路

"落日快车"停在图森以西二十英里处加水。然而,这辆闻名遐迩的快车得到的不仅是水,还招来了一件倒霉事。

正当列车的司炉工把汲水管放到地面上的时候,鲍勃·提保尔、"大鲨"汤森以及拥有四分之一克里克印第安人血统的"大狗"约翰爬上了火车头。他们掏出自己随身携带的武器,转瞬间三个黑洞洞的枪口便对准了列车司机。司机很清楚这些枪口会吐出什么东西,他马上举手投降,不由自主地叫了一声:"不会吧!"

"大鲨"汤森是这一伙劫匪的头儿,他简洁明了地命令司机跳到地面上,把连接煤水车和火车头的搭钩松开。"大狗"约翰蹲伏在煤水车上,用两支枪对准司机和司炉工,瞧他那模样,仿佛这不过是个有趣的游戏。他命令那两人把火车头开到五十码之外,然后听候命令。

车厢里的乘客就如同含金量很低的矿石,从他们身上掏摸不到几个钱,"大鲨"汤森和鲍勃·提保尔也懒得费这番工夫,他们径直朝列车上的"大金矿"奔去。车上的报务员还以为"落日快车"只是停下来加水，并没有意识到危险刺激之事已然发生。鲍勃拿起左轮手枪，用枪把对着他的脑袋瓜来了一记，让他打消了这个幻象。与此同时，"大鲨"汤森已经把炸药绑在保险箱门上。

只听一声轰鸣，敞开的保险箱里露出价值三万美元的现钞和金子。其他车厢里的乘客只是漫不经心地把头探出车窗外，看看是哪一片云彩带来了雷电。列车长拉拉铃索，然而那根绳索经他一拉就软塌塌地掉落在地上。"大鲨"汤森和鲍勃·提保尔将"战利品"塞进一个结实的帆布袋里。他们拎起袋子跳下车，跟跟跄跄地踩着高跟靴，朝火车头奔去。

列车司机憋了一肚子火，不过他还算聪明，照着劫匪的指示迅速将火车头开出去，把瘫在原地的车厢抛在身后。然而，在火车头开到既定地点之前，报务员已经醒了过来。刚才鲍勃·提保尔那一记重击让他动弹不得，可现在他却拿起一支步枪，从车厢中跳出来，为这场游戏增添了几分变数。此时蹲伏在煤水车上的"大狗"约翰挪动了一下——这一愚蠢之举让他成为一个活靶子。报务员开了一枪，正好打中他的肩胛，让这个拥有克里克印第安人血统的扒车英雄滚落到地面上，也让他那两个同伙分到的赃款增加了六分之一。

火车头向前开了两英里之后，劫匪命令司机停车。

两名劫匪大大咧咧地挥挥手，以示告别。他们爬下一段陡坡，钻进一片沿着铁路生长的密林。五分钟后，他们穿过灌木丛，来到一片林间开阔地。三匹马被拴在低矮的枝丫上，其中一匹正是"大狗"约翰的坐骑，然而它的主人无论如何也没法再骑马了。两名劫匪卸下这匹马的鞍鞯缰绳，把它放走了。之后他们骑上另外两匹马，把装满赃款的帆布袋搁在其中一匹马的鞍头上。他们不敢大意，策马飞奔，穿过树林，来到一个人迹罕至的山谷。在这荒凉之地，鲍勃·提保尔的坐骑在一块长满青苔的岩石上滑倒了，摔断了一条前腿。他们马上将一发子弹送进那牲畜的脑门里，送它上西天。之后他们坐下来，对"逃跑计划"进行讨论。他们刚才走的是一条九曲回肠的小径，现在已经基本安全了，也用不着太赶时间。即便是行动最敏捷的民兵团，也要花上很多时间长途跋涉才能追上他们。他们给"大鲨"汤森的坐骑松开鞍带，那气喘吁吁的牲畜满怀感激地在一条溪流的岸边吃草，缰绳拖垂在地。鲍勃·提保尔打开帆布袋，把手探进去。当他把手缩回来的时候，手中满满地攥着几沓捆扎得整整齐齐的钞票和一袋金币。他像个孩子似的咯咯直笑。

"我说你真是天生的强盗头子！"他开心地朝汤森叫道，"你说我们铁定能大赚一笔，你实在是太有才了！任何一列在亚利桑那州行驶的列车都逃不出你的掌心！"

"我们上哪儿去给你弄一匹马呢，鲍勃？我们不能在这儿耽搁太久，天亮之前他们就能发现我们的踪迹，沿着这条路追上来。"

"我想你那匹印第安小马可以载我们俩跑一段。"乐观的鲍勃说道，"之后我们看到第一匹马就把它夺过来。老天爷！这回我们赚大发了！你说是不是？看这上面的标签——这袋宝贝值三万美元，我们每人能拿到一万五！"

"没我预想的多。""大鲨"汤森用靴尖轻轻地踢踢袋子，之后他阴郁地看着自己的坐骑——那匹马精疲力竭，两肋已经被汗浸透了。

"老玻利瓦尔撑不了多久。"他缓缓说道，"如果你的那匹栗色马没有摔断腿就好了。"

"我也是这么想的。"鲍勃由衷地说道，"不过这也是没法子的事。玻利瓦尔很有韧劲，它大可以驮着我们跑一段，直到我们找到新的坐骑为止……说实在的，大鲨，你是从东部来的，可你干起扒车抢劫的玩命勾当，把我们这些西部佬儿都比下去了。这实在是太有意思了！你到底是从东部哪儿来的？"

"我是从纽约州来的。""大鲨"汤森在一块岩石上坐下，嘴里嚼着一根树枝，"我出生在恩斯特郡的一个农场，十七岁的时候便离家出走了。我来到西部也是机缘巧合。当时我把衣服打成一个包袱，扛在肩上，沿着一条路往前走。我原本想去纽约市，打算去那儿赚很多很多的钱。我觉得自己一定能心想事成。一天傍晚，我来到一个岔路口，拿不准该往哪边走。我在那儿想了半个小时，最后选了左手边的那条路。当天晚上我来到一个'狂野西部表演团'的营地，这群人在一个个小市镇之间巡回演出，于是我就跟着他们来到了西部。我经常想，如果走另一条路的话，我的际遇是否会和现在有所不同。"

"我觉得不会有啥不同，"鲍勃·提保尔开心地回应道，他的语气里多了几分哲人的气度，"我们选择哪一条路并不重要，是内在的东西把我们造就成现在这个样子的。"

"大鲨"汤森站起来，靠在一棵树上。

"如果你那匹栗色马没有摔断腿就好了，鲍勃。"他用一种近乎悲悯的语气重复道。

"没错，"鲍勃附和道，"在驽马里面它也算是好的了……不过玻利瓦尔可以载着我们度过这一劫。我们还是快动身吧……你说对吧，大鲨？等我把这些钱收拾好，我们又可以继续上路，找个安全的地方躲起来。"

鲍勃·提保尔把赃款放回帆布袋里，用一根绳子把袋口扎牢。当他抬起头的时候，首先映入他眼帘的是黑洞洞的枪口——"大鲨"汤森正端着自己那支点四五的手枪，一动不动地对着他。

"别开玩笑了。"鲍勃咧嘴一笑，"我们得赶紧上路了。"

"别动！"大鲨叫道，"你用不着上路了，鲍勃。我不想对你说这些话，不过我们中只有一个人能逃出生天。玻利瓦尔已经累坏了，它驮不动两个人。"

"'大鲨'汤森，这三年来我们可一直都是搭档啊。"鲍勃波澜不惊地说道，"我们不止一次出生入死，我待你可不薄啊。我一直认为你是个男子汉。我也听说过那些流言，说你曾经用不大光彩的手法杀死了一两个人，可我从来都不信。我觉得现在你只是跟我开开玩笑……行了，大鲨，把枪收起来吧，让我们俩骑上玻利瓦尔继续赶路吧……如果你是来真的，那你只管开枪好了，你这个黑心肝的龟孙子！"

"大鲨"汤森的脸上现出一抹深沉的哀痛。"鲍勃，当你那匹栗色马摔断腿的时候，"他叹口气，"你不知道我心里有多难受。"

汤森脸上的哀痛突然一扫而空，取而代之的是冷酷残忍，其中还夹杂着无情和贪婪。刹那之间，这个人的真性情突然显露出来，就如同一栋颇为体面的房子窗户上突然浮现出一张吓人的鬼脸。

没错，鲍勃·提保尔无法再上路了。他那位虚情假意的朋友举着点四五的手枪，扣动了扳机。那致命的武器发出一声咆哮，化作愤怒的回声在山壁之间回荡。玻利瓦尔并没有意识到自己已经成为共犯，最后它驮着"落日快车"劫案中最后一个幸存的劫匪，迈着轻快的步伐向前奔去——它再也用不着驮着两个亡命之徒了。

"大鲨"汤森策马飞奔，周围的树林渐渐消失，他右手握着的左轮手枪慢慢化为一把红木椅的弯扶手；他身下的马鞍渐渐化为一个软和的椅垫，感觉颇为奇异。当他睁开双眼，看到自己的双脚并没有踩在马镫里，而是安安静静地搁在一张橡木方桌的边缘。

看官，我在此处郑重向你宣告：身为华尔街股票经纪人的汤森，汤森－戴克公司的汤森，慢慢睁开了双眼。他的机要秘书皮博迪站在他的椅子旁，迟迟疑疑、吞吞吐吐。楼下传来嘈杂的车声，还有一台电风扇发出令人安心的嗡嗡响声。

"啊哈，皮博迪！"汤森眨眨眼，"我肯定是打了个盹儿，做了一个最为离奇的梦……有什么事，皮博迪？"

"老板，特雷西－威廉斯公司的威廉斯先生正在外面等着。您大概还记得吧？之前他用手里的艾威仁股票做抵押融资，之后失手了，现在他不得不赎回股票去填窟窿。"

"我记得这事。今天艾威仁股票报价多少，皮博迪？"

"每股一美元八十五美分，老板。"

"那就按这个价让他赎回。"

"对不起，老板，"皮博迪颇为不安，"我知道自己不该多嘴……不过我刚才和威廉斯先生谈过了。他可是您的老朋友了，汤森先生，而您现在又垄断了艾威仁股票。我觉得……或许您还记得当时他把股票抵押给您的时候要价是每股九十八美分。如果要他按照今天的市场价赎回，他肯定就要倾家荡产了……"

汤森脸色突变，冷酷残忍浮现在他的脸上，其中还夹杂着无情和贪婪。刹那之间，这个人的真性情突然显露出来，就如同一栋颇为体面的房子窗户上突然浮现出一张吓人的鬼脸。

"他必须按照每股一美元八十五美分赎回。"汤森说，"玻利瓦尔驮不动两个人。"

刎颈之交

我打猎归来，来到新墨西哥州一个名为洛斯皮诺斯的小镇上等候南下的火车。火车晚点一个钟头，我坐在峰顶旅店的门廊里，和旅店的店主塔里马科斯·希克斯讨论人生的意义。

希克斯的左耳残缺不全。我打量着这个人——看样子他也不像那种随时会舞刀弄枪的暴脾气的人，于是我问他究竟是哪种野兽给他留下了这样的伤痕。作为一个猎人，我深知类似的倒霉事在逐猎之中时有发生。

"这耳朵上的伤嘛……"塔里马科斯说，"是一段真挚的友谊留下的纪念。"

"是一次事故造成的吗？"我追问道。

"友谊怎么会是事故呢？"塔里马科斯说。

我不再多问，而店主塔里马科斯继续说道："据我所知，最为真挚的友谊存在于一个康涅狄格人和一只猴子之间——这事发生在巴兰基利亚。那猴子爬上椰子树，摘下椰子扔给那人。那家伙把椰子锯成两半，做成水瓢叫卖。每个水瓢要价两个雷阿尔[1]，换来的钱他就用来买朗姆酒。而椰子汁则归那猴子所有。双方各取所需，心满意足，一人一猴情同手足。"

"然而，人和人之间的友谊变幻无常，稍纵即逝，稍不留神就会戛然而止。

"我曾经有过一个朋友，他的名字叫帕斯利·费瑟。我曾经以为我们俩之间的友谊牢不可破，永世长存。我和他混在一起也有七年了，我们一起挖矿、赶羊、拍照、拉铁丝网、捡拾李子、打理牧场、推销专利黄油搅拌器……我以为无论是凶杀、谄媚、金钱、诡辩还是酗酒，都无法撼动我和帕斯利·费瑟的友情。这份友情之深厚，远超出你的想象。我们是生意上的合作伙伴，不仅如此，我们还让这份友情延伸至闲暇时光，为我们的娱乐生活增色添辉。在那时候，我们简直就像达蒙和皮西厄斯一样[2]，真可谓是'刎颈之交'。

"某年夏天，我和帕斯利跑下圣安德烈斯山脉，打算歇息一个月，找找乐子。我们穿上最好的衣裳，打扮得整整齐齐，来到这个叫作洛斯皮诺斯的小镇。这个小镇位于这一带的最高处，如同一片屋顶花园，是一片流淌着奶与蜜的丰饶之地[3]。这里有一两条街道，空气不错，有一个饭馆，还有鸡可吃 —— 对我们来说这就足够了。

1　雷阿尔：旧时西班牙和南美国家货币单位。
2　达蒙和皮西厄斯：欧洲传说故事中的人物。皮西厄斯被判处死刑，为了让他回家探望亲人，他的好朋友达蒙作为人质留在监狱中。如果皮西厄斯不能按时返回，达蒙就代替他赴死。最后皮西厄斯及时赶回，深受感动的国王将两人释放。因此，在英语中，"Damon and Pythias"意味着"刎颈之交"。
3　《出埃及记》中上帝命摩西把古以色列人领出埃及，到迦南去，即"流奶与蜜之地"。

"我们在晚餐时分来到这个小镇，决定到这家位于铁路旁的饭店看看，尝尝这里的手艺如何。我们在餐桌旁就座，用餐刀将粘在红色油布上的餐盘撬起来。就在这时，寡妇杰西普端着热乎乎的饼干和油炸肝走了进来。

"这是一个富有魅力的女人，即便是鳕鱼见了她都会动情。她不肥不瘦，亲切和蔼，让身边的人都不由得为她心醉。她的一张脸红扑扑的——表明她性情柔顺，擅长烹饪。她的微笑可以唤醒十二月的山茱萸，让它们在寒冬里绽放。

"寡妇杰西普和我们絮叨了好一阵，聊了聊天气、历史、丁尼生[1]、李果、羊肉有多难买……最后她终于问我们是打哪儿来的。

"'春谷。'我答道。

"'是大春谷。'嘴里塞满土豆和火腿骨头的帕斯利插了一句。

"这是我第一次发现不对劲了——我和帕斯利之间的真挚友谊即将走向终结，永远不可修复。他明知我讨厌多嘴的人，可他还是要插嘴，为我拾遗补漏，纠正我的措辞。没错，在地图上那地方是叫'大春谷'，可帕斯利自己也管那里叫'春谷'——我听他说'春谷'也有不下一千遍了。

"我们不再多说。吃完晚饭之后，我们俩走出门，坐在铁轨上。长久以来我们一直是合作伙伴，当然知道对方的心思。

"'我想你也知道，'帕斯利开口了，'我已经决定让那位寡

1　丁尼生（1809—1892），英国维多利亚时期的桂冠诗人。

妇成为我的永久不动产，从家庭、社会、法律等方面来看皆是如此，唯有死亡才能让我们分开。'

"'好吧。'我说，'你说得不多，不过我也听出了言外之意。我希望你明白——我正致力于让那位寡妇把自己的姓氏改为我的姓氏希克斯。而你呢，到时你大可以写信去报纸的社会新闻专栏打听一下，看看我俩婚礼上的伴郎是不是佩戴着山茶花，是不是穿着无缝袜！'

"'你的如意算盘可打错了。'帕斯利嚼着一片枕木的碎屑，'在绝大多数日常事务上我都会让着你，可这事不同。那位太太的微笑如同危险的漩涡，足以让坚固的友谊小船倾覆解体。如果一头熊惹恼了你，我可以和它搏斗；如果你欠了钱，我可以为你担保；我甚至还可以像以前一样，用肥皂樟脑擦剂为你按摩肩膀。可是在这件事情上，我可不会跟你客气。老实告诉你，在追求杰西普太太这件事情上，我们各干各的，公平相待。'

"我仔细思考了一会儿，之后提出了以下规则和附则：

"'男人之间的友谊是一种历史悠久的美德，'我说，'这起源于远古时代，当时男人们必须互相保护，合力对抗长着八十英尺长尾巴的蜥蜴和会飞的海龟。这种习惯一直延续至今，他们依然并肩作战，直到某个侍应生跑来告诉他们那可怕的动物根本不存在。我时常听说女人插到两个好朋友之间，让他们的友谊小船说翻就翻——为什么非要闹到这个地步？实话告诉你，帕斯利，当我们第一眼看到端着热饼干的杰西普太太时，我们的心都有一丝悸动。让我们之中的最优者赢得她吧。我和你公平竞争，绝不搞小动作。我对她的追求完全当着你的面进行，而你也拥有平等

的机会。如此一来，无论谁胜出，我们的友谊大轮船也不会在你所说的危险漩涡中遭遇灭顶之灾。'

"'好家伙，真有你的！'帕斯利和我握握手，'我会照做的。我们俩同时追求那位太太。大多数情敌要么假惺惺地谦让，要么斗个你死我活，而我们不用虚礼客套，也不用互相残杀。无论谁赢，我们还是朋友。'

"杰西普太太的饭店旁边有一条躲在树荫里的长凳。当搭乘南下火车的乘客们吃完饭离开之后，杰西普太太经常在那条长凳上坐一坐透透风。而我和帕斯利经常在吃过晚饭之后来这里聚集，以我们各自的方式向这位太太求爱。在向这位太太示爱的时候，我们光明正大，却又畏首畏尾。如果我们哪一个先到那儿，总要等另一个到了之后才开始向杰西普太太献殷勤。

"杰西普太太也知晓了我们的安排。在那天晚上，我赶在帕斯利之前来到长凳那儿。当时晚餐刚刚结束，杰西普太太穿着整洁的粉色衣裙，看上去清新可人——这的确是追求她的好时机。

"我在她身边坐下，聊了几句周围的自然景致以及其中蕴含的深意。当晚的夜色也很应景：月亮恰到好处地挂在夜空中烘托气氛；树木遵照自然和科学的法则，洒下片片树影；灌木丛中，蚊母鸟、黄鹂、长耳兔以及其他昆虫禽鸟掀起一片悦耳的喧嚣；从山峦上吹来的晚风掠过铁轨旁的一堆空罐头瓶，发出类似单簧口琴的声响。

"我感觉左侧胸膛中有一丝悸动，就如同放在火边瓦盆里的面团在不断膨胀。是杰西普太太凑得太近了。

"'啊，希克斯先生。'她说，'对于一个孤独的人来说，这美丽的夜晚让她感触更深——你说是不是？'

"我马上从长椅上跳起来。

"'抱歉，太太。'我说，'对于这个具有诱惑性的问题，我必须等帕斯利来了才能做出答复。'

"之后我向她解释我和帕斯利已经是多年的好朋友了，我们一起四处漂泊，甘苦与共。我告诉她我们两在追求爱情的道路上不能因一时之便或感情冲动而占对方便宜。杰西普太太一本正经地考虑了一会儿，之后哈哈大笑，她的笑声在周围的树林里回荡。

"几分钟之后，头上抹着柠檬香油的帕斯利来了。他在杰西普太太的另一侧坐下，开始滔滔不绝地讲起一个悲惨的故事——这故事发生在 1895 年，桑塔丽塔山谷遭逢了为时九个月的大旱灾，死了不少牛，帕斯利和一个诨名为'大饼脸兰姆利'的家伙比赛剥牛皮，赌注是一个镶银马鞍。

"在这场求爱比赛之中，我从一开始就把帕斯利·费瑟比下去了，他根本没有翻盘的可能。为了触动女性心灵的柔弱之处，我们采取了截然不同的策略。帕斯利的策略是讲述精彩的惊险故事——这些故事或是他的亲身经历，或是他从书报上看来的。他想通过这些故事打动女人，结果却把她吓坏了。我想他这种以惊险故事征服女人心的手法应该源自莎士比亚的戏剧。那出戏我也看过，名字叫作《奥赛罗》。我记得在那出戏里，一个黑人想要赢得一个公爵女儿的芳心，他就这样滔滔不绝地大谈特谈，他所说的不过是将瑞德·哈格德的小说、卢·道克斯达德的电影以及帕克赫斯特博士的演说[1]合为一体的长篇大论。这种求爱方法下了舞台可就不好使了。

"让我告诉你怎样才能哄得一个女人心甘情愿地嫁给你跟你姓——如果你学会了如何牵她的手,那她就是你的人了。说实在的,这可不容易。有的人牵手的时候用力过猛,简直就像是要给人接骨复位。看他们那模样,你甚至能闻到疗伤药膏的气味,听到撕扯纱布的声音。还有的人和女人牵手的时候仿佛抓着一块滚烫的马蹄铁,手臂伸得老长,就像一个药剂师正在往瓶子里装阿魏酊。而大多数人抓住一位女士的手,便在她眼前拖来拖去,就像是一个男孩在草丛里捡到一个棒球,一定要提醒她这只手正长在她自己的胳膊上。这些牵手的方式统统都不对。

"我告诉你什么才是正确的牵手方式。想象一下,一个人来到后院,后院的篱笆墙上坐着一只公猫,正死死盯着他,那人偷偷捡起一块石头,准备砸向那只公猫——你也见过类似的情形吧?他假装自己手里空无一物,那只猫不看他,他也不看那只猫——对了,就是这个意思!别把她的手拖到她看得到的地方。她意识到你正牵着她的手,可她以为你不知道。而你呢,你可不能让她觉察到自己已经看透了她的心思。我的求爱策略就是这样,而帕斯利只会一个劲地大谈特谈打斗和悲惨的遭遇——我看他还不如对着她念一份冗长的周日列车时刻表呢。

"某天晚上,我先帕斯利一步,坐到那条长凳上,足足比他

1　瑞德·哈格德(1856—1925),英国作家,擅长写惊险的探险故事。卢·道克斯达德(1856—1924),美国演员。帕克赫斯特博士(1842—1933),19世纪至20世纪美国的社会活动家。

早了一袋烟的工夫。在那一刻，我的友谊暂时退居次位了。当时我问杰西普太太在签名的时候'希'是不是比'杰'更好写，她马上把脑袋凑过来，压坏了我插在纽扣孔里的夹竹桃花。我本该迎上去，可我没有那么做。

"'抱歉。'我站了起来，'我们必须等帕斯利来了之后才能进行下去。在与友谊相关的事情上，我向来都是光明正大，而且这么做也不公平……'

"'我说希克斯先生，'坐在暗处的杰西普太太盯着我，目光颇为诡异，'要不是我另有考虑，我就让你滚出这个山谷，禁止你上我家的门。'

"'敢问这是为什么呢，夫人？'我问道。

"'一个忠诚的朋友自然也是一个忠诚的丈夫。'她回答。

"不到五分钟，帕斯利就来了，他在杰西普太太的另一边坐下。

"'那是1898年的银城，'他又开始讲起了故事，'当年夏天，我亲眼看见吉姆·巴托罗缪把一个华人的耳朵咬了下来。这事发生在蓝灯酒吧，起因不过是为了争夺一件十字平纹细布衬衫……什么声音？'

"之前杰西普太太和我亲热的时候被打断了，现在我正在完成这件未竟之事。

"'杰西普太太已经答应把姓氏改成希克斯了。'我说，'我们不过是在进行验证。'

"帕斯利将自己的腿绕到一根凳腿上，发出几声呻吟。

"'我说塔里马，'他说，'我们也是七年的老朋友了，你在

亲吻杰西普太太的时候别闹出那么大响动行不行？如果换成是我，我肯定会帮这个忙的。'

"'行啊，'我答道，'小声一点也没问题。'

"'那个华人曾经在 1897 年春天枪杀了一个名叫马林斯的家伙，'帕斯利继续讲他的故事，'然后……'

"帕斯利又停了下来。

"'塔里马，'他说，'如果你还当我是朋友，就不会那么用力地拥抱杰西普太太了。我感觉整条长凳晃得厉害。你说过只要有可能，就和我公平竞争——你还记得吧？'

"'我说这位先生，'杰西普太太转身对帕斯利说，'假如二十五年后你来参加我和希克斯先生的银婚庆典，你是不是还以为自己有机会赢得我的芳心？你这个榆木脑袋！我忍了你好久了——这都是看在你是希克斯先生的朋友的分儿上。不过现在我想让你赶紧滚下山，哪儿凉快上哪儿去！'

"'杰西普太太，'我作为未婚夫掌控大局，'帕斯利先生是我的朋友，而且我也曾经说过，只要有可能，我就要给他平等的机会进行竞争。'

"'平等的机会！'杰西普太太叫道，'他以为自己还有机会！不过今晚等他目睹身边发生的这一切，我想他也明白自己没有半点指望了。'

"一个月后，我和杰西普太太就在洛斯皮诺斯的卫理公会教堂举行了婚礼，全镇人都跑来凑热闹。

"我和杰西普太太站在前排，牧师正准备举行婚礼仪式。这时，我四处张望，没看到帕斯利的身影。我马上让牧师停下来。

'帕斯利还没有来，'我说，'我们得等等他。一日为友，终身为友——我塔里马科斯·希克斯就是这样的人。这时，杰西普太太的眼睛眨巴了一下，闪现出两团怒火，不过牧师还是照我说的停了下来。

"几分钟之后，帕斯利沿着教堂的甬道跑进来，急急忙忙地把袖扣别在衣袖上。他解释说镇上唯一一家服装店停止营业了，那店主也跑来参加婚礼了，而他只想穿那种上过浆的衬衫，可是没法弄到，最后他只得打破服装店的后窗，自己动手找了些衣服。帕斯利站在新娘身边，婚礼继续进行。我觉得帕斯利心里还残存一丝希望，他还妄想在最后一刻，牧师一时粗心大意，让他和杰西普太太喜结连理。

"婚礼结束之后，大家一起去喝茶，吃腌羚羊肉和杏子罐头。之后，一众客人纷纷散去。帕斯利最后一个离开，和我握手道别。他说我一向光明磊落，和他公平竞争，还说他为拥有我这样的朋友而自豪。

"那牧师有一栋用来出租的临街小房子，他允许我和杰西普太太……不，现在已经是希克斯太太了……在那房子里住一晚。第二天早上，我们要乘坐十点四十的火车，前往埃尔帕索度蜜月。牧师太太用蜀葵和毒漆藤装点那栋房子，把那里弄得花哨俗丽，颇有几分喜气。

"晚上约十点钟的时候，我在门前坐下，脱下靴子透透风，而希克斯太太在屋里忙活。不一会儿，屋里的灯灭了，而我还坐在门前，回想过去的一幕幕，缅怀逝去的时光。这时，我听到希克斯太太在屋里叫道：'塔里马，你还不进屋吗？'

"'好了，好了，'我作势要站起来，'我要等老帕斯利，然后才能……'"

这时，塔里马科斯·希克斯的故事也快讲完了。"然而，这话我也只说了这半截，"他说，"之后我左耳一痛——感觉就像有人用点四五手枪轰掉了我的耳朵。实际上，那不过是希克斯太太用笤帚给了我一下子。"

华而不实

在走廊尽头那间小卧室里，陶尔斯·钱德勒正在熨晚礼服。一个熨斗正放在小煤气炉上加热，另一个熨斗正在他的手里，有力地来回挪移。不久之后，两条笔直的裤线就会从他的低领马甲下缘一直延伸至他的漆皮鞋上方。关于主人公的衣着我们暂且讲那么多，至于其他的细节……那些没几个钱又要装体面的人总能想出各种遮掩寒酸的权宜之计，余下的细节就交由他们去想象好了。当我们再次看到这个主人公的时候，他正走下公寓门前的阶梯，衣着得体，打扮得一丝不苟。他神色安详，充满自信，相貌英俊——看起来就是一个典型的纽约花花公子，略带一点厌倦的神色，准备迎接一个灯红酒绿的夜晚。

钱德勒在一家建筑师事务所打工，薪水是每周十八美元。他是个二十二岁的小伙子，满心以为建筑就是一门艺术。他打心底里认为纽约的熨斗大厦[1]比不上米兰大教堂——不过在纽约他可不敢大声说出来。

---

[1] 又名福勒大厦，于1902年完工，当时为纽约市最高的大楼。

钱德勒从每周的薪水里挤出一美元，每十周他就能积攒一笔额外的财富。钱德勒用这笔钱和吝啬的时间老人讨价还价，从他的打折商品柜台里买来一个晚上，在这天夜里他大可以摆摆绅士派头。他照着百万富翁和总统的穿着来打扮自己，之后来到城中最繁华最喧闹的角落，吃一顿美味奢华的晚餐。只要有十美元，一个人就可以扮演有钱的浪荡子，而旁人还瞧不出破绽。当然了，这种"魔法"只能维持几个小时。这笔钱足以应付一顿精打细算的晚餐、一瓶名牌酒、一支烟、不失体面的小费、往返的出租车费和其他的一些杂项开支。

这个美妙的夜晚从七十个平平无奇的夜晚中脱颖而出，成为钱德勒永不枯竭的幸福源泉。大家闺秀初涉社交界的首场舞会是一辈子仅有的一次经历，直至两鬓苍苍之时，她们依然会缅怀那个独一无二的舞会，使之成为自己人生中一段美好的回忆。然而对钱德勒来说，这种美好时光每十周便会出现一次，每个夜晚带来的欢乐都如此强烈、如此新鲜、如此激动人心，足以和第一个夜晚媲美。他可以坐在室内棕榈树的树荫下，坐在那些纵情享受生活的人之间，任由似有若无的乐声在耳边萦绕；他仿佛身处人间天堂，任由众人对他行注目礼——相形之下，年轻姑娘的首场舞会和短袖薄纱舞裙又何足为道呢？

钱德勒走上百老汇大道，加入傍晚的"华服游行"之中。在这样的晚上，他不仅是旁观者，也是一个受人瞩目的人物。在接下来的六十九个夜晚，他只能穿着羊绒衫和粗呢裤，或是在不入流的小饭馆里将就一顿，或是在路边小吃摊匆忙果腹，或是在走廊尽头的小卧室里用三明治和啤酒填饱肚子。对于这样的生活他倒也心甘情愿。这个大城市夜夜笙歌，而钱德勒正是这个城市忠实的子民。于他而言，一个出尽风头的夜晚足以抵得过许许多多黯淡乏味的时光。

钱德勒放慢脚步，在一个路口停了下来。灯光璀璨的百老汇大道洋溢着欢乐，在此处和四十几号大街相交会。现在时间还早——假如一个小伙子只能从七十天中抽出一个晚上纵情享乐，他总是希望能延长这欢乐的时光。众人对他行注目礼，那些目光或炯炯有神，或阴森诡谲，或充满好奇，或夹杂钦慕，或饱含挑衅，或暗含诱惑……而钱德勒的打扮和气派足以证明他本人就是一个坚守及时行乐信条的虔诚信徒。

他在一个街角停了下来，寻思着该不该往回走，去那家他时常光顾的饭店。那是一家时髦气派的饭店，在这些精心挑选出来的"奢华之夜"，钱德勒经常上那儿用餐。就在这时，一个姑娘迈着小碎步跑过街角，在一块冻结的残雪上滑了一跤，"砰"的一声摔在人行道上。

钱德勒马上把她扶起来，他温文有礼，满怀关切。那姑娘一瘸一拐地走到一栋楼的墙角，靠在墙上，矜持地向他道谢。

"我的脚好像扭伤了，"她说，"我摔倒时扭了脚踝。"

"很痛吗？"钱德勒问道。

"只有用力时才痛，我看再过一两分钟就没事了。"那姑娘答道。

"我能帮什么忙呢？或许给你叫辆出租车，或者……"钱德勒说。

"谢谢了。"那姑娘声音轻柔，语气恳切，"不用劳烦你了。

我的鞋跟不高，摔这一跤怪不到鞋子上头，只能怪我自己笨手笨脚的。"

钱德勒打量这个姑娘，他发现自己很快就被她吸引了。她端庄娴雅，容貌秀丽，眼眸中闪现着温柔和欢欣。她身上穿着朴素的黑色衣裙，看起来这身衣裳不值几个钱，与女售货员穿的制服颇为相似；她头上戴着一顶廉价的黑色草帽，帽子上唯一的装饰是一条打成蝴蝶结的天鹅绒缎带，几绺深褐色的卷发从帽子下方露出来。她看上去就是一个靠自己打工糊口的女孩，足以为那些自食其力的年轻姑娘树立典范。

突然之间，一个念头在年轻建筑师的脑海里闪现——他可以邀请这个姑娘和他共进晚餐。他每隔一段时间就能享受一顿奢华的晚餐，可是只能孤零零地赴宴，总感觉缺了点什么。而眼前这个姑娘可以弥补这种缺憾，她可以为钱德勒那短暂的奢华时光增色添辉，让他从中汲取双倍的乐趣。他很肯定这个姑娘是一位淑女——她的言语和风度已经证明了这一点。尽管她的着装过于朴素，他还是很乐意和她在同一张餐桌旁落座。

这些想法飞快地在他的脑海里掠过，他决定邀请她共进晚餐。当然了，这么做不合规矩，不过自食其力的姑娘们向来对这些繁文缛节不屑一顾。她们看男人的眼光很独到，她们相信自己对男人的判断，把那些无用的规矩俗套抛诸脑后。如果精打细算的话，钱德勒身上的十美元足可以让两个人美美地吃上一顿。对于这个姑娘来说，这次美妙的经历必定能为她那一成不变的乏味生活添上一抹亮色。对此，她必定会热情洋溢地表示感谢和赞赏，而这又能为钱德勒的欢乐和成就感锦上添花。

他坦诚而庄重地对那姑娘说："我看你的脚需要一段时间才能恢复，或许比你想象的时间要长。我有一个建议，让你的脚踝有充足的时间得以恢复，同时也算是请你帮我一个小忙。我正要去吃晚餐，就我一个人，恰好又碰到你在这街角摔了一跤……这样吧，你和我一起去，舒舒服服地吃一顿，快快乐乐地聊聊天。等到吃完饭的时候，你的脚踝必定已经恢复，可以支撑着你走回家了。"

那姑娘飞快地扫了钱德勒一眼，看看他那清秀而亲切的面容。她的眼眸忽闪一下，之后她露出天真的微笑。

"可我们并不认识啊，这样不大妥当吧？"她迟疑地问道。

"没什么不妥当的。"钱德勒坦诚地说，"我先进行自我介绍——我名叫陶尔斯·钱德勒。我会尽我所能，让你开开心心地吃完这顿饭。之后我就和你道别，或是护送你安全到家——你想怎样都行。"

"可是……天啊！"姑娘扫了一眼钱德勒那无懈可击的服饰，"我穿着这身旧衣裳，还有这顶帽子！"

"这也没什么。"钱德勒开心地说，"没错，我们去的那个地方会有很多衣着考究的人，不过我敢肯定你比那些打扮得最精致的人都要漂亮。"

"我的脚踝还疼着呢。"那姑娘试着一瘸一拐地走了一两步，"我想我可以接受你的邀请，钱德勒先生。你可以管我叫……玛丽安小姐。"

"来吧，玛丽安小姐。"年轻的建筑师很开心，不过依然彬彬有礼，"不用走很远，再穿过一条街就有一家很体面的饭店。你可以扶着我的胳膊，慢慢地走……一个人吃饭实在太寂寞了，说实在的，你刚才在冰雪上滑了一跤，倒算是成全了我呢。"

两人走进一家饭店，在一张打点得整整齐齐的餐桌旁就座，一个干练的侍应生在他们身边忙活。这种周而复始的"奢华之夜"向来都能让钱德勒体验到纯粹的欢乐，现在这种愉悦又油然而生。

钱德勒常去光顾的那家饭店也位于百老汇大道上，还要再走一段才能到。那家饭店更浮华、更矫揉造作，不过眼前的这一家也相去不远：饭店里客人不少，坐在一张张餐桌旁的客人看起来日子过得都挺滋润；这里还有一个上档次的乐队，乐手们正演奏着轻柔的乐曲，让客人们可以听着音乐愉快地交谈；这里的菜品和服务无可挑剔。尽管和钱德勒一起进餐的姑娘穿着廉价衣裙，戴着廉价的帽子，可她自有一种与众不同的气度，为上天赋予她的秀丽脸庞和曼妙身材增色添辉。果不其然，她被钱德勒那活泼而矜持的风度所吸引，被他那双坦诚而火热的蓝色眼眸所吸引。她看着钱德勒，一抹近乎爱慕的神色浮现在她那秀丽的脸庞上。

不久之后，矫揉造作的细菌、夸夸其谈的病毒、装腔作势的瘟疫以及曼哈顿的癫狂感染了钱德勒。现在他正在百老汇的一家饭店里，身处典雅浮华之中，众人对他行注目礼。在这喜剧的舞台上，就在今晚，他要扮演一只时髦的花蝴蝶，一个有钱有品位的纨绔子弟。他已经打扮整齐，即将登台，守护他的所有善心天使都没法阻止他。

他开始和玛丽安小姐谈起俱乐部、茶会、高尔夫球、骑马、猎犬、舞会、出国旅游，还隐约提起自己的一艘游艇正停泊在拉奇蒙特码头。他看得出自己这些漫无边际的大话给那姑娘留下了深刻的印象。为了进一步加深这种印象，他又漫不经心地提起几个人名——普通人听到这些意味着巨额财富的姓名必定会肃然起敬。他的语气颇为亲热，仿佛这些人都是他的老熟人。这是属于钱德勒的辉煌时刻，他必须尽其所能，拼命榨取最美味的精华。他的自我不断膨胀，化作冉冉升起的薄雾，横亘在他和所有事物之间。不过他不时能看到那位姑娘如同真金，在这薄雾中熠熠生辉。

"你所说的这种生活方式听起来多么空虚无聊，毫无意义。"那姑娘说道，"你就不能干点正经活儿吗？那样会令你对这个世界更感兴趣。"

"亲爱的玛丽安小姐！"钱德勒叫道，"干活儿！想想看，每吃一顿饭都要打扮得整整齐齐，一个下午要跑五六家去串门，每个街角都有警察死死地盯着你，只要你的车开得比驴车稍快一点，他们就扑上来把你扭送到局子里去——我们这些无所事事的人才是这世上最辛苦的。"

晚饭结束之后，钱德勒慷慨大方地打赏了侍应生，之后两个人走到之前相遇的街角。此时玛丽安小姐已经能正常走路了，几乎看不出步履蹒跚的模样。

"谢谢你请我吃饭。"她坦诚地说，"我得回家了，很高兴能和你共进晚餐，钱德勒先生。"

钱德勒和那姑娘握握手，他的脸上露出真挚的微笑，嘴里念叨着要上俱乐部去打打桥牌。他看着姑娘的背影，看了好一会儿，看着她快步向东边走去。之后钱德勒叫了一辆出租车，慢悠悠悠地回到家里。

在那冰冷的小卧室里，钱德勒把自己的晚礼服收拾好，让这身行头在接下来的六十九天好好休息。他若有所思地自言自语："真是一个漂亮姑娘。虽说她只是个打工妹，不过我敢肯定她为人也不错。或许我不该对她吹牛，应该和她实话实说……嗨！算了吧！我得对得起这身衣裳啊！"

在一个名为曼哈顿的部落里，有一栋小棚屋，一个生长于斯的勇士发表了上述豪言壮语。

另一边厢，那姑娘和款待自己的人道别之后，飞快穿过市区。她向东而行，走过两个街区，来到一栋典雅宁静的大宅门前。在宅邸门前的林荫大道上经常能看到等级不一的有钱人来来往往、进进出出。姑娘匆忙走进大宅，走上一段楼梯，走进一个房间。另一个年轻漂亮的姑娘待在房间里，身上穿着一袭奢华的家常服，正焦急地朝窗外张望。

当她走进门的时候，房间里那位较为年长的姑娘叫道："哈！你这疯丫头！你干吗要这样吓唬我们大家？你穿着这身旧衣裳，戴着玛丽的帽子，就这样跑出去，逛荡了两个小时才回来。妈妈急死了，她已经叫路易斯开车去找你。你这个坏丫头，一点都不为其他人着想。"

年长的姑娘按一下铃，片刻之后一个女仆走了进来。

"玛丽，告诉妈妈，玛丽安小姐已经回来了。"

"别骂我了，姐姐。"玛丽安说道，"我只是去了提欧女士的裁缝店，告诉她那衣服的嵌绣要紫色的不要粉色的。我觉得这身旧衣裳和玛丽的帽子正合适，我敢肯定，所有人都以为我是一个女售货员。"

"你回来得太晚了，晚餐已经结束了。"

"我知道。我在人行道上滑了一跤，扭伤了脚踝，一时之间走不了路。我一瘸一拐地走进一家饭店，在那儿坐了一会儿，等到稍好一点了再走回家，所以才耽搁了那么久。"

两个姑娘坐在窗台上，看着窗外林荫道上的璀璨灯火和车水马龙。玛丽安把脑袋枕在姐姐的腿上。

"我们总要嫁人的……"她神思恍惚地说，"我们俩都得嫁人。我们家太有钱了，可不能让大家失望。姐姐，你想不想知道我理想中的爱人是什么样的？"

"说吧，你这个胡思乱想的丫头！"姐姐微笑着说道。

"我的爱人长着一双温柔的深蓝色眼睛，他即便是遇上一个穷苦女孩也会和和气气，体贴相待；他相貌英俊，为人很好，不会打情骂俏。不过他必须有理想有目标，在这世上有份工作，那样我才会爱上他。我不在乎他有多穷，我可以帮他成就一番事业。可是亲爱的姐姐，我们只会遇上那种人——他们无所事事，闲游浪荡，在社交场所和俱乐部之间穿梭游走。我绝不会爱上这样的人——哪怕他有一对蓝色的眼睛，哪怕他对一个在街头碰到的穷苦女孩和和气气，亲切体贴，我也不会爱上他。"

比绵塔薄饼

当时我们正在弗里欧谷地，把一群烙着三角形加圆圈印记的牛拢在一块儿。好巧不巧，一棵枯死的牧豆树伸出一根枝丫，挂住了我的木质马镫，害我扭了脚。于是，我只得在营地里休息一个星期。

我被迫享受一段强加于我的悠闲时光。到了第三天，我爬到营地的炊事车旁，任由营地的厨子贾德森·奥登用连珠炮似的话语对我狂轰滥炸，我却毫无还手之力。贾德森天生就是一个话痨，只是粗心大意的命运让他扮演了厨子的角色，绝大部分时间他都找不到一个听众。

因此，在贾德森那听者寥寥的沙漠中，我就如同从天而降的甘霖。

不久之后，我感觉体内专门烦扰病患的馋虫被勾起了，我想吃一些不同于日常伙食的东西。我回想起母亲储藏食物的橱柜，不禁心驰神往 ——那种感觉真可谓是"情真似初恋，热烈复惘然"[1]。于是我问了一句：

---

1 引自英国诗人丁尼生的叙事长诗《公主》。

"贾德森，你会做薄饼吗？"

贾德森正在用自己的六发左轮手枪捣羚羊肉，准备做肉排。他放下手枪，居高临下地看着我，让我感觉到一种咄咄逼人的威势。他用那双淡蓝色的眼睛盯着我，冷冷的目光中饱含猜忌，进一步证明了我刚才的感觉没错——他的确被惹毛了。

"我说你到底是说真的，还是想拿我寻开心？"他毫不掩饰自己的恼火，不过还没有暴跳如雷，"是不是有人告诉了你我和薄饼之间的过节？"

"没有，贾德森，"我老老实实地说，"我是说真的。我想吃薄饼——一摞烤得焦黄的薄饼，抹上奶油，再配上大桶装的头茬新奥尔良蜂蜜。为了吃上这样的薄饼，我愿意用我的小马和全套马鞍具交换……你刚才说什么？这薄饼是不是还有什么渊源？"

当贾德森看到我不是在含沙射影，他立马松了一口气，脸色也好看多了。贾德森在炊事车里翻找，找出一些神秘的口袋和锡盒。当时我正靠在一棵朴树的树干上，他把那些口袋和锡盒放在树荫里，我看着他慢条斯理地整理那些口袋和锡盒，解开数目众多的系绳。

"也谈不上什么渊源。"贾德森一边忙活一边说道，"这事被爆出来也在情理之中——那是我、迷骡山谷的红眼牧羊人和维乐拉·利尔怀特小姐的故事，告诉你也没什么大不了的。"

"当时我在圣米格尔为老比尔·突尼放牛。某一天，一股强烈的欲望突然袭来，驱使我去找一些既非猪牛羊肉又非鸡鸭鹅肉的罐头食品解解馋。于是，我骑上自己的小野马，奔向努埃塞斯县的比绵塔渡口，朝艾姆斯利·泰尔菲尔大叔的店铺冲去。

"下午三点，我来到店铺门口。我跳下马，把缰绳往一棵牧豆树的树枝上一套，走完最后的二十码，冲进艾姆斯利大叔的店铺。我跳到柜台上，告诉艾姆斯利大叔全世界的水果收成即将因我而遭灾。不一会儿，我拿着一袋饼干和一个长柄勺，已经打开的杏子罐头、菠萝罐头、樱桃罐头和青梅罐头环绕在我身边，而艾姆斯利大叔手里拿着一把短柄斧，手忙脚乱地砍断捆扎罐头的黄色箍绳。我的马刺嵌进柜台的木板里，我手上拿着二十四英寸长的勺子，感觉自己就像还没有闹出苹果乱子的亚当[1]一样快活。这时我无意中看向窗外——窗外是艾姆斯利大叔家的院子，紧挨着店铺。

"一个姑娘站在院子里——看她那身打扮，应该是从外地来的。她正在耍弄一个木槌球。看到我为了刺激水果罐头产业而大吃大嚼，她仿佛觉得很有意思。

"我从柜台上跳下来，把形如小铲的大勺子递给艾姆斯利大叔。

"'那是我外甥女，'艾姆斯利大叔说，'维乐拉·利尔怀特，从巴勒斯坦[2]那边过来，上这儿来做客。你想让我给你介绍介绍吗？'

"'来自圣地的姑娘啊！'我自言自语，脑子乱得如同四处狂奔的牛群，我试图把它们拢起来赶进牛栏里。'为什么不呢？我想巴勒斯坦那里肯定有天使……啊，对了，艾姆斯利大叔，'

---

1 典出《圣经》，指没有吃禁果前的亚当。
2 巴勒斯坦：位于中东，古称迦南，为犹太教的圣地，而美国得克萨斯州也有一个城市名为"巴勒斯坦"。此处应为后者，而贾德森有意混淆了两者。

这时我才大声说出口，'能与利尔怀特小姐相识，我深感荣幸。'

"于是艾姆斯利大叔把我领到院子里，为我们俩相互介绍。

"我在面对姑娘的时候从来不会害羞腼腆。有的人可以不吃早餐就驯服一匹野马，或是在黑暗中刮脸，可是一旦让他们面对一个穿着大花衣裳的姑娘，他们就会手足无措，全身冒汗，连话都说不利索了。我实在不明白他们到底出了什么毛病，不过我和他们可不一样。不到八分钟，我和维乐拉小姐已经像表兄妹一样亲热了。我们一起玩槌球，她取笑我吃了那么多罐头水果，而我则直截了当地回敬她，说关于水果的乱子还是一位名叫夏娃的女士先闹出来的[1]，地点就在'这世上第一片公用牧场[2]'——'就在巴勒斯坦那块儿，对不对？'我对她说。要我说，和姑娘套近乎太容易了，就像套住一匹一岁大的马驹一样轻而易举。

"如此一来我就赢得了维乐拉小姐的好感，可以接近她了。随着时间的推移，我们俩的感情也越来越好。她来比绵塔渡口疗养，不过她的身体没大毛病。和巴勒斯坦相比，比绵塔的温度还要高出百分之四十呢。我每周去拜访她一次，过后我盘算了一下，如果每周我往比绵塔渡口跑两回，那我和她见面的次数就增加了一倍。

"某个星期我跑了三回。就在第三回，薄饼和那个红眼牧羊人登场了。

"那天傍晚，我坐在店铺里的柜台上，嘴里含着一个桃子和

---

1 典出《圣经》，夏娃受蛇的诱骗，偷吃善恶树所结的禁果，也让亚当吃下，之后两人被逐出了伊甸园。
2 指伊甸园。

两个李子。我问艾姆斯利大叔，维乐拉小姐上哪儿去了。

"'怎么啦？她和杰克逊·伯德[1]骑马去了。'艾姆斯利大叔说，'知道吧？就是那个迷骡山谷的牧羊人。'

"我把一颗桃核和两颗李核囫囵吞下肚，急急忙忙跳下柜台。我猜当时肯定有人死命按住了柜台，不然整个柜台就被我带翻了。我一口气冲出店铺，直到一头撞在拴马的牧豆树上才停下脚步。

"'她跟人骑马去了，'我对着小马的耳朵轻声说道，'和一个叫杰克什么的鸟人，那家伙在迷羊山谷里就是一头供人使唤的骡子[2]……听明白了吗？你这个不吃皮鞭不肯跑的家伙！'

"那小马听我颠三倒四地胡扯一通，用自己的方式哭了一场。它从小就是养来牧牛的。它根本看不上牧羊人。

"我走回去对艾姆斯利大叔说：'你刚才说那是一个牧羊人？'

"'没错。'艾姆斯利大叔答道，'你肯定也听说过杰克逊·伯德，他有八片草场，还有四千头美利奴绵羊——那可是北极圈以南最棒的美利奴绵羊！'

"我走出门，在店铺的阴影里坐下，背靠着一棵仙人掌。我那两只手根本不听使唤，莫名其妙地往自己的靴子里灌沙子，而我一直在喃喃自语，咒骂着那个叫杰克逊的鸟人。

"我从没想过要和一个牧羊人过不去。有一天，我看到一个牧羊人骑在马背上，拿着一本拉丁文法瞄来瞄去，当时我根本没

1　牧羊人的名字为"Jackson Bird"，其中"Bird"在英语中也有"鸟类"之意。在接下来的故事里，贾德森借着这层意思对牧羊人多加嘲讽。
2　这里指贾德森因嫉妒而语无伦次，将"骡子"与"羊"说颠倒了。

碰他一根指头！大多数牛仔看到牧羊人就气不打一处来，我和他们可不一样。当你看到那些牧羊人上桌吃饭，看到他们穿着小巧的鞋子，听到他们和你打招呼，这时候你总不能冲上去修理他们一顿，把他们揍得鼻青脸肿吧？我总是任由他们自生自灭，就像抬抬手放走一只长耳兔。我不时和他们寒暄两句，聊聊天气什么的，不过我从来不和他们一起喝酒。我从没想过要为难一个牧羊人，然而正是因为我对他们宽宏大度，任由他们苟活在世，现在他们中的一个居然胆敢和维乐拉·利尔怀特小姐一起去骑马！

"日落前一小时，出去骑马的两个人跑回来了，在艾姆斯利大叔的门前停了下来。那放羊小子扶维乐拉小姐下马，他们站在一起，谈笑风生，兴致勃勃，聊了好一会儿。之后那个叫杰克逊的鸟人翻身上马，抬抬他那顶形如小炖锅的帽子，策马朝他的羊肉牧场奔去。这时我已经把靴子里的沙子倒干净，让自己摆脱那棵仙人掌，骑马追了上去。当那牧羊人跑到距离比绵塔大约半英里的地方，我赶上了他，和他并辔而行。

"我之前提到那是个'红眼牧羊人'，其实他的眼睛并不红。他那眼珠子是灰色的，不过他的眼睫毛带着一丝粉色，他的头发是浅棕色的——这样你大概就晓得他长什么样了。要说他是牧羊人也名不副实，他顶多就是个照看羊羔的。那家伙是个小个子，脖子上还系着一条黄色的丝质手帕，鞋带绑成蝴蝶结。

"'嗨！'我和他打个招呼，'现在和你一起骑马的是弹无虚发的贾德森，这个诨名当然就是说我的枪法好了。我在向陌生人拔枪之前总要进行自我介绍，我可不想和即将被我打死的人握手。'

"那家伙说：'啊，贾德森先生，很高兴认识你。我是杰克逊·伯德，来自迷骡山谷牧场。'

"这时我一只眼睛看到一只长尾雀从山上飞下来，嘴里还叼着一只毒蜘蛛；而我的另一只眼睛看到一只猎兔鹰正立在水榆树的一根枯枝上。我拔出点四五手枪，开了两枪，向他展示我的枪法有多么高明。'我开三枪总能打中两枪，'我说，'无论走到哪儿，那些长羽毛的家伙总是让我忍不住想拔枪射击。'

"'枪法不错呀。'那牧羊人眼皮都不眨一下，'不过你不是也有失手的时候吗……上周的雨水不错，对新长出来的牧草有好处，你说是不是，贾德森先生？'

"我凑近他的坐骑，装模作样地对那匹马说：'你的父母把你给宠坏了，他们给你起名叫杰克逊，可你却长成了一只叽叽喳喳的喜鹊……行了，别扯什么天气雨水了，别再用那套鸟言鸟语来糊弄我。我就直说了吧，你喜欢跑到比绵塔渡口，和年轻姑娘骑马——这个习惯可不好。据我所知，有些鸟儿还没有堕落到那个地步就被人烤熟吃了。鸟族杰克逊科的一只小山雀想要用羊毛为维乐拉小姐建造一个安乐窝。呸！她可不稀罕！好了，你是打算就此退出呢，还是想看看我这个弹无虚发贾德森是否浪得虚名？我可以连发两枪，其中一颗子弹必定能带来一场葬礼，你是不是想试试？'

"杰克逊·伯德的脸微微泛红，之后他笑了起来。

"'啊，贾德森先生。'他说，'我看你是弄错了。没错，我是拜访过利尔怀特小姐几次，不过并不是出于你所想的那种目的。我纯粹是为了满足我的口腹之欲……'

"我伸手去拔枪，喊道：'无耻之徒！你胆敢吹嘘自己……'

"'等等，你听我解释。'那个鸟人继续说道，'我讨一个老婆来干吗呢？如果你到我的牧场去看看，就会明白了。我自己一个人煮菜做饭，缝补衣裳，除了养羊之外，我唯一的爱好就是吃东西。我说贾德森先生，你有没有尝过利尔怀特小姐做的薄饼呀？'

"'什么？没有。'我回答说，'我还不知道她在做菜煮饭方面有两下子。'

"'那薄饼如同金黄色的阳光，'杰克逊·伯德说，'抹上蜜糖，烤得焦黄，简直就是用天神之火烤出来的无上美味！如果能弄到烹制这种薄饼的食谱，我愿意折寿两年！正是出于这个目的，我才去拜访利尔怀特小姐的。'他继续说道，'不过我一直没能从她那儿弄到那薄饼的食谱。那份古老的食谱在他们家族代代相传，已经有七十五年的历史了，他们绝不传给外人。如果我能弄到那份食谱，就可以在自己的农场里烤薄饼——如此一来我就心满意足了。'

"我对他说：'你确定引发你兴趣的只是薄饼而不是做薄饼的人？'

"'当然。'杰克逊说，'利尔怀特小姐自然是个好姑娘，不过我向你保证，我只是为了满足我的……'这时他看到我的手摸向枪套，马上换了一种措辞，为自己这句话画上句号，'我只是想弄到那份薄饼的食谱，就这样。'

"'你小子也不算太坏。'我摆出一副实事求是的姿态，'之前我还想着把你干掉，让你那群羊无人照管。这回我暂且放你一马，让你这只鸟儿飞走吧。不过你只能想着薄饼，偏离一分一毫都不行，别妄想在这里边掺一点点爱慕的糖浆，不然的话你就再也听不到鸟儿在你的牧场里唱歌了。'

"'为了表示我的诚意，'牧羊人说，'我请求你帮我一把。利尔怀特小姐和你走得很近，有些事我求她也求不来，说不定你出马倒可能成功。我向你保证，如果你能为我弄到那份薄饼的食谱，我就再也不去找她了。'

"'这也公平。'我说着和杰克逊·伯德握握手，'我会尽力为你弄到那份食谱，我乐意为你效劳。'之后杰克逊掉转马头，跑过皮埃德拉的大梨树平原，朝迷骡山谷奔去；而我转向西北，跑回老比尔·突尼的农场。

"五天之后我才逮到机会去比绵塔渡口一趟。在艾姆斯利大叔家里，我和维乐拉小姐度过了一个愉快的夜晚。她唱了几支歌，拼命捣鼓钢琴，弹了几段歌剧里的片段。我则模仿响尾蛇发出的响声，告诉她老蛇麦菲发明了一种剥牛皮的新方法，还告诉她我曾经去过圣路易斯一趟，向她讲述了我的那趟旅程。我们相处得很愉快，这时我想如果能说服杰克逊·伯德转移牧场，那我就赢定了。接着我又记起他向我保证他感兴趣的只是那份薄饼的食谱，没有别的意思。我盘算了一下，想着干脆劝维乐拉小姐把那玩意儿给他得了。如果我发现他拿到了那份食谱还胆敢离开迷骡山谷上这儿游荡，就让他好看。

"于是，将近十点的时候，我的脸上堆着谄笑，对维乐拉小姐说：'看到一匹站在绿草地上的红骏马让我很开心，不过薄饼让我更开心——热乎乎的美味薄饼，撒上一层精制绵白糖！'

"当时维乐拉小姐坐在琴凳上，她浑身一激灵，满怀疑虑地看着我。

"'没错，薄饼是挺好吃的……奥登先生，你刚才说你在圣路易斯的一条街上弄丢了帽子，那条街叫什么名字来着？'维乐拉小姐问道。

"'叫薄饼街。'我向她挤挤眼睛，暗示她我一心想要得到她家传的薄饼食谱，可不会任由她打岔。'好了，维乐拉小姐，'我说，'告诉我吧，告诉我那薄饼到底是怎么做出来的。现在薄饼就跟车轱辘似的，一直在我脑子里打转。你就直说好了，是不是要一磅面粉、八打鸡蛋之类的东西？那里面的配料到底是什么？'

"'抱歉，我离开一会儿。'维乐拉小姐说着飞快地斜我一眼，然后她溜下琴凳，慢吞吞地挪进另一间房。之后艾姆斯利大叔就直接走进来了。他连外套都没穿，只穿着衬衣，手里还拿着一壶水。当他转过身去拿桌上的玻璃杯时，我看到他的裤兜里插着一支点四五手枪。'老天爷！'我心里寻思，'不过是一份家传食谱，用得着这样舞刀弄枪的吗？看这如临大敌的阵势，即使是面对仇家，也用不着这样吧。'

"'喝吧。'艾姆斯利大叔递给我一杯水，'你今天骑马骑得太久了，贾德森，你的神经太过兴奋了。试着想点别的。'

"'你知道怎么做薄饼吗，艾姆斯利大叔？'我问道。

"'有的人擅长做薄饼，不过我可不是这方面的行家。'艾姆斯利大叔说，'我猜大概要一筛子的熟石膏、一点面粉、小苏打和玉米面，然后像做其他面点一样，加进鸡蛋和酪乳搅和搅和就

齐活了……我说贾德森，今年春天老比尔是不是打算用船把牛群送到堪萨斯城去？'

"关于薄饼的情报，当天晚上我就只打听到了那么多。无怪乎杰克逊·伯德抱怨这事多么棘手。于是我只得把薄饼搁下不谈，和艾姆斯利大叔扯了一会儿龙卷风和牛羊空角病。之后维乐拉小姐出来道声晚安，而我则骑马跑回农场。

"一个星期之后，我在骑马前往比绵塔渡口的途中碰到了杰克逊·伯德。他也骑着一匹马，正从那儿回来。我们在路上停下来，寒暄了两句。

"'你打听清楚怎么做薄饼了吗？'我问他。

"'没有。'杰克逊回答，'看来也没什么指望了。你试过了吗？'

"'试过了，'我说，'感觉就像用花生壳把草原上的土拨鼠挖出来一样，简直是难之又难。看来那薄饼食谱真的是个宝贝，否则他们也用不着这样严防死守。'

"'我快要放弃了。'杰克逊说。他的话音中透出一股沮丧，我甚至有点同情他了。'不过，我当真想要在自己那孤零零的农场里做薄饼吃。'他继续说道，'晚上我睡不着的时候，满脑子想的都是那薄饼的美味。'

"'你继续努力吧，'我对他说，'我也继续试试。过不了多久，我们中总有一个人会得手的。再会了，杰克逊。'

"你也看到了，这个时候我和杰克逊相处得很融洽。当我发现这个浅棕色头发的牧羊人对维乐拉小姐没有非分之想，我对他也变得更加宽宏大度。为了帮他实现愿望，满足他的口腹之欲，我不停试着向维乐拉小姐打听那薄饼的做法，可是每当我说出

'薄饼'二字，她就会变得疏远漠然，眼睛里闪烁着不安的光芒，总想着打岔转换话题。如果我继续追问，她就溜出房间，换艾姆斯利大叔上场。接着艾姆斯利大叔就会手捧水壶，裤兜里插一把手枪，出现在我面前。

"某一天，我又往艾姆斯利大叔的店铺跑去。我经过毒狗平原的时候，在一片野花里采了一束漂亮的蓝色马鞭草。等我来到店铺时，艾姆斯利大叔眯着一只眼睛，看着我手里的野花。

"'你没听说吗？'他问道。

"'听说什么？牛价涨了？'我说。

"'维乐拉和杰克逊·伯德昨天在巴勒斯坦结婚了。'他说，'我今早刚收到信。'

"我把那束野花扔进一个饼干桶里，任由这个消息从我的耳朵灌入体内，流过藏在衬衫左胸口袋下方的心脏，最后滴落在脚底。

"'你能不能再说一遍，艾姆斯利大叔？'我说，'或许我的耳朵出了什么毛病。你刚才说什么来着？是不是没下犊子的顶级小母牛售价四块八一头，或者诸如此类的话？'

"'他们昨天结婚了，'艾姆斯利大叔说，'还要去韦科和尼亚加拉大瀑布度蜜月。你一直没看出什么蹊跷吗？从杰克逊·伯德和维乐拉出去骑马那天起，他就开始追求她了。'

"我发出近乎咆哮的叫声：'那他跟我说的那套薄饼的废话又是怎么回事？你倒是给我说说看！'

"一听到我提起'薄饼'，艾姆斯利大叔马上闪开，后退几步。

"'有人用什么薄饼来糊弄我。'我说，'我一定要弄清究竟

是怎么回事。我看你肯定知道点什么，快告诉我！不然现在就试试我的拳头，看看能不能打出一盘好面糊。'

"我跃过柜台，追上艾姆斯利大叔。他正要拿藏在抽屉里的枪，可惜还差两英寸没够着。我一把揪住他的衬衣前襟，把他挤到角落里。

"'和我说说薄饼的事。'我说，'不然我就把你搡成一张薄饼！维乐拉小姐是不是会做薄饼？'

"'她一辈子都没做过薄饼……至少我没见她做过。'艾姆斯利大叔用抚慰人心的语气说道，'冷静，贾德森，冷静。你兴奋过头了，你头上的旧伤又让你神志不清了。试着想点别的，别想薄饼了。'

"'艾姆斯利大叔，'我说，'我头上没什么伤，顶多就是天生脑子不够灵光。那个鸟人杰克逊告诉我他来拜访维乐拉小姐是为了弄清楚她是怎么做薄饼的，他还让我帮他套出制作薄饼的配料。我照他说的做了，后果怎样你也看到了。这个红眼牧羊人是不是把我像个小羊羔一样迷倒了？'

"'你先松开手，别揪着我的衣裳，'艾姆斯利大叔说，'我就把整件事告诉你。没错，看来这个杰克逊·伯德的确摆了你一道。就在他和维乐拉出去骑马之后的第二天，他跑回来对我说一旦听到你提起薄饼就要小心。他说这和发生在营地里的一次事故有关。有一次，你们营地的人正在做薄饼，有人用煎锅给你的脑瓜来了一记，把你打伤了。杰克逊说一旦你情绪激动或兴奋过头，脑袋上的旧伤就会复发，整个人就会变得疯疯癫癫的，然后就薄饼长薄饼短地瞎说一气。他还告诉我们，一旦你提起薄饼，就要想法子岔开话题，平复你的情绪，这样就不会有危险了。所以啰……你也看到了，我和维乐拉也尽力了……行了，我看像杰克逊·伯德这样的牧羊人还真是少见。'"

贾德森一边讲着故事，一边从口袋和锡盒里取出一定量的配料制作薄饼。他慢条斯理，手法纯熟，等到这个故事快讲完的时候，这故事的主角已经成形出锅，就搁在我的面前——一摞热乎乎黄澄澄的薄饼搁在一个锡盘上。接着贾德森不知从哪儿掏摸出一块上好的黄油和一瓶金色的糖浆，放在我的面前。

"那是什么时候的事？"我问道。

"三年前吧，"贾德森说，"他们现在住在迷骡农场，不过我再也没有见到他们。据说杰克逊一边用那套关于薄饼的废话把我引入歧途，一边悄悄用扶手椅和窗帘布来装点他的农场新房。没过多久我就把这事抛开了，不过那些家伙总是拿这事来取笑我。"

"这些薄饼就是按照那份著名的食谱做出来的？"我问道。

"我不是告诉你了吗，根本没有什么薄饼食谱，"贾德森说，"只是那些小子成天薄饼长薄饼短地瞎嚷嚷，弄得自己真的想吃薄饼了。最后我就从报纸上剪下一份做薄饼的食谱……这玩意儿尝起来怎么样？"

"很好吃。"我说，"你不来点吗，贾德森？"

这时，一声叹息传入我的耳中——我敢肯定自己没听错。

"你说我吗？"贾德森说，"我从来不吃薄饼。"

一千美元

"一千美元,"托尔曼律师又说了一遍,他一本正经,声色俱厉,"这笔钱就此转交给你了。"

年轻的吉利安数数那沓薄薄的崭新钞票——都是五十美元面额的。他哈哈一笑,表明自己觉得整件事很有意思。

"这数目也实在尴尬。"他好脾气地对律师解释道,"如果是一万美元,那么得到这笔钱的家伙就要大放鞭炮以示庆祝,如果只有五十美元,倒也没那么麻烦。"

"刚才宣读令叔父遗嘱的时候你也听到了,"托尔曼律师用律师特有的干涩嗓音说道,"我不清楚你是否注意到了其中的细节。我必须提醒你记住一点:当你花光了这一千美元,你必须向我们报告,列出有关这笔钱的详细账目。这是遗嘱中明确要求的,我相信你在这件事上能尊重已故的吉利安先生的遗愿。"

"你就放心好啦。"小伙子彬彬有礼地说道,"虽说这样做或许会产生额外的开销,但我还是会照做不误。要知道,我对记账可不在行,或许我还得雇个秘书帮我做这件事。"

之后,吉利安来到俱乐部,找到一个被他称为"布里森老伙计"的人。

布里森老伙计已到不惑之年，镇定沉稳，落落难合。吉利安找到他的时候，他正躲在一个角落里看书。看到吉利安走过来，他不禁叹了一口气，放下书本，摘下眼镜。

"布里森老伙计，快醒醒，"吉利安说，"我有件好玩的事要告诉你。"

"我倒宁可你到台球室里找其他人说说。"布里森说，"你也知道，我讨厌听你饶舌。"

"这事和以前的那些不一样，实在是太妙了，"吉利安一边说着一边卷烟，"而且我乐意把这事告诉你。台球室里吵吵闹闹的，要听着那咔嗒咔嗒的撞球声讲这件事，就显得太奇怪了，甚至让人有点于心不忍。刚才我去了我已故叔父的律师事务所，他给我留下了整整一千美元。我问你，该怎么花这一千美元？"

这一话题对布里森没有半点吸引力。他就如同一只面对醋瓶的蜜蜂，对此根本不感兴趣。"我还以为已故的赛普提姆斯·吉利安先生拥有价值五十万的财产呢。"

"这话没错，"吉利安兴冲冲地表示赞同，"这才是整件事的可笑之处——他把自己所有财产都留给了一个微生物……也就是说，他把其中一部分财产赠予了发现一种新型细菌的人，然后用剩下的财产建了一所医院，旨在消灭这种细菌。当然了，除此之外还有一两笔微薄的遗赠——男仆总管和管家娘都得到了他的一个印章戒指和十美元。而我作为他的侄子，只拿到了一千美元。"

"你向来都不缺钱花。"布里森说。

"简直是要多少有多少。"吉利安说，"叔叔给零花钱的时候可慷慨了，简直就是童话故事里的仙女教母。"

"还有其他的继承人吗？"布里森问道。

"没有，"吉利安对着手里的烟卷皱皱眉，局促不安地踢踢矮沙发的皮垫，"不过还有一位海登小姐，我叔叔是她的监护人。她住在叔叔家里，是个安静柔顺的姑娘，精通音乐。她的家人……这么说好了，她的家人很不幸地成了我叔叔的朋友，所以就是这样啦。哦，我差点儿忘了……海登小姐也拿到了十美元和一个印章戒指。说实在的，如果我是她就好了，那样我就能用那钱买两瓶香槟，把那戒指当成小费硬塞给侍应生，然后整件事就算完了。别摆出一副高高在上的样子，布里森老伙计，也不要说些损人的话，你只要告诉我该拿这一千美元怎么办。"

布里森擦擦眼镜，面露微笑。当布里森老伙计露出微笑，吉利安就知道他要说些更恶毒的话了。

"一千美元，"他说，"说多不多，说少不少。一个人可以用这笔钱布置一个安乐窝，然后嘲笑洛克菲勒[1]过得还不如自己；另一个人可以用这笔钱送自己的妻子到南方疗养，或许还能救她一命。你可以用这笔钱为一百个婴儿买牛奶，足够他们从六月喝到八月，或许可以让其中的五十个好好活下去。你可以到某个戒备森严的画廊里玩菲罗牌[2]，这笔钱足够你玩半个小时。你可以用这笔钱让某个有理想的孩子接受教育。我听说在昨天的一场拍卖

---

1 洛克菲勒（1839—1937），美国实业家，被称为"石油大王"，是19世纪第一个亿万富翁。
2 菲罗牌：一种简单的赌博牌戏，与牌九类似。

会上，有人用这个数目买下了一幅柯罗[1]的真品。你还可以去新罕布什尔州的某个小镇上安家，这笔钱足够你在那里过上两年的体面生活。不然的话，你可以把麦迪逊广场租下来，这笔钱足够你租一个晚上。假如真有人愿意听你饶舌，你还可以在那里进行演讲，就选'身份未定之继承人的职业不确定性研究'作为演讲题目。"

吉利安向来都镇定自若，即便是布里森的一番话也没能让他动怒。"布里森老伙计，"他说，"如果你能少一点说教，那你就真的是讨人喜欢的老伙计了。我只想知道我本人该拿这一千美元干什么，我想听听你的高见。"

"要说到你嘛……"布里森好脾气地笑笑，"说实在的，鲍比·吉利安，你唯一可做的就是用这笔钱给洛塔·劳里埃小姐买一颗钻石项链，然后滚到爱达荷州去祸害某一片牧场。我希望那是一片专门养绵羊的牧场，因为我本人特别讨厌绵羊。"

"谢啦，"吉利安说着站起来，"我觉得我可以采纳你的意见，布里森老伙计，你总能说到点子上。我要一次把这笔钱花光，然后就把花销账目交回去。我讨厌逐条逐条地记账。"

吉利安打电话叫来了一辆出租马车。他钻进马车，对车夫说："到哥伦比亚大剧院的后台入口。"

吉利安来到剧院后台，找到劳里埃小姐。此时，劳里埃小姐正借助脂粉为自己的天生丽质添色增辉。日场演出快开始了，观众蜂拥而至。劳里埃小姐即将装扮完毕，准备登台献艺，这时她

1　柯罗（1796—1875），法国画家。

的化妆师告诉她吉利安先生求见。

"让他进来吧。"她说，"……好了，这回又是什么事，鲍比？两分钟之后我就要上台了。"

"你右耳边的发丝有点乱。"吉利安吹毛求疵地说，"……行了，现在好多了，用不着两分钟……我送你一份礼物好不好？项链怎么样？至于价钱嘛……一后面加三个零我还是出得起的。"

"哈，瞧你说的！"劳里埃小姐的嗓音如同圣诞颂歌般悦耳，"……亚当斯，我要右手的手套……我说鲍比，那天晚上黛拉·斯泰西戴的项链你看到了吗？那是在蒂凡尼珠宝店买的，价值两千两百美元呢。不过呢，当然啦……把饰带往左挪一挪，亚当斯。"

"劳里埃小姐上台唱开场曲！"门外的舞台引领员叫道。

吉利安只得离开。原来那辆出租马车还在门口等着他，他再次钻进马车。

"如果你有一千美元，你打算做什么？"吉利安问那车夫。

"弄一栋房子开酒吧。"车夫马上用沙哑的嗓音答道，"我知道有个地方，在那里开店肯定能赚个盆满钵满。那是一栋四层砖砌小楼，就在一个街角，我已经计划好了：二楼还可以开一间中餐馆，三楼嘛……搞搞美甲生意，再弄一些外国来的古怪东西，四楼做台球室。如果你想入伙的话……"

"哦，不，"吉利安说道，"我纯粹是好奇，问问而已。好了，我按小时和你算钱，一直走，走到我叫停车为止。"

马车沿着百老汇大道前行，驶过八个街区。吉利安用手杖敲敲车门，示意车夫停车。他钻出马车，一个盲人坐在人行道上售卖铅笔。吉利安走上前去，在他面前停下来。

"抱歉，打扰一下，"吉利安说，"请你告诉我，如果你有一千美元，你打算怎么花？"

"刚才我听到有辆马车经过，你就是从那车子里出来的，对吗？"那盲人问道。

"没错。"吉利安答道。

"我看你过得挺滋润啊，"售卖铅笔的盲人说，"大白天坐着马车满大街溜达。如果你乐意的话，看看这个。"

盲人从大衣的口袋里掏出一个小本，递给吉利安。吉利安打开小本一看——原来那是一本银行存折，余额显示那盲人还剩一千七百八十五美元。

吉利安把存折还给盲人，再次钻进马车。

"我忘了一件事，"他说，"去百老汇大街的托尔曼－夏普律师事务所。"

吉利安走进律所，戴着金边眼镜的托尔曼律师毫不客气地瞥了他一眼，仿佛在问他有何贵干。

"抱歉，打扰了，"吉利安欢快地说，"不过，我能问你一个问题吗？我想这个问题也不算是唐突无礼。我想问的是：除了十美元和那个印章戒指，我叔叔有没有留给海登小姐别的什么东西？"

"没有。"托尔曼律师答道。

"太谢谢啦，先生。"吉利安说完走出律所，回到马车上。他让车夫送他到已故叔叔的宅邸。

海登小姐正在藏书室里写信。她娇小苗条，穿着一袭黑衣，不过她的一双眼睛却引人注目。吉利安摆出一副玩世不恭的姿态，轻飘飘地溜进藏书室。

"我刚从老托尔曼那边过来，"他对海登小姐解释道，"他们正在复核遗嘱文件，然后他们发现了那份遗嘱的……"吉利安绞尽脑汁，想找到一个合适的法律术语，"附言？附录？反正就是类似的东西……总而言之，我叔叔那老家伙想了想之后又多拿出点钱，再留给你一千美元。我正好顺路，所以托尔曼就让我把钱捎过来给你。钱在这儿，你最好点点。"说着吉利安把钱放在她手边的桌面上。

海登小姐脸色煞白，连叫两声："啊！啊！"

吉利安半转过身，看向窗外。

"当然了，我希望……"他低声说道，"你明白我爱你。"

"我很抱歉。"海登小姐说着拿起那沓钞票。

"这一招都不好使吗？"吉利安用近乎欢快的语气说道。

"我真的很抱歉。"海登小姐又重复一遍。

"我能不能写张字条？"吉利安微笑着问道。他在那张大书桌旁落座，海登小姐给他拿来了纸笔，然后又回到自己那张小书桌旁。

吉利安记下了那一千美元的去处，他在纸上写道："败家子罗伯特·吉利安不负天恩，将所继承的一千美元赠予这世上最美最可爱的女人，衷心祝愿她永远幸福。"

吉利安把字条塞进一个信封，微微鞠躬，之后就走了出去。

吉利安又一次钻进马车，最后马车在托尔曼－夏普律师事务所门前停了下来。

"我已经花光那一千美元了，"吉利安兴冲冲地对戴着金边眼镜的托尔曼说道，"我是来交花销账目的——这可是我们之前说好的……啊，空气中已经有夏天的气息了，你说是不是，托尔曼先生？"他说着将一个白信封放在律师的桌子上，"先生，这信封里装着一份备忘录，明明白白地写着这笔钱的去向。"

托尔曼先生并没有碰那个白信封，而是走到门边叫他的合伙人夏普先生进来。两人在一个巨大的保险柜里寻宝。经过一番搜寻，他们挖掘出一份"宝物"——一个以蜡封缄的大信封。这两个可敬的老头把信封打开，摇头晃脑地凑到一块，翻看信封中的内容。之后托尔曼先生作为两人的代表，一本正经地说：

"吉利安先生，这信封里装着令叔父的遗嘱修订附录，这是令叔父私下托付给我们的，并叮嘱我们只有等你按照遗嘱要求上交那一千美元的花销账目之后才能打开。现在你提供了账目，满足了这一条件，我和我的合伙人便可以拆开这个信封。我们俩看了里面的文件。我不想用法律词汇把你弄得头昏脑涨，我就拣其中要紧的说好了。

"根据这份修订附录，如果你在消费这一千美元的时候表现出任何值得嘉奖的品质，那么你就会得到更多的财富。我和夏普先生被指定为评判人，我可以向你保证，我们俩必定会秉公评判，不偏不倚。我们对你没有任何成见，吉利安先生。现在我们再来谈谈这份附录，里面提到如果你在消费这一千美元时表现出理智、审慎或无私，那么我们就有权把价值五万美元的债券转交给你。正是出于这一目的，这笔财产已经提前交付到我们手中。

然而，我们的客户——已故的吉利安先生明确表示……请容许我引用他的原话：'假使本人之侄罗伯特·吉利安死性不改，如往常一样和狐朋狗友们一起糟蹋钱财，该笔财富将立即转赠予本人的受监护人玛丽安·海登小姐。'好了，吉利安先生，我和夏普先生即将检视这一千美元的花销账目。我看你已经写下来了，我们会做出合理的评判，你大可放心。"

托尔曼先生伸手去拿那个白信封，然而吉利安抢先一步，把那信封抽回来。他漫不经心地把信封连同里面的字条撕成碎片，放进自己的兜里。

"行了，行了，"吉利安微笑着说，"这点小事就用不着劳烦二位了。再说了，我想你们也看不懂我写的账目……这么说得了，我用那一千美元买马票赌马，然后输光了。再见了，两位先生。"

说完吉利安走出办公室，走进走廊等电梯。托尔曼和夏普听到他轻松地吹起口哨，两人对望一眼，痛心地摇摇头。

幽默家的自白

过去的二十五年看似一段毫无痛苦的潜伏期，然后某一天突然在我身上爆发出来，于是旁人称我为 ——

当然了，我所说的可不是麻疹，而是所谓的"幽默"。

这事要从老马洛的五十岁生日那天说起。我在一家五金公司工作，老马洛是那家公司的资深合伙人。他生日那天，公司的职员们合伙买了一个银质墨水台，当作生日礼物送给他。我们一群人拥进他的私人办公室，我被众人推举出来说两句，而我已经为那简短的演说准备了一周。

我的演说大获全胜，其中包含着双关语、俏皮话以及牵强附会的话语，让众人哄堂大笑，笑声几乎要将房子震塌了 —— 要知道，我们公司可是批发五金件的，那房子可牢固得很。老马洛本人也咧开了嘴，其他职员自然也听懂了其中的笑点，发出咆哮般的笑声。

到了当天上午九点半，我作为幽默家的名声便传开了。接下来的几个星期，同事们让我心中那骄傲自大的火焰越燃越旺。他们不停跑来找我，对我说那天的演讲实在是太妙了。老天爷！他们甚至还详细地向我讲解了其中的每一个可笑之处。

我渐渐意识到自己必须不负众望。其他人大可以一本正经地谈论生意或当天的新闻，而我必须讲一些轻松愉快的笑话。

他们希望我能就斑点搪瓷器皿说点俏皮话，或是从陶器中榨出一些笑话。我是那家公司的二号簿记员，如果我拿出一张资产负债表却没能就其中的条目插科打诨，或是在一张犁具的收据中没能发掘出笑话逗众人哈哈大笑，其他人就会大失所望。我逐渐变得声名远播，成了当地的"名人"——当然了，我们这里只是个小镇，如若不然，我也不可能成为镇上的名人。当地日报引用我所说的话，而我也成了社交场合不可或缺的人物。

我认为自己在这方面有点小聪明，拥有反应敏捷、应对自如的本事。我进一步挖掘自己的才能，并在实践中加以提升。我那些笑话的本质是善意和蔼的，不会含讥带讽，也不会冒犯他人。当人们看见我走过来，他们脸上便会现出微笑；等到我和他们碰头的时候，我已经想好了要说的俏皮话，足以让他们脸上的微笑变为开怀大笑。

我很早就结婚了，还有两个孩子——一个可爱的三岁男孩和一个五岁女孩。当然，我们一家住在一栋覆满藤蔓的小房子里，过着幸福的生活。我作为五金公司簿记员的薪水使我足以远离因财富过多而招致的不幸。

我有时也会写一些有意思的笑话或幽默小品，投往刊登此类作品的刊物。所有这些作品马上被采用了，有几个编辑还向我约稿。

有一天，我收到了一封编辑来信，那位编辑就职于一家颇负盛名的周刊。他在信中建议我写一篇足以填满整栏空白的幽默作品，还暗示说如果作品令人满意，他将为我开设一个专栏。我照他说的做了，两周之后他给我寄来了一份为期一年的约稿合同，其报酬远高于我在五金公司获得的薪水。

我自然是满心欢喜。此时，我妻子已经把我看作一个文学界的成功人士，为我戴上了不朽的文学桂冠。当天晚上，我们的餐桌上多了一道炸龙虾丸子和一瓶黑莓酒。这是一个让我从沉闷繁重的工作中解脱出来的机会。我一本正经地和妻子路易莎讨论此事，最后我们俩一致决定我应该辞去五金公司的工作，全身心投入创造幽默的事业中。

我辞去了工作，同事们还为我举行了一场欢送宴会。我所做的告别演说简直是登峰造极、精彩纷呈，演说的全文后来在报上刊发了。

第二天早上，我醒过来，看一眼时钟。

"糟糕！要迟到了！"我大叫着抓过自己的衣服。路易莎提醒我现在我已经不是五金公司的奴仆了，也无须再为包工头的建筑材料操心，我已经是一个专职的幽默家了。

早餐之后，路易莎自豪地把我引入紧挨着厨房的小房间。那小房间里摆着书桌和椅子，桌上摆着稿纸、钢笔和烟灰缸，还有文学创作者所需的一切——一个储存水芹菜的长筒当作花瓶，里面插满新鲜的玫瑰和金银花；去年的日历挂在墙上，还有一本辞典、一小袋让我在灵感暂歇之时嚼一嚼的巧克力，真是我的好老婆！

我坐下来，开始工作。墙纸上的图案是阿拉伯藤蔓——或是苏丹宫女，或是不规则的四边形。我将自己的目光凝聚在其中一个图案上，构思自己的幽默作品。

一个声音响起，把我吓了一跳。那是路易莎在说话："亲爱的，如果你不是很忙，那就出来吃午饭吧。"

我看看表——没错，阴郁的时间老人又收走了五个小时。我出来吃午饭。

"刚开始你可不能太过操劳，"路易莎说，"据说每天五小时的脑力劳动就足够了……这话好像是歌德说的，或者是拿破仑说的？今天下午你能不能带我和孩子们到树林里玩一玩呀？"

"我的确有点累了。"我承认道。于是当天下午我们去树林里游玩。

不过我很快就适应了这种工作。一个月内，我已经可以有规律地产出幽默作品了，就如同随货轮而来的五金商品一样源源不绝。

我也取得了成功，我在周刊上的专栏引发了轰动。批评家们窃窃私语，称我为"一颗冉冉升起的幽默新星"。我还向其他刊物投稿，增加自己的收入。

我掌握了这一行的诀窍。当我挖掘出一个搞笑的点子，可以写两行笑话，挣一美元。接着我再给它添枝加叶，写成四行的小品文，让收益翻倍。之后我再给它添上韵脚，修饰修饰，再加上一幅时髦的插图，就变出了一首讽刺打油诗，准保让你看不出它原来的面貌。

我开始有余钱了，我们买来了新地毯和一架风琴。我还在五金公司工作的时候，镇上的人把我看作一个插科打诨的滑稽演员，现在他们已经把我当成镇上的大人物了。

然而，五六个月之后，那种自然而然流淌而出的幽默灵感已经离我远去。我再也做不到妙语连珠了，有时还要绞尽脑汁搜寻写作的素材。我发现自己开始留心与朋友的对话，从中攫取灵感。有时我一连几个钟头盯着墙纸上的图案，咬着笔头，试图吹出一些不事雕琢的幽默泡泡。

　　于是，对于我的朋友而言，我变成了吸血鬼和贪婪的怪物，变成了不祥的灾星和可怕的魔鬼。我紧张焦虑，形容憔悴，贪婪无度，让他们大为扫兴。当一句机智的警语、巧妙的对比或俏皮的话语从他们口中吐出，我就如同恶狗扑食般冲上去据为己有。我不再相信自己的记忆力，而是偷偷摸摸地转过身记在随身携带的笔记本上，有时甚至写在自己的袖口，作为未来可用的素材——我也知道这样的行为很可鄙。

　　当我的朋友看着我的时候，他们的目光中充满哀伤和惊奇。我已经变成了另一个人——以前我为他们带来欢乐，让他们开心，可现在我却如同鬼魅般缠着他们。我不会再说一些俏皮话逗他们发笑了，这些幽默的素材太过宝贵，我还得靠它们挣钱糊口呢，可不能慷慨大方地免费提供给他们享用。

　　在寓言《狐狸和乌鸦》中，狐狸为了得到乌鸦口中的肉，不停地奉承它[1]。现在我就如同那只居心叵测的狐狸，只想从朋友的嘴里掏出一些幽默的碎屑。

　　几乎每个人都躲着我，我甚至忘了如何微笑，即使听到了别人说的笑话，我也不会报之以微笑。

———

1．出自《伊索寓言》，狐狸看到树上的乌鸦叼着一块肉，便拼命地奉承它。当飘飘然的乌鸦开口唱歌时，嘴里的肉掉下来，被狐狸夺走了。

无论何时何地，无论何种人物何种主题，都成了我榨取幽默素材的来源。即便当我身处教堂之中，我那堕落的才思也在庄严的教堂甬道和立柱之间游猎，妄图寻到一丝灵感。

　　当牧师提到"长韵赞美诗"，我便开始推敲："赞美诗——美食——美洲狮——长韵——残余……"

　　我用自己的思想筛一筛牧师的讲道，只想着从中找到一些双关语或妙语警句，对其中的理念思想却弃之不理。当唱诗班唱起最庄严肃穆的赞美诗，我心里所想的却是低音、中音和高音相互嫉妒的老故事，妄想将这个故事改头换面，用旧瓶装点幽默的新酒。

　　我自己的家也变成了一个狩猎场。我的妻子是一个特别温柔的女人，坦诚无欺，满怀同情，热情任性。以前，她所说的话是我的快乐源泉，她的想法总能让我开心。可现在我却从她身上榨取幽默素材。她就如同金矿，可以从中开采女人们那些让人忍俊不禁的矛盾想法。

　　这些如同珍珠般的傻话和幽默原本只限于丰富神圣的家庭生活，现在却被我拿去出售。我如同一个狡诈的魔鬼，引诱她开口说话。她毫不怀疑，坦诚地向我敞开心扉。之后我将她的话语写下来，在冰冷而平庸的报纸上刊载，摆在所有人的眼前。

　　我就如同一个文学界的犹大，在亲吻她的同时背叛她[1]。为了换来几个钱，我让她那些甜蜜温馨的悄悄话换上新装，添上愚蠢的荷叶边，让它们在大庭广众之下跳舞表演。

　　亲爱的路易莎！到了晚上，我向熟睡中的她弯下腰，就如同

———
1　犹大：耶稣十二门徒之一，后以亲吻耶稣为暗号出卖耶稣。

一头恶狼正在俯视一只温柔的羊羔。我只想从她那呢喃的梦呓中搜寻只言片语，为第二天的辛苦劳作提供素材。然而，更糟糕的还在后头呢！

老天爷！接下来我居然将魔爪伸向自己孩子的童稚话语。

盖伊和维奥拉如同两眼富有灵性的泉水，孩童的奇思妙想和稚气话语从中汩汩流出。我发现这类幽默销路不错，还为一家杂志开设的专栏"童趣妙想"供稿。我开始鬼鬼祟祟地跟踪孩子们，就如同一个印第安人偷偷摸摸地接近一头羚羊。我或是躲在沙发和门的后头，或是四脚着地，躲在院子里的灌木丛中，偷听他们在玩耍时的对话。我仿佛化身为一个贪婪的怪物，只是我对自己的所作所为心无悔意。

有一次，我又陷入才思枯竭的境地，而稿件必须通过下一批邮件寄出去，这时我跑到院子里，藏身于一堆落叶之中。我知道孩子们将会来到此处玩耍。之后盖伊点着了那堆落叶，毁了我一套新衣服，还差点儿让我就此送命——我以为他并不知道我藏在那里，即便他知道，我也不忍心责怪他。

很快，我的孩子们就像躲开烦人精一样躲着我了。当我如同一个阴郁的食尸鬼慢慢靠近他们，我会听到他们对彼此说："爸爸来了！"接着他们收拾好玩具，躲到更为安全的地方——这样的事时有发生，看啊，现如今我是多么可悲！

不过从经济上看我混得还不错。到了第一年年底，我已经存下了一千美元，一家人过得很惬意。

可看看我为此付出了多大的代价！我不清楚所谓的"印度贱民"究竟是什么样的人，不过我感觉自己就如同"贱民"。我没有朋友，没有娱乐，无法享受生活的乐趣。我已经牺牲了自己的家庭幸福。我就如同一只利欲熏心的蜜蜂，贪婪地从生活最美的花朵中吮吸花蜜，然而那花朵却害怕我的蜇刺，想要避开我。

某一天，一个人和我打招呼，脸上还挂着愉快友好的微笑——这可是几个月以来从未有过的事！当时我正好经过彼得·赫菲保尔的殡仪馆，彼得就站在门口，和我打招呼。我停了下来，他的寒暄问候在我的心头燃起一股奇异的火焰。他还邀请我进去。

那天的天气冷飕飕的，还下着雨。我们俩走进里屋，一个小小的炉子里生着火。接着有顾客来了，彼得走出去，让我独自一人待在里屋。此时我发现一种全新的感受悄悄袭来——那是一种美妙的感受，让人心情平静，倍感舒适。我环顾四周，一排排花梨木棺材闪闪发亮，还有黑色的盖棺布、棺材支架、灵车羽饰、灵幡以及这庄严肃穆的行业所需的一切物品。此处安宁寂静，井然有序，凝重肃穆的思绪可以在这里停歇休憩。这里就如同生与死的边缘，就如同一个狭小的壁龛，任由陷入长眠的灵魂漂浮。

当我走进这间房，尘世的喧嚣离我远去。在这庄严肃穆的氛围中，我感到自己无须再绞尽脑汁榨取幽默的汁水了。我的思想舒展开来，满怀感激地躺在布满幽思的卧榻上。

一刻钟之前我还是一个为世人所弃的幽默家，现在我变成了一个哲学家，宁静安详，悠然自得。我找到了一个远离幽默的庇护所，在这里我无须苦苦追逐那些捉摸不定的俏皮话，用不着有辱斯文地猎取那些令人捧腹的笑话，也不用无休无止地追求妙语连珠的境界。

我和彼得·赫菲保尔并不熟。当他走回里屋，我任由他说话。此处如同挽歌般温馨和谐，我真害怕他说出的话会破坏这一氛围。

然而彼得和此处相得益彰，我如释重负，长长地舒了一口气。我从没见过一个人的言谈如彼得那般沉闷无趣，即便是死海都比他活泼欢快。他的话语中绝不会闪现一星半点的风趣幽默，他可以滔滔不绝，令人耳朵起茧的话语如同数不胜数的黑莓从他口中吐出来。听他说话就如同看着一台股票行情报录机源源不绝地吐出为期一周的股市行情纸带。我高兴得微微震颤，试着向他抛出一个我最得意的笑话。那笑话如同撞到了一堵墙上反弹回来，锋芒全失。打那时起我就喜欢上彼得这个人了。

在那之后，每个星期我都抽出两三个晚上，悄悄地跑到赫菲保尔殡仪馆，躲在里屋，沉溺于此处的氛围之中。现在这已经成为我唯一的乐趣。我早早起床，匆匆忙忙地完成工作——如此一来我就可以在自己的天堂中消磨更多的时光。只有在这里我才能抛却从周围环境中榨取幽默点子的恶习。即便我想从彼得的话语中发掘一两个笑话，他也不会让我有机可乘。

这样一来我也打起了精神。每个人都需要暂时摆脱劳作，找点乐趣和消遣。当我在街上碰到一两个朋友时，我甚至还微笑着和他们打招呼，让他们大为讶异。我在家里的时候也更为放松，其时间之长，足以让我当着家人的面说说俏皮话，让他们目瞪口呆。

长久以来我一直忍受着幽默恶魔的折磨，现在我死死抓住这闲暇时光，就如同一个学童沉迷于假期。

然而我的创作却受到了影响，现在创作工作于我而言不再是痛苦和负担了。我经常在伏案工作时吹吹口哨，写起东西来也比以前更为顺畅。我急急忙忙地做完工作，只盼着能快点去那个于我大有裨益的偏僻角落，就如同一个酒鬼急于上酒馆喝一杯。

我的妻子对此忧心忡忡，她不知道下午的时候我经常跑到哪儿去，她也花了不少时间推敲此事。我想最好还是不要告诉她——女人们难以理解这样的事。可怜的女人！如果让她知道，她肯定会吓一跳。

有一天，我把一个银质的棺材把手和一根蓬松的灵车羽饰带回家。我打算把那个棺材把手当成镇纸，用灵车羽饰作为掸子，掸掸稿纸上的灰尘。

看到这两样东西摆在书桌上，我感到很安心——它们让我想起了赫菲保尔殡仪馆那温馨安宁的里屋。然而当路易莎看到这两样东西，她发出惊恐的尖叫。我不得不安慰她，为这两件东西之所以出现在我的书桌上找了一些蹩脚的理由，然而我看到她眼中的偏见并没有消散。我只得快手快脚地把这两样东西藏起来。

有一天，彼得·赫菲保尔向我提出一个颇具诱惑性的提议，让我大喜过望。他向我展示殡仪馆的账本，姿态一如既往——颇具理性却稍显沉闷。他向我解释说现在殡仪馆的生意蒸蒸日上，他正盘算着找个可以带资入股的合作伙伴，而他觉得我最为合适。当天下午，离开殡仪馆之前我给彼得开了一张一千美元的支票，此举也让我荣升为这家殡仪馆的合伙人。

我乐不可支地回到家中，然而欢乐之中还夹杂着一丝疑虑。我实在不敢把实情告诉妻子，可还是为此事乐得飘飘然。现在我可以抓住这个机会摆脱幽默创作，再次品尝甜美的生活果实，无须将它们挤压成一团烂泥，只为了从中挤出一两滴幽默的汁水，以博众人粲然一笑——这实在是天大的喜事！

吃晚饭的时候，路易莎递给我一些信件——都是我不在家时送来的。其中几封是退稿信，自从我开始往赫菲保尔殡仪馆跑之后，退稿信就开始出现，并以惊人的幅度不停增长。近来我总是一气呵成，匆匆忙忙编就笑话和幽默小品。在那之前，我工作时就如同一个泥水匠，缓慢而痛苦地创作幽默作品。

我打开其中一封信，写信的正是和我签下为期一年的约稿合同的周刊的编辑。来自这家周刊的稿酬依然是我们收入的主要来源。信件如是写道：

亲爱的作者先生：

如您所见，我方与您所签订的一年期约稿合同将于本月到期。我们不得不遗憾地通知您，本社不打算与您续签合同。之前您的幽默作品让我们颇为满意，也深受我们的读者欢迎。然而在过去的两个月内，我们发现您的作品有质量下降之征兆。您早期的作品充斥着不事雕琢、自然流露的幽默与风趣，而今您的作品却矫揉造作、牵强附会，让人难以信服，让人深有才思枯竭、穷于应付之感。

本社不再接受您的来稿，对此我们再次表示遗憾。

您忠诚的朋友，

编者敬上

我把这封信递给路易莎。看完信，她的脸拉得老长，眼中闪烁着盈盈泪光。

"这个可恶的老混蛋！"她愤愤不平地叫道，"我敢担保，你的作品肯定还和以前一样好。现在你很快就能写完，你花的时间还不及以前的一半……"我猜此时路易莎已经想到再也没有稿酬收入了，她哭喊道，"约翰，你该怎么办呢？"

对于她这个问题，我的回应只是站起来，绕着餐桌跳起波尔卡舞。我敢肯定路易莎以为我被眼前的麻烦逼疯了，而孩子们或许还希望我就这样疯下去 —— 他们拉拉扯扯地跟在我身后，兴高采烈地大叫大嚷，模仿我的舞步。现在我又和以前一样，成了他们的玩伴。

"今晚我们全家一起上剧院！"我大叫道，"然后去皇宫饭店吃一顿丰盛的夜宵！所有人都得去，不许说'不'！啦 —— 啦 —— 啦 —— 一二三！"

之后我向他们解释了我高兴的原因 —— 现在我已经是一家殡仪馆的合伙人，那家殡仪馆生意不错，至于笑话、幽默小品什么的……就让它们滚一边去！

路易莎手里的那封编辑来信让我所做的选择显得合情合理。她并没有表示反对，只是温和地嘟囔了几句 —— 女人啊！她们根本无法体会赫菲保尔殡仪馆那间小里屋的妙处……不对，现在应该称之为"赫菲保尔丧葬合作股份有限公司"了。

我即将为这个故事画上句号了。如果你今天来到我们的镇上，你会发现我已经成为镇上最快活的人、最受欢迎的人、最会说笑话的人。我的笑话再次被人们四处传播引用，我又可以欢欢喜喜地听妻子说悄悄话，无须一门心思盘算着用这些话语换几个钱；盖伊和维奥拉又可以在我膝下嬉戏，如同珍珠般的童稚趣语脱口而出，无须担心他们的父亲如同饿鬼，手里攥着笔记本偷偷跟在他们身后。

殡仪馆的生意蒸蒸日上。我打理店铺，负责记账，而彼得则负责店外的事务。他说我轻松幽默、兴高采烈，足以让一场简单的葬礼变为爱尔兰风格的守灵夜[1]。

1　守灵夜为爱尔兰丧葬文化中的重要组成部分，而爱尔兰人的幽默世界闻名，即便是在守灵夜和葬礼上也不忘开开玩笑。